講談社文庫

新装版

殺戮にいたる病

我孫子武丸

講談社

●目　次

殺戮にいたる病

ああ、それに、わたしの考えるところでは、あらゆるもののうち最もおそるべきこの病と悲惨をさらにおそるべきものたらしめる表現は、それが隠されているということである。それは単に、この病にかかっている者が病を隠そうと思うことができるし、また事実隠すこともできるとか、この病はだれひとり、だれひとり発見する者がないようなふうに、ひそかに人間のうちに住むことができるとか、ということではない。そうでなくて、この病が、それにかかっている当人自身でさえ知らないようなふうに人間のうちに隠れていることができる、ということなのである。

——セーレン・キルケゴール

エピローグ

……またそこには　暗い夜の子供たちが　居を構えている　すなわち眠り《ヒュプノス》と　死《タナトス》で　怖るべき神々である。この方がたを　輝く太陽は　その光の筋をあてて　照し見ようとはされないのだ　天へと昇るときでも　天から降りてくるときでも。

蒲生稔《がもうみのる》は、逮捕の際まったく抵抗しなかった。

樋口《ひぐち》の通報で駆けつけた警官隊は、静かに微笑《ほほえ》んでいる稔にひどく戸惑いを覚えた様子だった。彼の傍らに転がった無惨な死体を見てさえ、稔と、これまで考えられてきた殺人鬼像を結び付けるのは、その場の誰にとっても困難なことだった。

手錠をかけられ、数人の警官に挟まれて部屋を出ていくとき、稔は少しだけ立ち止まり、振り返った。それまでずっと泣き叫び、茫然《ぼうぜん》自失していた雅子《まさこ》は、自分に何か言葉をかけてもらえると思ったのか、虚《うつ》ろな瞳に微《かす》かな光を宿らせ、彼を見つめた。

しかし、彼が見ていたのは雅子ではなく、死体の方だった。自分がついさっきその手で命を奪ったばかりの死体。彼の肘《ひじ》を摑《つか》んでいた警官もつられて後ろを見やる。

「……本当に、お前が殺したのか？」

そんな質問が許されるはずもなかったし、聞いたところで実のある答えなど期待できないにもかかわらず、警官はつい、そう囁《ささや》きかけてしまった。周りで慌《あわ》ただしく動き回っていた警官達も一瞬動きを止め、咎《とが》めることも忘れ、稔の反応を待ち構えた。

稔は少しびっくりしたように質問者を見つめ、すぐに頷《うなず》いた。

「え？　……ああ。そう、そうです」

後悔している様子もなく、かといって自慢げでもなく、稔はごく自然に答えた。

樋口は、これだけの証人がいるところでそんな発言をすることについて注意をするべきだと思ったが、さきほどの光景が脳裡《のうり》にこびりついている今《いま》は、とてもそんな気にはなれなかった。樋口は瞼《まぶた》を閉じた。警官達とは違って、彼は犯行場面を、あの忌まわしい場面を見せられたのだ。


稔は、警察でもまったくおとなしく、質問されたことについてはすべて答えた。六件の殺人と一件の未遂について詳細に自白し、弁護士は国選で構わないと付け加えた。精神鑑定がポイントと思われたが、検察側と弁護側が選びだした計五人の医師のうち四人は〝責任能力あり〟との判断を下した。雅子が頼んだ医師だけはただひとり、「性的コンプレックスによる社会病質者で、治療の必要あり」と診断したが、稔にいわせれば噴飯《ふんぱん》ものだった。彼は雅子に対して、「頼むからあの馬鹿な医者を黙らせてくれ」と手紙を書き送った。

死刑判決に対して彼は控訴《こうそ》しなかったが、法務大臣の執行命令は、未だおりてはいない――。

第一章

まず原初にカオスが生じた……

1　二月・雅子

蒲生雅子が、自分の息子が犯罪者なのではないかと疑い始めたのは、春の声もまだ遠い二月初めのことだった。

この冬はとりわけ厳しい、と雅子は毎日思い、心の中で呟き、そして実際に誰かの前でも何度となく口にしていたが、数字の上では、最低気温にしろ降雪量にしろ、どれも例年並みかあるいはむしろ暖かいくらいだった。冬が苦手な彼女にとっては、いつの冬も〝例年にない厳冬〟に思えるのだった。

彼女は二十の時に結婚し、次の年には男の子を、そしてまたその次の年には女の子を出産した。夫の給料は、贅沢《ぜいたく》を言わないかぎり、彼女が働きに出る必要のないほどはあったし、彼がもともと両親と住んでいた一軒家も、五年前に義父が他界してからは夫の名義となっている。彼女は、特に自分が他の人間と比べて幸福だと感じたことはなかったが、不幸だと思うこともなかった。決して無神経だったわけではない。人生の時々において、幸福感を覚えることもあれば惨《みじ》めな気持ちになることももちろんあった。離婚などという考えが頭に浮かんだことは一度もないが、「この人と結婚してよかった」と思ったこともない。息子と娘を授けてくれたことには感謝していたが、彼らのことを「夫の」子供だとか、「わたし達の」子供だと考えたことはない。どちらも「わたしの」子供でしかなかった。「わたしが」お腹を痛めて、「わたしが」育てた子供達だった。

自分が地味で平穏な暮らしを送っていることは認識していたが、それを惨めに思うどころか、そう考えるたび、彼女の心は安らいだ。

地味で、平穏な暮らし。

彼女はいつまでもそんな暮らしが続けばいいと望んでいた。

2　前年・稔

蒲生稔が初めて人を殺したのは、雅子が不審を抱き始める三ヵ月も前、前年の十月だった。

もっとも稔の場合、自分が他の人間とは違っていることにもう何年も前から気付いていた。具体的にどう違うのかはまだ分かっていなかったが、それを誰にも――そしてとりわけ母親には――決して知られてはならないことは分かっていた。もしそれを知ったら、彼らはきっと、稔を、畏《おそ》れるがゆえに忌み嫌うことだろう。善良な羊飼いを磔刑《たっけい》にした連中のように。

街を歩いていて、家でテレビを見ていて、あるいは大学での授業中、息苦しさに我慢できなくなり、叫びだしたくなることがあった。そんな時、彼は決まって途方に暮れた。自分が何をするべきなのか、まるで見当がつかなかった。

それが何か分かったのは、最初の殺人を犯してからだった。

もしこのことを知ったら、母さんはきっと気が狂ってしまうだろう――稔はそう確信していた。そしてそれはあながち的外れではなかったにしろ、実際彼女が彼の犯罪に気付いたときには、事態は彼にとっても思いもよらない方向へと向かっていたのだった。

3　一月・樋口

受付前のロビーには黒いビニール張りの長椅子が二十脚近く置かれていたが、連休明けの一月十六日とあって、そのほとんどが年老いた患者達で埋まっていた。樋口武《たけ》雄《お》は、「78」と書かれたプラスティックの番号札を握り締め、ロビーを見渡す。少し端があいた長椅子を見つけてたどり着くと、尻を半分だけ乗せるような格好で腰をおろした。膝を曲げるときにぎくりと痛みが走り、顔をしかめる。隣に座っていた針のように痩せ細った男が彼のために少し腰をずらしてくれたので、樋口は軽く頭をさげて座り直した。その男も樋口と同じプラスティックの番号札を、さも大事そうに、染みの浮いた手に握り締めている。

「毎日……寒いですな」

低い話し声と咳《せき》やスリッパの足音などが通奏低音のように響く中、樋口はしばらくそれが自分にかけられた言葉だとは気づかなかった。顔を上げ、改めて隣の男の顔を見る。七十過ぎ、というところだと樋口は思った。髪は灰色だし、皮膚は顔も手も萎《しな》びている。自分の歯も余り残っていそうにないし、両手に握り込んだ杖なしでは、歩くのも不自由そうに見えた。

間違いなく老人の部類に入る。彼はそう結論した。

「ええ……そうですね」と彼は頷きつつ、その老人から目をそむけた。

実際、樋口にとって今度の冬は厳しいものがあった。節々の関節が痛み、一度ひいた風邪はなかなか治らず、外へ出る気力も、体力もなくなっていた。もちろん年齢のせいもある。六十四といえば若くはないことは、彼だって分かっていた。普通なら持病の一つや二つあったところでおかしくはない。子供でさえ成人病にかかる世の中なのだ。しかし、仲間の若い刑事達と比べてさえ体力には自信のあった自分が、たかだかこの程度の寒さで寝込んだりするという事実は、樋口にはどうにも認めがたいのだった。

そして自分がふけ込んでしまった最大の原因を彼は心の底で気づいていたのに、決してそれを認めるつもりもなかった。

たった一人で迎える初めての冬——退職寸前まで不眠不休のハードな捜査をこなしていた頑固な刑事を打ちのめしたのは、これまで彼が相手にしたことのなかった敵、孤独という名の恐ろしく手強い敵だった。

去年の夏、妻の美絵《みえ》を乳癌で亡くして以来、樋口はずっとその翌日を何度も何度も繰り返し生きているような気がしていた。毎朝目を覚ましては、起こそうとして隣に妻の姿がないことに気づく。それからゆっくりと彼女との最期の日のことを克明《こくめい》に思い出して初めて、妻がとうに——二週間前に、一ヵ月前に、あるいは半年前に——死んでいるという現実を認識するのだった。

——眩《まぶ》しすぎる太陽。美絵のやつれた笑顔。亡霊のように見える医師と看護婦達。美絵の顔を覆《おお》う白い布。蟬《せみ》の声。白いシーツの下の起伏。同情と安堵《あんど》の混ざりあった表情をあらわに浮かべた病人達。酸《す》っぱい匂いを漂わせ始めている、花瓶の中の萎《しお》れた蘭《らん》。彼の手に包み込まれた美絵の青白い小さな手。眩しすぎる——とりわけあの日の彼には眩しすぎた太陽。すべてが白く包まれた夏だった。

美絵はもういない。美絵はもういない。いまこの家の中にいるのは俺だけだ。この先もずっと。

彼らが結婚したのは、樋口が三十で美絵が二十一の時だった。彼女はごく普通のサラリーマン家庭の一人娘で、両親は若すぎる結婚にも、警官との結婚にもずっと反対していた。式にも彼女の親戚は列席せず、ようやく彼女の両親の態度が軟化し始めたのは十年以上も経ってからのことだった。

子供はできなかった。結婚して八年が過ぎた頃、美絵と一緒に病院へ行き、原因が樋口にあることが分かった。精子の数が非常に少なく、子供が出来る可能性は限りなくゼロに近いということだった。

美絵は決してそのことで落胆したそぶりは見せなかったが、樋口はそれまで以上に妻の幸せだけを考えるようになった。ずっと、この年になるまで、彼は美絵を幸せにすることを考えて生きてきた。自分がいなくなってしまえば彼女は一人だ、そう考えるたび、子供を授けてやれなかった自分を呪った。まさか九つも年下の彼女が、彼よりも早く逝《い》ってしまうなどとは予想だにしていなかった。

彼よりも早く――。

それにもさほどの違いはないのかもしれない、と最近彼はよく考えるのだった。たかだか数ヵ月か数年、後先になっただけのことではないかと。現にこの心臓はもう、休みたがっているようじゃないか。我慢できなくて、続けて二つ三つ、湿った咳をした。

「……お悪いんですか」

老人がまた話しかけてきているのに彼は気づいた。

「は？　何です？」

「どこが、お悪いんですか？」

男は苛立《いらだ》った様子もなく、辛抱強く繰り返した。

「ああ……大したことはないんです。ただの風邪です」樋口がそう答えると、男は嬉しそうな顔をした。

「そうですか。風邪。でも甘く見ちゃいけませんよ。……わたしはね、関節炎なんです。冬になるともう、痛くて痛くて歩けません」

この膝の痛みも、関節炎なのか？　それとももっとひどい何か――

「お、失礼しますよ」男は言って、膝に載せていた小さな鞄を持って杖をつき、危なっかしげに立ち上がった。窓口の上に取り付けられた電光表示盤に自分の番号が灯《とも》ったらしい。

両足を長椅子の横に出すようにして男を通してやると、男は「お大事に」と呟いて薬を受け取りに窓口へ向かった。話しかけられるのはあまり嬉しくないが、ほんの少しだけ、取り残されたような気分になった。

樋口の視線はしばらくさまよった挙げ句に、多くの老人達が声もなく見つめているロビー隅の大型テレビに落ち着いた。ボリュームは抑えられていて、彼のいるところまで音声はほとんど届かない。それでも彼はそれを見つめ続けた。

朝のくだらないワイドショー番組だった。さっきまではＮＨＫがついていたのに、子供番組になったので、どこかの女がチャンネルを勝手に変えたのだ。ＮＨＫ以外はこの時間はどこもワイドショーだ。民放はどうしてどこも同じ時間に同じようなものを放送するのだろう。昼にはまたワイドショーの時間があって、再放送の時間、ニュースの時間。お子様番組の後は、ドラマ、そして最後はスポーツニュース……。樋口は妻が死んで以来、くだらないくだらないと思いつつ毎日そんなテレビを眺め続けていた。自らに課した苦行でさえあったのかもしれない。しかし、他にしたいことなど何もないのだ。何をしたって意味なんかない。あるわけがない。

「くだらない」ワイドショーがこのところ足並みを揃《そろ》えて扱っているのは、正月まだ松の内に起きた猟奇殺人だった。被害者は十七歳の家出少女で、歌舞伎町のラブホテル内で発見された。絞殺、あるいは扼殺《やくさつ》されていて――テレビの情報はいいかげんで樋口は苛々《いらいら》させられた――、死後、乳房を両方とも鋭利な刃物で切り取られていたということだった。

乳房――。樋口は美絵の痛々しい傷跡を思い出した。切除したのは左の乳房だった。子供を産まなかったので、目に見えるような急激な衰えがなく、入院する直前ですら、形のよい乳房をしていた。それがいざ片方だけ残されてみると傷跡の方よりも痛々しく見えたものだった。

そこまでしても結局、転移した癌は彼女の体をすべて食いつくさなければ気が済まなかったのだ。美しい体のまま死なせてやった方がよかったのかと考えたこともあった。

無理矢理に意識をテレビ画面に戻した時、皮肉な考えが浮かんだ。犯人は、永年連れ添った愛妻を乳癌で亡くした夫かもしれない。同じことを考えた奴が警視庁にいて、俺も容疑者にリストアップされてたりするのかも。

ポン、ポン、ポン、と柔らかな電子音とともに、いくつかの数字が点灯した。「78」もある。樋口は膝が痛まないようそっと腰をあげ、風邪薬をもらうために窓口へと向かった。

4　前年・稔

なぜ彼女に心を惹《ひ》かれたのか？

その疑問はそもそもの初めから稔の心の奥に存在していて、時々ふと表面に浮上してきては彼を混乱させた。

彼女を大学近くの喫茶店で見かけるまで、そんな衝動に襲われたことはなかった。性欲？　これが性欲なのか？　それとも……愛？　――まさか、そんな馬鹿な。

彼はずっと、自分には性欲がないのだと思っていた。人並みに性に対する好奇心はあった。女性の裸に何も感じないわけではないし、インポテンツでもなかった。実際、これまでに何度も女性を抱いたことはある。

高校一年の時、なぜか〝不良〟とレッテルを貼られたグループと仲良くなった。稔がある嫌われ者の社会科の教師に恥をかかせたのが、彼らのお気に召したようだった。

「よう、蒲生《がもう》。お前、難しいことよく知ってんだな」

彼らが稔に話しかけてきたのは、入学して以来その時が初めてだった。

「あいつが馬鹿なだけさ」

稔が慎重に言葉を選ぶと、彼らは揃《そろ》って爆笑した。

「違いねえ。——しかしよ、あんな難しい本、読んだのかよ。ショーペンなんとかって奴の本をさ。……字しか書いてない本を最後に読んだのは、いつだっけかなあ？」

稔は、他の人間と同様彼らも軽蔑していたが、不思議と彼らといる方が気が楽だった。知り合ってしばらくした頃、〝パーティ〟に誘われた。〝クスリ〟をやるパーティだと聞いて一度は断ったが、いい女を抱かせてやると言われて、パーティ会場である、知らない女のアパートに行くことに決めた。

退屈そのものだった。彼らの言う、〝いい女〟というのは揃いも揃って髪を赤く染め、肥り過ぎていなければ痩せ過ぎで、たばこのやにを歯に浮かせ、不健康な肌をしている連中だった。既にラリって相手も判らず腰を使っている連中のくすくす笑いの中、稔は一人しらふで、アンジーと名乗った女の股座《またぐら》を覗き込んでいた。

アンジー！　女は本当にそう名乗ったのだった。稔はそれを思い出すたびに、今でも笑いが込み上げてくる。

　頭とは違って黒々とした茂みの下にどうやらそれらしい部分を発見すると、稔はブリーフを脱ぎ、一応勃起していた自分の性器を押し込んだ。

〝クスリ〟――実態はただのシンナーだった――のせいもあってか、女は恍惚《こうこつ》とした表情を浮かべ、稔が動き始める前から獣のような声をあげていた。女が興奮すればするほど、逆に稔の気持ちは冷えていった。しばらく動いているうちに射精したが、何かだまされたような感じはぬぐえなかった。

　女が悪かったのかと思って、その後もいろんな女を相手にしてはみた。しかし、ただ性器をこすって射精するためだけなら、女を相手にするより自分の手の方がずっといい。他の男達がなぜこんなものにこだわるのか、稔には全然分からなかった。所詮《しょせん》奴等は猿同様の馬鹿なのだ。いや、年中発情しているぶん、猿より始末が悪い。俺はくだらない性欲などからは解放された人間だ。リビドーなんて俺には無縁なんだ。

　――その俺が、なぜ？

　稔は、大学の食堂で彼女を二度目に見かけたとき、ためらわず彼女の向かいの席を取った。昼休みの食堂は例によって混んでいたから、不自然な行為でもなんでもない。

目も口も大きく派手で、人によっては美人とみるかもしれないような顔立ちだった。しかし、彼はその顔に惹《ひ》かれたわけではないと信じていた。好みの顔ではないはずだった。スタイルはなかなかいい。出るところは出ているが、肥っているわけでは決してない。味も判らぬ定食を食べながら、彼の心臓は周囲に聞こえそうなほど大きな音で鼓動を打っていた。

彼女がソースを取ろうと手を伸ばしたとき、彼は素早く手を出してわざと彼女の手に触れた。

「あ、ごめん。どうぞ」

慌《あわ》てて手を引っ込めた彼女に笑いかけながらそう言うと、こわばっていた彼女の顔がほころんだ。自分の笑みに、人を安心させる力があることを彼は充分承知していた。

「いえ、どうぞお先に」

彼女の言葉に従って彼はソースを細切りキャベツにかけると、またにっこりと笑って瓶《びん》を彼女の方へ差し出した。彼女は仕方なく、といった様子で彼の手からそれを受け取る。その手の指には、この大学の学生にしては珍しく、真っ赤なマニキュアをしている。

突然、彼の中に何かが湧《わ》き起こって、すぐに消えた。今のは何だったのだろうと考える間もなく、いつの間にか自分の性器が痛いほど勃起していることに気づき、彼は心底驚いた。性欲？　この女に性欲を感じているのか？　まさか。そんなわけはない。

「どうかしました？」

女はもはや馴れ馴れしげな笑みを浮かべて彼の顔を見つめている。女はみんなそうだ。彼に笑いかけられると、初めは驚き、そしてすぐに馴れ馴れしげになる。女は下等な生き物だから、本能的に彼が普通の男達とは違うことを見抜いてしまうのだ。そしてその彼に選ばれたことを知ると、自分が他の女達とは違うから選ばれたのだと錯覚してしまう。まったくどうしようもない生き物だ。しかし彼はそう思っていたからこそ、かつて〝不良〟と呼ばれた連中とのつきあいを好んだように、女達との見せかけの会話を楽しんだ。

「……いや。綺麗なマニキュアだと思って」

嘘か本当か、自分でも判らないことを言った。――あんな色のマニキュアを、俺はどこかで見なかっただろうか？

「え？　ほんとですかあ。昨日買ったばかりのやつなんですよね。何となくレトロすぎてあたしには合わないような気がしてたんだけど……似合います？」そう聞きながら女は、上目使いに彼を見る。

「似合うと思うけど。まあ、ぼくはこの通り、服装のセンスなんてないも同然だから、当てにはならないかもね」と、彼は両手を広げてみせた。

「そんなことないですよー。そのブルゾン、渋いじゃないですか」

明らかに彼に好感を持っている。手順を間違えさえしなければ、この女はどんな誘いにも乗るだろう。誘い？　何の誘いだ？　俺はこの女と何をしようというんだ？　セックスか？　この女は他の女とは違うとでもいうのか？

「そう？」彼はまた笑みを浮かべながら、裸に剝《む》いた彼女を抱いているところを想像しようとした。他の女で同じような夢想をしたときと、特に違いは感じられない。しかしそれは今までの経験がどうしても重なってくるからかもしれない。彼女には、とにかくよく分からないが、他の女とは違う何かがあるのだから。

彼は身を乗り出して、囁《ささや》くように言った。

「午後から、授業あるの？　暇だったら喫茶店で話でもしない？」

「えー、今からですかー？　……そうですねー……憲法があるんですけど……」

「憲法？　新田先生の？　だったら出なくてもいいじゃない」出席を取らず、試験も楽勝だということで伝説的なまでに有名な授業だった。

女が少し恥ずかしそうな素振りで頷いたときも、稔はこれから自分が彼女を殺すことになろうとは思ってもいなかった。

5　二月・雅子

その二月初めのある日に起きたことは雅子に、ここ数ヵ月の記憶を遡《さかのぼ》らせた。息子が最近ひどくよそよそしくなったこと。決して彼女の目を見ないこと。夜中に出歩き、行き先を聞いても「ちょっとね」などと曖昧《あいまい》な返答しかしないこと。

しかし彼女は彼のそういった変化に気づいてはいたものの、ガールフレンドができたとかそういったことなのだろうと軽く考えていたのだった。二十といえばもう、女親に何でも打ち明ける年頃ではなくなったのだと、ちょっぴり誇らしく、そして切ない気持ちにさえなったものだった。「思春期」というには遅すぎるということは、あまり深く考えなかった。

中学の頃から部屋に彼女が入るのを嫌がり出した。いない間に掃除をしたことに気づくと、烈火《れつか》のように怒った。それは、PTAのセミナーで教えられた思春期男子の特徴の一つだった。なんとか大学の教育心理学助教授、だという年配の女性の言葉を彼女はメモに取って大切に保存していた。『ほとんどの青年男子はこの時期に精通を経験し、マスターベーションを覚えます。でもそのことに気づいても、咎《とが》める必要はありません。ごく普通のことなのですから、変に罪悪感を抱かせたりするのは決していいことではありません。ヌードグラビアがたくさんあるような雑誌（ここのところで講師が誘いかけるように笑い、雅子も含めた会場の母親達がつられてくすくすと笑ったことを彼女ははっきりと覚えていた）を隠していたとしても、すぐにそれが性犯罪の芽であるなどと断じないで、よく話し合いましょう。お母さんが話しにくい時は、もちろんお父さんでもかまいません。性を過剰《かじよう》にタブー視しないことが大切です』

セミナーのタイトルは、「おおらかな性」だった。

自分で片付けていれば掃除はしない、と彼女が言うと、彼は自分で掃除をするようになった。それ以来、彼女はほぼ毎日、息子のいない間に彼の部屋をくまなく調べて変化を捜してきた。講師の先生が言うところの、『ヌードグラビアがたくさんあるような雑誌』は、ベッドの下に押し込んである、古い本（小学生の時お気に入りだった植物図鑑、世界名作全集、古い教科書、エトセトラ、エトセトラ）の入ったダンボールの底がお決まりの隠し場所だった。彼が日記をつけていないらしいのが残念だったが、友達からの手紙にはなるべく全部目を通すようにした。そして気づかれないよう、すべてを元に戻しておく。

性犯罪はもちろん、非行の芽、というようなものは少しも見当たらなかった。大学の先生の言うことを信じるなら、彼女の息子はしごく正常だということになる。あるとき、ごみ箱の中のティッシュを調べていて、続けて毎日マスターベーションしているらしいことが分かったときには、ちょっと異常なのではないかと心配したが、平均すれば週に二、三回で、多分正常の範囲内だろうと彼女は思った。どのくらいの回数が普通なのか夫に聞いてみようかとも思ったが、恥ずかしくてどうしても聞けなかった。

しかしこの数ヵ月の彼の様子は、思い返してみれば普通ではなかったように彼女には思えた。

何かに脅えているようにも見えた。苦しんでいるようにも見えた。雅子の視線を避けているくせに、彼女をじっと見つめているらしい時もある。仲がよかったはずの妹にも、ほとんど口を利こうとしない。

しかし雅子は、そういったことの原因について見当もついていなかったにもかかわらず、「お兄ちゃん、最近ちょっと変じゃない?」と娘が言った時、「ガールフレンドでもできたんでしょ」と反射的に答えていたのだ。

ガールフレンド。それは至極普通のことであり、好ましいことでもあり、一旦口に出してしまうとそれ以外の解釈はないように思われた。ガールフレンドができたのなら自分が気づいていたはずだ、という内心の声は、奥深く押し込められた。

恥ずかしいから家に電話はかけないように、と言い含めているのに違いない。時々夜中に外へ出ているのは、聞かれたくないから公衆電話を使っているのだ。そういえばテレビで、高校生が夜中に何時間も公衆電話を占領している様子を見たことがあった。きっとあの子は奥手なんだわ。

そういった考えがまったくの自己欺瞞《ぎまん》にすぎなかったことを、雅子は知った。二月三日の夜――午前二時頃だったので実際には四日になっていた――こっそりと戻ってきた息子の部屋のごみ箱から、赤黒い液体が残ったビニール袋を見つけたときに。

二月の三日。その日は、連続猟奇殺人の二件目と思われている殺人が起きた日でもあった。

第二章

……さてつぎに　胸幅広い大地《ガイア》……

1　二月・樋口

かつて部下でもあった男が唐突に樋口の家を訪れたのは、二月四日の午後遅くのことだった。樋口はどうしてもその日付に、ひどく皮肉めいたものを感じざるを得なかった。——昨日豆撒《ま》きをしなかったせいだろうか？　それならここ何十年とやったことなどなかったはずだが……。

「お久しぶりですね」

樋口がいた頃はまだ警部補になりたてだった野本はすでに警部にまでなっており、仕事を辞めてからずっと、自分が時の流れから取り残されていたような感覚を味わった。

野本と連れの若い刑事を招じいれ、お茶でも出そうとして葉っぱが切れていることを知った。急須《きゅうす》にはいつのものか分からない出がらしの葉が入ったままになっている。自分だけならそれで飲んでも構わなかったが、さすがに他人に出すわけにはいかなかった。

「どうぞお構いなく。長居はしませんから」

そうは言ったものの、樋口が勧めると野本はコートを脱ぎ、そそくさと炬燵《こたつ》へ足を突っ込んだ。それを見て、若い刑事もほっとしたように炬燵へと入る。樋口は二人のコートについている白いものを見て初めて、雪が降っていたことを知った。そういえば今朝は妙に静かで、冷え込みも一段と厳しく感じられたことを彼はぼんやり思い返していた。

「お変わりないようですね」野本は本気でそう思っているような口振りで言った。

「――嘘をつけ」

最後に野本と会ったのは、美絵の葬儀の時だった。わずか半年前と比べてさえ、自分の髪が白くなり、めっきりとやつれて見えることは知っていた。対して、もう四十くらいになるはずの野本は、樋口の辞めた頃とさして変わったようには見えない。心を覗かせない細い切れ長の目に、頑固そうに引き結ばれた唇。――あの年の俺は、今のこいつくらいこわもてに見えていただろうか？

「それで、一体どういう風の吹き回しだ？　よほど暇になったんで、老兵の慰問にでも来てくれたのかな」

この訪問が何かの事件に関連していないはずはないことは分かっていたが、樋口は軽い口調でそう言った。彼にしたところで、現役時代、古い仲間を懐かしんで個人的に訪問することなど皆無に近かったから、決して皮肉を込めたつもりはなかった。野本もそこのところは分かっているらしく、くどくどとつまらない言い訳で時間をつぶすことはしなかった。

「あいにく、そんなことはこの先当分ないでしょうね。――島木《しまき》敏子《としこ》って女性を、ご存じですか」笑みのかけらも見せずに、野本は言った。質問ではなかった。樋口とその女性の関係を知っているからこそ彼らがここへ来たのは間違いない。

樋口は煙草に火をつけようとしていた手を止め、野本と刑事の顔を見比べた。背骨の辺りを何かが這いあがるような感覚を覚えた。

「彼女に、何かあったのか」

質問した途端、彼らの反応を見るまでもなく、その娘がもう生きてはいないことを彼は知った。殺人班の野本達が動いている以上、彼女が重大な殺人事件に関係していることは間違いない。それはおそらく正月の猟奇殺人だろう。一番最近捜査本部が設置されたのが、あの事件だった。あの事件で容疑がかけられている、という想像をするのは難しいことだった。残る可能性は、被害者になったというものだ。

「殺され……たんだな？」

「何故そう思うんです？」若い刑事は初めて口を開いた。

樋口はのろのろと彼の顔を見やる。先程紹介されたはずだが、名前を思い出せなかった。

野本は若い刑事をじろりと睨みつけた後、樋口に向かいすまなそうに言った。

「警……樋口さん。おっしゃる通りです。正月の事件のこと、ご存じなんですね？」

「……俺だって、新聞くらい読む」本当は新聞ではなく、ワイドショーで得た知識だったが、つまらない見栄を張った。妻が死んで以来、かつての仲間との連絡もすっかり跡絶《とだ》えていた。

すべて分かっているという様子で、野本は頷く。

「島木敏子、二十九歳、独身。離婚歴のある看護婦で、樋口さんの奥さん――美絵さんが入院されていた当時、あの病院で働いていた。間違いないですね？」

樋口は一瞬かっとなったが、野本にしても決して自分から望んでしている質問ではないと判断して、何とか自分を抑えることに成功した。

「そうだ。――彼女は殺されたのか？　先にそれを教えてくれてもいいだろう？」

一瞬野本は彼の懇願を込めた視線を受け止め、微かに頷いた。

「今朝十一時頃、青山のホテルで絞殺死体で発見されたんです。鋭利な刃物で乳房を切り取られ、下腹部をえぐられていました」

半ば予想していたことであったにもかかわらず、樋口は動揺を隠し切れなかった。白衣を着て颯爽《さっそう》と歩いていた彼女と、切り刻まれた死体のイメージをつなげることは不可能だったのだ。震える手で再び煙草に火をつけようとしたがうまくいかず、舌打ちをして吸ってもいない煙草を灰皿に押し付けてひねり潰した。

しばらく野本も黙り込んで、樋口の様子を見ているようだった。先に口を開いたのは、樋口の方だった。

「絞殺、と言ったな。正月のも絞殺だったのか？　……それにあっちの事件じゃ、乳房を切られただけじゃなかったか？」

「……どちらも、イエスです。犯人がエスカレートしてるんでしょう。まだ物証が出たわけじゃありませんが、間違いなく同一犯だと思います。――ご満足ですか？　質問に答えていただけますね」

樋口はもっと質問したかったが、とりあえず頷き、手を振って先を促した。

「では、彼女との関係をお教え願いますか」

その質問に若い刑事がさっと手帳を取り出すと、野本が視線でそれを制したらしく、刑事は不承不承といった様子で再び手帳をしまい込んだ。

「……彼女は……島木さんとは、もちろん、あれが入院したときに知り合った。世話になった。あれが……死んだ……ときには、慰めてくれた。たまの休みの時には、食事を作りに来てくれたりもした。話し相手になってくれた。それだけだ」

「性的関係は？」野本がそう言ったとき、樋口は彼の目にちらりとためらいを見たように思った。

「馬鹿なことを言うな！　ただの話し相手だと言ったろう！　誰が好んでこんな老いぼれと寝るか。彼女はいわば、老人介護のボランティアくらいに思ってたのさ。妻に先立たれた男の、一年以内の死亡率が異様に高いってのを知ってるか？　女は夫が死ぬと、かえって長生きするそうだがね。男は病死だけじゃなくて、自殺が特に多いんだとさ。彼女はいつも気遣ってくれてたよ」

「ボランティア？」若い刑事が、素っ頓狂な声を上げた。「冗談じゃない！　彼女はな――」

野本が早口でそれをさえぎるように言った。

「彼女と最後に会ったのは？」

当然すぎる質問だったが、樋口は不意を突かれてしばらく言葉を発することができなかった。やがて二人の顔を見比べ、唇を湿した後で、答えた。

「昨日だ。――昨日だよ」

樋口は、自分がどうしようもなく疲れていることに気づいた。

病院での島木敏子は、どちらかというと仕事一辺倒の面白みのない女に見えた。白衣の天使というよりも、常に沈着冷静な看護ロボット。決してミスは犯さないかわりに、患者の死に動揺することもない。美絵がまだ多少元気のあった頃、二人で彼女のことをよく冗談の種にしたものだった。それは、『彼女ならこういう時何て言うか』という遊びだった。

問い：男性患者の下の毛を剃っている時に、患者が勃起してしまったら？

答：「勃起度九八パーセント。自慰による速やかな射精をお勧めします」

美絵は下品なシモネタに一度は顔をしかめてみせたが、とうとう笑いを堪《こら》えられずに吹き出してしまった。思えば彼女が心から笑ったのを見たのは、あれが最後だったかもしれない。——くそっ。俺にはシモネタの冗談で笑わせるより他に、もっとあいつにしてやれることはなかったのか？

妻の死を境に樋口の家を訪れるようになった敏子は、そんな〝ロボット〟とはまるで別人のようだった。細やかな気配りと、無言のいたわり。樋口は彼女の三度目の訪問の時、不覚にも涙を見せてしまった。

しかし、物事はすべてドラマのように運ぶわけではない。他人に涙を見せたからと言って、悲しみが遠のいたわけでも、苦しみがやわらいだわけでもなかった。ただ、時折敏子が訪ねてくるのを、ほんの少し、楽しみに待つようになっただけだ。オアシスと呼ぶほどではないとしても、彼にとっては外界における、唯一の興味の対象だった。彼女が来て、テレビでない声を聞かせてくれていなかったら、彼はとうに気が狂っていたかもしれなかった。

そしてまた、自炊らしい自炊もできず外食する気も起きない彼だったから、彼女が、来るたびに何日分かのカレーや惣菜《そうざい》を作っておいてくれなかったなら、栄養失調で入院する羽目になっていたかもしれなかった。

――この老いぼれが生きていて、彼女や美絵が死んでいるとは、一体どういうことなんだ？

2　前年・稔

彼女は、江藤佐智子《えとうさちこ》と名乗った。文学部の一年生だという。稔は同じ文学部の院生だと嘘をついた。キャンパスのすぐそばの喫茶店――といっても男だけのむさ苦しい団体は来ない、静かなケーキの店だ――に落ち着くと、彼は根掘り葉掘り質問を続けた。彼女が彼にとって特別である理由が何か、見つかるかもしれないと思ったからだった。

「専攻は何にするつもり？」

「哲学にしようかなって思ってるんです。まだはっきり決めたわけじゃありませんけど」佐智子は少し照れた様子で言った。「柄じゃないでしょ？」

稔は驚いてみせる。

「哲学。じゃあ、ぼくと同じだ。ぼくは今、ニーチェをやってるんだけどね」ニーチェなら、少々突っ込まれても話を続ける自信はあった。しかし幸か不幸か、目の前に置かれたばかりのパンプキンパイに気を取られていたらしい彼女は、何も突っ込んでは来なかった。

「へえ、ニーチェですか。――じゃああたしも、そうしようかなあ。幸いこうしてニーチェの〝権威〟とお知り合いになれたことだし」佐智子は媚《こ》びるように笑いかけた。

馬鹿だ。こいつも所詮他の女と変わりはない。この女の頭の中を探ったところで、俺が惹かれた理由など分かるわけもない。結局のところ、俺はこの女の肉体に惹かれた、そうじゃないのか？　誘ってみろ。ホテルに誘ってみるがいい。そこでこの肉体を探るんだ。

佐智子の赤い唇が開いて、パイのかけらが口の中に入れられるのを稔はじっと見つめた。軟体動物めいた、ぬめった舌が蠢《うごめ》いているのが見え、稔は再び自分のものが固くなるのを感じた。

彼は一瞬演技をかなぐり捨て、言った。

「今晩、つきあわない？」

彼女はいたずらっぽい笑みを浮かべた。

「どこ、連れてってくれるんですか？」

午後四時、彼らはタクシーに乗り、池袋へ出た。稔は自分の車を持っていたのだが、この日は乗ってきていなかった。といって大学の近くのホテルに入るのを誰かに見られるのはやはりまずいし、せっかくその気になっているらしいのに電車で移動するわけにもいかない。

池袋へ着くと、夕闇が訪れていた。ゆっくり酒を飲ませて時間をかけるつもりはなくなっていた。人ごみに揉まれながら、ネオンの灯《とも》り始めた街を歩き、最初に見つけたラブホテルへ、彼女の腕を引いて入った。彼女は「まだ明るいのに」と文句を言ったが、強く抵抗はしなかった。

壁にずらりと部屋の写真が並んでいて、空室のところは電気が灯っている。ほとんどが空いているようだった。写真の横にボタンがついていて、それを押せばロックがはずれて使えるようなシステムになっているらしい。フロントに坐っている人影の顔は見えず、こちらの顔を見られる心配もないようだ。

「回転ベッドとか、ないのかな?」彼が言うと、彼女は稔の腕を叩いた。

「やだもう。エッチ」

稔は普通の部屋を選んだ。三階だ。彼らは狭いエレベーターで三階へ上がり、部屋を見つけた。鼓動が速くなる。彼女に聞こえないかと心配する。

ドアを開けると、佐智子は珍しそうに中を見回し、教科書やノートの入っているらしいクラッチバッグをベッドに放り投げる。トイレと風呂場を覗いて、戻ってきた。

「何だ、そんなに変わらないのね。つまんない」

確かに普通のホテルと、作りはさほど変わらないようだった。違いといえば風呂場が広いことと、ベッドのシーツや壁紙がパステル調なことくらいだ。天井も別に鏡になったりしているわけではない。

稔はドアをロックして、脱いだブルゾンを椅子の背にかけた。彼女はそれには気づかなかったような振りをする。

「何か、飲みたくなっちゃった。ビールにします？　それとも――」

「ビールでいいよ」彼は答えながら、自分の喉が乾き切っているのに気づく。

密室だ。この密室の中では、何をしたって構わない。セックスはもちろん、多少SM的な行為をしたところで、この女は何も文句は言わないだろう。自分で望んでついてきたのだから。

冷蔵庫から取り出した缶ビールを、二人はベッドに腰掛けて飲んだ。稔は、ビールをごくごくと勢いよく飲み干す女の白い喉を、魅入られたように見つめた。その病的なまでに白い喉が蠕動《ぜんどう》する様は、彼に爬虫類《はちゅうるい》の腹を連想させた。下腹部の高まりは隠し切れないほどになっている。

「何か音楽が、欲しいね」彼は興奮を押し隠しながら言った。見回すと、ベッドの脇にテレビとビデオを操作するスイッチ類があり、そこの説明書を読むと音楽だけを選択することもできるということが分かった。

「『イージーリスニング』、『邦楽ポップス』、『洋楽ポップス』、『クラシック』……だってさ。どれがいい？」

「んー、『邦楽ポップス』……かな？」

彼はスイッチを入れた。うるさい音楽であればよいと思ったが、実際流れてきたのは、愛だの恋だのとくだらないことを歌った静かなものばかりだった。耳元で話さなければ聞こえないほどにボリュームをあげた。

彼が肩に腕を回しても彼女は素知らぬ振りでビールを飲み続ける。

歌が替わったとき、彼女は嬉しそうな声をあげた。「あ、この歌、あたし好きなのよね。知ってるでしょ？　岡村孝子」

「いや」彼は答え、歌詞に合わせて唇を動かしている女を少し乱暴にベッドに押し倒した。持っていたアルミ缶が真っ赤なカーペットの上に転がり、少し残っていたビールはこぼれてどす黒い染みを作った。彼女は一瞬脅えたようなポーズを取り、そしてくすりと笑いを漏らす。彼は微笑み返すと、当然のように彼女の白い首に両手の親指をかけ、力を込めた。音はしなかったが、軟骨のようなものの折れる感触が指に伝わってくる。

透明な声をした女性歌手の歌声が部屋中に響きわたっていた。

あなたの夢をあきらめないで

熱く生きる瞳が好きだわ

ぐうっというウシガエルのような声をあげると、女は彼の両腕を摑《つか》んで、ベッドから出ていた両足をばたばたさせた。スプリングがひどく軋《きし》むせいで歌声が聞き取れず、彼は苛立ちを覚えていることに気づいた。

飛び出さんばかりに見開かれた眼球に浮いた静脈の青が、鮮やかで美しいと思った。彼女の身体が跳ねるのにつれて細く柔らかな髪の毛が乱れ、海草のようにゆらめいて見えた。彼が体重をかけると彼女の上半身は柔らかいベッドの中に深く沈み込んだ。

あなたが選ぶすべてのものを
遠くにいて信じている

どこかで聞いたことのある歌だったが、これほど心を動かされる歌だとは思っていなかった。いや、そもそもラブソングを聞いたり、メロドラマを見て心が動かされたことなどこれまで一度もなかったのだ。

フランネルのシャツを貫いた女の爪で、彼の腕は傷つき、血を流していた。その細い筋が手首に達し、やがて女の首に赤い染みを作ったとき、抵抗はやんでいた。どこに隠されていたのかと思うほどに長い舌が、彼女の口から横向きにだらりと垂れ下がっている。それはまるで彼女の最後の意志の力で形作られた、大きな疑問符のようにも見えた。「なぜ？」——彼女はそう稔に訊《たず》ねているのだ。

稔は自分が歌に合わせ、ハミングしていることに気づいていなかった。細心の注意をこめてブラウスのボタンをはずすと、死体を裸にしていく。

「愛してるからだ」彼は生まれて初めて、本心からそう言った。声が感動にうち震えていることに気づいた。もう一度、繰り返した。

「愛してるからだよ」

脱がせた服をきちんと畳み、皺《しわ》にならないよう丁寧に積み重ねて椅子の上に置いた。靴下と下着を剝《は》ぎ取ると、女は生まれたままの姿になった。生まれたままの姿で死んでいる女。死ぬときに元の姿に戻るのは、当然すぎるほど当然のことだと稔は思った。

女の身体をベッドの真ん中に正しく横たえると、はやる気持ちを抑えながら彼は服を脱いだ。先程の歌は終わって別のものに替わっていたが、彼の頭の中ではサビのメロディがこびりついて離れず、いつまでもリフレインを続けていた。死んだ女が彼の頭の中へ歌いかけているようにも思えた。

ブリーフを脱ぎ捨て、素早く女の横に転がり込む。痛いほどの怒張は依然として続いていた。

その肌は急速に赤みを失い青黒く変色しつつあったが、彼は一向に気にしなかった。右手を腹部に置き、優しくさすりつつ上へ。予想した以上に大きい乳房を両手を使って揉んだ。まず白いふくらみへ、そして乳首にくちづけする。誰にもしたことがないほど優しく。指で押さえた部分からは血の気が失せ、再び戻ることはなかった。

全身にくちづけし、掌で、そして舌で愛撫する。冷たい。ひどく冷たい。

「暖めてやるよ」彼は耳元で囁いた。

上から覆《おお》い被《かぶ》さると右手を女の股の間に入れ、両脚を大きく開かせた。性器を探り当てると指を使って広げ、自分のものをなんとか押し込む。生きているうちにムードだけで濡らしていたのか、それとも死後の肉体が感応していたのか、わずかに湿っており、まだ暖かかった。

すでに爆発寸前だった彼は、奥まで挿入したと思う間もなく射精していた。冷えてゆく死体の中で、数億もの熱い命が迸《ほとばし》る光景は、彼の脳髄を震えさせた。

これこそが本物のセックスだ。彼がこれまで経験してきたものは、この本当のセックスの真似事、〝愛〟の名の許《もと》に行われる相互マスターベーションにすぎなかった。今ようやく分かった。セックスとは、殺人の寓意にすぎない。犯される性はすなわち殺される性であった。男は愛するがゆえに女の身体を愛撫し、舐《な》め、嚙み、時には乱暴に痛めつけ、そして内臓深くおのれの槍を突き立てる――。男はすべて、女を殺し、貪《むさぼ》るために生まれてきたのだ。

彼は、濁り始めた瞳で壁を見つめ続ける女を、もう一度ゆっくりと愛してからホテルを後にした。時刻は十時をとうに回っていた。

たった今知った愛について、誰かに語りたくてたまらなかった。そんなものは存在しないし、たとえ存在したところでわざわざ語る価値さえないと思っていた愛について。

真実の愛。

人を愛すると、世界は違って見える。そんな言葉が本当だとは、今の今まで思ってもみなかった。

ネオンに彩られた銀杏《いちょう》並木の舗道を歩きながら、見知らぬ街を訪れた小学生のようにきょろきょろと辺りを見回した。昨日まで――ほんのさっきまで――軽蔑していた男や女達さえいとおしく、けばけばしいネオンもなぜか心地良い。これまで、生まれてからずっと彼を包んでいた半透明の膜がべろりと剝《は》がれたような、そんな剝《む》き出しの新鮮さを彼は今味わっていた。肌に触れる木枯らし、焼鳥の匂いの混じった秋の空気、人が出入りするたびに聞こえてくるパチンコ屋の騒音――それらはすべて彼の愛と生の証明に思えた。

視覚も、聴覚も、嗅覚も――五感のすべてが、痛いほどの刺激を感じていた。神経の閾値《いきち》が突然引き下げられたように。脳下垂体か何かから覚醒物質が出て、ナチュラル・ハイにでもなっているのかと訝《いぶか》しみさえした。

しかし、電車に乗り、一時間ほどかかって自宅に辿《たど》り着いたときにも気分はまったく変わっていなかった。自分は生まれ変わったのだと、彼は確信した。いつもはただわずらわしいだけの母親の質問（「こんな遅くまでどこにいたの？」）さえも、その高揚した気分を害するものとはならなかった。

ただ、なぜあの女――もはやその名前を彼は思い出せなかった――に特に惹かれたのかという一点だけは、しこりとなって彼の心の奥底にしまい込まれた。

3　二月・雅子

　息子の様子がおかしいと思い始めて以来、雅子は再び彼の部屋のごみ箱を漁《あさ》り、手紙に目を光らせるようになっていた。彼が大学に入ってからはほとんどしていなかったことだが、ガールフレンドがいるのなら、その名前なりとも摑《つか》めるのではないかと思ったからだった。それに気づいた夫には、「もう大人なんだから、つまらないことはやめておけよ」と言われたが、やめることなど考えられなかった。反論はしなかったものの、仕事のことしか頭にないような男に、子供の教育に関して口出しなどして欲しくないと思っていた。

　わたしは子供達を愛してるわ。あなたは？

　何度そんな言葉が口をついて出そうになったことだろう。

　この世の害悪や誘惑から子供達を守ってやるために、あなたは一体何をしたの？

彼女が性教育のセミナーへ行って感銘を受けたという話をしても知らん顔。子供達の通っていた中学の近くにある、過激なエロ本の自動販売機を撤去させようと運動したときは「いいじゃないか、それくらい」の一言。彼女は呆れてつい声を張り上げてしまったものだ。

「現物を見たことがないからそんなことが言えるのよ。ほんとに低俗で、見るに耐えないものなのよ?」その見るに耐えない雑誌が息子の部屋にもあったことは、言わないでおいた。息子がそれを読んだことも、自分がこそこそとそれを見つけ出したことも無理に忘れようとしていたのだった。日頃の教育がきちんとしていればあんなものの一冊や二冊であの子の心が歪んだりすることなどないと信じたかった。

「見なくたってどんなものかくらい分かる。――それより、風呂入れてくれないか」

初めから当てにはしていなかったが、このとき以来よほどのことがなければ子供の話を夫にするのはやめた。夫とは夜の営みも長らくなく、義父が死んでからは別々の部屋で寝起きし、ほとんど別居状態と言ってもよかった。

そして二月の四日。

稔が試験のために大学へ出かけたのが昼食を終えてからだったので、雅子は二時頃になって息子の部屋へ入った。

息子には充分すぎるほどの小遣いを与えていたから、室内には高価なAV機器が溢れている。自分専用のステレオ、ビデオ、テレビはもちろん、レーザーディスクに8ミリビデオカメラまである。あの幼女連続殺人犯が捕まったときにはショックを受けたものだったが、幸いこれまで彼女が調べた限りでは、特にホラービデオを多く見ているということもなければ、ロリータ嗜好《しこう》もないようだった。

うちの子は、決してあんなことはしない。決して。

ベッドは大学へ入ってから新しく買い替えた、黒のパイプベッドだった。その折りにベッドの下の古本と一緒にポルノ雑誌も処分してしまったようだった。ソフトなヌードグラビア程度のものが載った雑誌なら無造作に放り出してあることもあるが、基本的にあのようなものからは卒業したらしく、彼女は一安心していた。偉い先生がどんなに「心配しなくていい」と言ったところで、あんなものが多感な時期の子供にいい影響を与えるはずのないことは確かなのだ。見ないでいてくれた方がいいに決まっている。

マスターベーションも週にせいぜい一回、時にはまったくしていない期間もあるようだった。それが、女性との関係が始まったことを意味しているのかどうか、彼女には分からなかった。夫の浮気を探る妻のように、遅く帰ってくる息子の体臭を嗅《か》いでみたりしたこともあったが、香水の匂いも石鹼の匂いも、そしてもちろん女の体臭も、嗅ぎ取ることはできなかった。

どこか変わったところはないかとぐるりと部屋を見回す。もとは炬燵《こたつ》だった黒いテーブルにはドイツ語の辞書とテキストがきちんと重ねて置いてある。かつては炬燵としても使っていたのだが、今は三畳ほどのホットカーペットとエアコンがあるので、冬でも炬燵布団はかけないままで勉強机として使っている。九年間使った学習机は高校入学時に捨てられ、空いたスペースは今はＡＶボードが埋めていた。一本しかない本棚には漫画が多いが、テキストは別にして活字の本も半分くらいはある。まったく本を読まない大学生も多いと聞くから、それに比べればまだましな方なのではないかと雅子は思っていた。

部屋がいつも通りだと分かると、彼女はごみ箱を覗いた。スチールでできた背の高い円筒形のごみ箱だ。ごみをまとめて取り出せるように内側には黒いビニールのごみ袋が入れてある。一番上に見えるのは本屋の紙袋、ビデオテープかカセットテープを包んでいたらしい破られたセロファン、それに丸められたティッシュ。いつものようにそのティッシュをつまみ上げて精液がついているかどうか調べようとしたとき、ごみ袋と同じような黒いビニールが丸めて突っ込まれているのに気がついた。

後で元に戻しておくためにごみの様子を記憶すると、彼女はビニールの端をそっと引っ張った。思ったとおりごみ袋だ。彼女がいつも買って台所に置いておくものと同じ。取り出してみて、袋の底の方に液体が溜まっていることに気づいた。その液体がこぼれないよう、丸まったビニールの口を探し、中を覗いてみた。むせかえるような金臭い匂いが漂い出る。

息が止まり、目眩《めまい》を覚えた。

知っている。自分はこの匂いを知っている。

開いた口からそっと左手を入れてビニールの内側を指で探ると、点々とついているらしい液体が指先に触れた。そっと手を引き抜いて指先を見た。少し黒ずんではいたが、間違いない。血だ。この袋には、血か、あるいは血を含んだ何かが入れられていたのだ。豚の血かもしれないし、鶏の血かもしれない。確かなのは、人の血であるわけはないということだ。人の血のついたビニール袋がどうして息子の部屋にあるわけがあろう？　動物の血に決まっている。家族に内緒で友達と焼肉パーティか何かをしたのかもしれない。包み紙から血が滲みだすのはよくあることだ。

そう考えながらも彼女の脚は震え、立ち続けることができなくなっていた。

――ああ、あの子は……うちの子は、一体何をしたの？

第三章

……さらに不死の神々のうちでも並びなく美しい
エロスが生じたもうた。　この神は四肢の力を萎えさ
せ　神々と人間ども　よろずの者の　胸うちの思慮
と考え深い心をうち拉《ひし》ぐ。

1　二月・樋口

敏子は病院の寮に入っていたが、彼女の両親は江東区亀戸《かめいど》の生家に今もいるのだという。遺体がいつ戻るか分からないので、今晩は仮通夜をするらしい。樋口の住む西葛西《かさい》からは、荒川を越えればすぐだ。ただの知人なら、葬儀だけ出て悔やみを言えばそれで済むだろうが、自分は元刑事だ。娘を殺された両親に、ちょっとした慰めになるような何かを言う義務がある気がしてならなかった。しかし実際自分が何を言えるのかということは、まるで分からない。

さんざん迷ったあげく、とにかく訪ねてみようと決めた。六時頃になって重い腰を上げ、背広をタンスから引っ張りだしてきて着替えると、鼠《ねずみ》色の着古したコートを羽織り、外へ出てタクシーを拾った。

刑事の誰しもが嫌がる遺族との対面は、樋口もまたもっとも苦手なものの一つだった。知人の、あるいは親戚の葬儀に出るのとはわけが違う。招かれざる客。無作法な闖入者《ちんにゅうしゃ》。死者と家族のプライバシーをほじくり返し、墓を暴《あば》き、遺体を切り刻んでプレパラートに乗せ、顕微鏡を覗く男達——家族の目が、そう語っているように樋口は感じていたものだ。

しかし、島木敏子は友人であり、恩人と言ってもいい間柄のはずだった。

——なのになぜ俺は今、彼らに会うことをこんなにも怖れているのだ？　まるで……まるで、自分がまだ刑事であるかのように？　俺はもう、彼らの感情を逆撫《さかな》でするような質問をする必要もなければ、解剖しなければならない理由の説明を求められることもない。ただ悔やみの言葉を述べ、早すぎる死に対する悲しみと姿なき犯人への怒りを、ほんの少し分かちあえばそれで済むことではないか。

それだけのことではないか。

自分にそう言い聞かせながら、樋口は敏子の実家へとたどり着いた。『島木屋菓子本舗』。野本の話を聞いて初めて、彼女の父親が和菓子職人であったことを知った。

タクシーを降りると、再び雪がちらつき始めた。金を払うとコートの前を合わせて店の前に立った。寂しげな商店街の外れに佇《たたず》む日本建築。想像していたより立派な店だ。屋根のすぐ下には『島木屋菓子本舗』と右から書かれた木の看板。間口は広かったが、今はもう板戸が固く閉じられている。彼は裏へ回る道を求めて、とりあえず右へ歩きだした。百メートルほど行ったところで家並みがとぎれたので、一方通行の細い道を左へと入る。すぐに左へ曲がって後戻りする形で再び百メートルほど歩く。

パトカーが二台家の前に止まっていたので、すぐに場所は分かった。すでに暗く、気温も低くなっているにもかかわらず、二、三人の主婦が立ち話をしながら赤色灯の回転しているパトカーの方を見ていた。所轄署の制服警官が二人、両手をズボンにこすりつけながら、パトカーのドアにもたれるようにして白い息を吐いている。玄関に向かおうとすると、警官の一人が立ちはだかって口を開いた。

「ここにご用ですか」

「……ここのお嬢さんの知人です」そう答えながら、身分を証明するようなものがあっただろうかと考えていたが、その必要はなかった。警官は微かに弔意を込めたともとれるような頷き方をして、樋口を通してくれた。

明かりの灯《とも》った玄関の敷石に立って、樋口はしばらくためらった。

やはり来るべきではなかった。両親が、そして駆けつけて訃報《ふほう》を確認した親しい人々が号泣《ごうきゅう》している様子が目に浮かんだ。彼らは自分と彼女の関係について何も知らないかもしれない。葬儀でもないのにこんなおいぼれが駆けつけたことを、一体どう思うだろうか。死の直前、彼女がうちへ来ていたことを彼らはどう聞いているだろうか。野本でさえその可能性を考えざるを得なかったように、特別な関係だったと思われはしないだろうか。

やはり来るべきではなかった。再びそう思い、踵《きびす》を返そうとしたとき、警官達がじろじろと彼を見ているのに気づいた。顔見知りではないから、彼が元刑事であったことなど知るわけがない。怪しまれるのも避けたくて、樋口は曖昧《あいまい》な会釈をして暗い空を見上げると、大きくため息をつき、立てつけの悪い戸をがらがらと音を立てて引き開けた。

十足ほどの靴が雑然と脱ぎ捨てられた広い三和土《たたき》を上がったところには、磨き込まれた大きな木の衝立《ついたて》が年輪を見せている。靴の中の何足かは、ひどく汚れて底の擦《す》り減った靴で、樋口には一目で刑事の物と判った。恐らく敏子の写真や遺品を捜索に来ている者がいるのだろう。ここに住んでいたわけではないからあまり人数を割かなかったようだな、と樋口は無意識のうちに考えていた。

五十がらみのウールの着物を着た婦人が衝立を回ってやって来、膝をついて頭を下げた。年齢からいって敏子の母親なのだろうと樋口は推測した。目に泣きはらしたような跡もなく物腰も落ち着いてはいたが、ショックを受けた人に特有の、魂が抜け落ちてしまったような印象を樋口は受けた。

「樋口と申します。お聞きおよびかもしれませんが、日頃からお嬢さんには大変お世話になっていたものでして、この度のことはまったく、何と申してよいやら……」

樋口は苦労して言葉を並べながら、相手が少し惚《ほう》けたように彼の顔を見つめている
ことに気づいて、口を閉じた。

「樋口さん……あなたが樋口さんですか。刑事をやってらしたとかいう」彼女は言った。衝立にさえぎられて樋口には見えない奥の広間からは、押し殺したすすり泣きと畳の上をすべる足音などが混じり合った、衣擦《きぬず》れのような音が洩れ出てきていた。

「ええ。とうに退職しましたが――」

しかし彼の言葉は、やや怒りを含んだ、意外なほどきっぱりとした語調でさえぎられた。

「お引き取りください」

樋口は言葉を失って、婦人を見つめた。ところどころ白いものが混じった短い黒髪は、太くてウェーブがかかっている。口や鼻は、丸い顔に申し訳程度につけられた凹凸。しかし同じように小さな目が、今は精一杯見開かれて彼を睨《にら》みつけている。漠然と怖れてはいたもののこれほどの悪意が自分に向けられるとは予想だにしておらず、樋口は冷水を浴びせられた思いで立ちすくんでいた。

「いえ、あの、わたしはただ――」

彼が抗弁しようとしていると、ただならぬ空気を嗅ぎつけたのか後ろからいまひと

りの女性が現れて彼は息を飲んだ。明らかに目の前の婦人と血がつながっていることが分かる丸顔の彼女は、小柄に見える婦人とは対照的に背が高く、そして造作はさほど変わらないにもかかわらず、美人の部類に属した。しかしもちろん、驚いたのはそんな理由ゆえではなかった。

島木敏子が生きていたのかと一瞬錯覚するほど、彼女が敏子に似ていたからだ。

「……どなた?」彼女が彼に軽く会釈をしつつ、微かな声で婦人の耳元に囁くのが樋口にも聞こえた。

婦人は樋口をきっと睨み据えたまま、再び繰り返した。

「とにかくお引き取りください。ただ今は取り込んでおりますし……とにかくお引き取りください」

「お母さん! そんな失礼な言い方って……」

妹なのだ、と樋口は遅まきながら気がついた。確か五つほど年の離れた妹がいると聞いたことがある。落ち着いて見つめれば、さほど苦労せずとも敏子とは違う点がいくつも目につく。髪は長く伸ばしているし、若干だが顔立ちが幼く、ふっくらとしている。敏子よりも母親の特徴をよく受け継いでいるようだ。敏子はもっと鋭く、そして傷つきやすく見えたものだ。

樋口は親子が言い争いを始める前に口を挟んだ。

「分かりました。突然うかがったこちらがいけなかったようです。また……その……日を改めて、出直してまいります。失礼しました」

返事を待たずに、後ずさるようにして玄関を出ると、頭を下げながら戸を閉めた。心臓がどくどくと鼓動を打っている。敏子の妹を見て驚いたせいか、母親の理不尽な怒りに当てられたせいかは分からない。よろよろと道路へ出ながら、軽い痛みを覚えて胸を押さえた。

心が弱ったために身体も弱ったのか、それとも年老いて身体が弱ったために心まで弱くなってしまったのだろうか。冷たい風が、通りを歩く彼の真正面から吹き付け、花びらのような雪がコートの前に貼りついては融けてゆく。樋口は顔を伏せ、身を屈《かが》めながら今来たばかりの道を逆に辿った。

角を曲がって大通りへ出たとき、後ろから小走りの足音とともに若い女の声が追いかけてきた。

「待ってください！　……すいません、ちょっと！」

立ち止まってゆっくりと振り向くと、敏子の妹はよろけそうになりながら彼の前まで走ってきて、はあはあと白い息を盛大に吐いた。つっかけを履《は》いて飛び出してきており、黒いとっくりのセーターの上に、何かを羽織る暇も惜しんだ様子だった。向かい合うと彼女の方が樋口よりほんの少し背が高い。敏子は樋口より小さかったから妹の方が数センチは高いということになる。

「何か？」樋口は彼女が息をつけるよう、少し待ってから訊ねた。

「……樋口さん、ですよね？」彼女はごくりと唾を飲み込んでから口を開いた。

「ええ。妹さんですか」彼が言うと、彼女ははっとしたように口を押さえ、ぴょこんと頭を下げた。

「……はい。島木かおるです」彼女はそこで初めて雪がちらついているのに気づいたらしく、空を見上げ、身を震わせた。

「どこか……どこかでちょっと、お時間をいただけないでしょうか」そう言って、樋口の顔をまっすぐに見つめる。傷つくことを知らない子供のような瞳だ、と彼は思った。敏子とは違う。彼女はこんな目で人を見つめたりしなかった。

「――お姉さんのことで？」

「はい」

「別にかまいませんが、お母さんは気に入らないんじゃないかな」悪意の理由が分かるかと、さりげなくそう付け加えた。

かおるはすまなげに言った。

「母はああ見えても、取り乱してるんです。ごめんなさい。——通りへ出てすぐ左へ曲がったところに『エル・ニド』っていう喫茶店がありますから、そこへ先に行っていていただけませんか。あたしもすぐ行きますから」

樋口が頷くと彼女は小走りに家へ戻った。

店はすぐに分かった。カウンター席が五、六席と四人がけのテーブルが三つしかない小さな店だ。そのテーブルのうち一番奥のひとつはマージャンのビデオ・ゲーム台になっていて、学生風の若い男がコーヒーに口もつけずに遊んでいる。樋口は入り口に一番近いテーブルに坐り、ココアを頼んだ。

やけどしそうに熱いココアに口をつけるのと、かおるが店に入ってくるのが同時だった。ハーフコートを羽織り、今度はちゃんと靴を履いてきていた。

「すみません、お待たせして」彼女は深く頭を下げると、樋口の向かい側に腰掛け、ミルクティを頼んだ。

しばらく彼女がうつむいて黙り込んでいるので、樋口は先に口を開いた。

「……まったく、ひどい話だ。慰めの言葉もない。ご存じかもしれないが、わたしは刑事でした。殺された人を何度も見てきたし、遺族と話もしなきゃならなかった。でかったこともありました。——わたしは、あなた方に何と言ったらいいのか分からない」

話している彼の顔を、かおるはじっと見つめていた。彼が言葉を切ったとき、彼女は意外な、あまりにも意外な質問をしてきた。

「姉を……姉を、愛してらっしゃったんですか」

冗談じゃない、と言いかけてやめた。彼女を傷つけることになるような気がしたからだ。

「……なぜ、そんなことを？　わたしとお姉さんは決して——」

彼女は首を激しく振って、彼の言葉をさえぎった。

「あなた達がそんな……関係じゃなかったことは存じてます。でも、気づいていらしたんでしょ？　姉があなたのことを……ずっと想っていたのは」

樋口は呆然《ぼうぜん》としてかおるを見つめた。敏子の顔がそこに重なる。ときおり今のかおるのように切なげな目で自分を見つめていた敏子。樋口はあえぎながら言った。

「まさか。それは何かの誤解です。彼女は同情してくれたんですよ。看護婦としての義務感だったのかもしれません」

「ごまかすのはやめてください。義務感なら、なぜあなたのところへだけあんなに頻《ひん》繁《ぱん》に通っていたんです？　姉は、気づいていました。あなたが姉を受け入れないだろうって。でもあなたのそばにいたかったんです」

そうだ。自分はその気持ちに便乗し、甘えていただけだった。ついに持つことのなかった美絵との間の娘のように感じられた一瞬もあった。敏子が求めているのがそんな類《たぐい》の愛情ではないことを知りながら、甘えていただけだった。

しかし彼は言った。

「たとえそうだったとしても、彼女がわたしのことをいわゆる恋愛の対象として見ていたとは思えない。わたしを見てごらん。そりゃ俳優みたいな二枚目ならともかく、ただの年寄りだ。そう、ちょうど君達のお父さんもわたしと同じくらいだろう。違うかね？」

「そんなふうに、ご自分を卑下なさるのはやめてください！」彼女は怒気をあらわにして言い、すぐに目を伏せた。

「ごめんなさい。何とおっしゃろうと、あたしが言いたかったのは、樋口さんは自分で思っていらっしゃるよりずっと魅力的だってことです。——否定しないでください！　姉があなたを愛してた事実は変わらないんですから。あたしが知りたいのは、あなたのことです。あなたが姉を愛してらしたのかどうか。それを伺いたいんです」

突然、さっきの母親の態度に納得がいった。彼女もまた、敏子の想いを知っていたのに違いない。敏子はまだ若かったから、当然再婚話などもあったことだろう。それを彼のために断っていたとしたら……。それだけでも恨まれる資格は充分だというのに、敏子は彼の家に来た帰りに殺された。誰にぶつけていいか分からぬ怒りが全部彼の方へ向いたとしても、分からないではない。

樋口は言った。

「恋愛の対象として見ていたかという質問なら、もちろん違う。それにわたしはそもそも年の差がなかったとしても、誰かを気にかけるような状態じゃなかった。抜け殻みたいなものだ。お姉さんがいなかったら、餓死してたかもしれない」

自分を見つめるかおるの瞼に涙が溜まっていることに気づいた。彼女は唇をきつく嚙みながら、泣くまいとこらえているようだった。

「奥様を……よほど愛してらしたんですね」

彼は答えなかった。かおるは続けた。

「もし……もし、もう少し時間があったら……姉を愛せたと思います？」

「そんな質問は意味がない。彼女がこんなひどい目に遭《あ》わなかったとしても、どのみ

ちわたしには大した時間は残されてないからね」樋口がそう言って自嘲ぎみに笑うと

かおるは怒ったように睨みつけた。

「答えてください。いつかは、姉を愛するようになったと思いますか？」

樋口は嘘をつこうとして口を開きかけたが、彼女の目を見て、それができないこと

に気づいた。

「――いや。そうは思わない」

涙が溢れた。かおるは素早く顔を背け、手の甲でその涙を拭った。背中を震わせな

がら、言った。

「……ごめんなさい。きっと……ご迷惑だったと思います。……でも、聞きたかった

んです。聞いたからって、どうなるものでもないとは分かってるんですけど……聞か

ずにはいられなかったんです」

「分かるよ」樋口はやりきれない思いで言った。敏子の顔を正確に思い出そうとした

が、既に記憶はぼやけ始めている。目の前にいるかおるの顔と区別がつかなくなって

いた。

お前のせいだ。お前のせいで彼女は死んだ。

そんな声が突然頭の中で響いた。

お前が彼女を殺した。

樋口はテーブルの下でそっと拳《こぶし》を握り締め、歯を食いしばった。

かおるはハンカチを出して涙を拭いながら喋り続けている。

「……でも、ほっとしました。樋口さんがいい方で。姉の気持ち、今なら分かるような気がします」

彼女はハンカチをしまい、立ち上がると伝票を取り上げて言った。

「これで失礼します」

彼が口を開く間も与えず、彼女は支払いを済ませていた。テーブルの上のカップは、どちらも口をつけられることなく冷めていた。ドアを出て行こうとする彼女に、立ち上がって呼び掛けようとしたが、言葉を思い付かなかった。

彼は再びがっくりと椅子に腰を落とし、忘れられ、表面に焦げ茶色の膜が張ったココアをしばらく見つめていた。

お前が殺した。

「俺のせいじゃない」樋口は声に出して言った。カウンターの中の中年の女と、マージャンゲームをしていた客が、彼をちらちらと窺《うかが》っていることには気がつかなかった。

殺したのはお前だ。

2　前年〜一月・稔

初めて女を殺した翌日、稔は大学を休んだ。居間で寝転がってテレビのリモコンを持ち、昨夜の殺人のニュースが始まるのをいまかいまかと待ち構えているところへ、どこかへ出かけたものとばかり思っていた母がのっそりと入ってきた。

「稔さん。大学はどうしたの？」彼女は不服そうに言った。

「……ちょっと熱っぽいから。どうせ授業は一つしかなかったし。前期は皆勤した講義だしね、一回くらい休講してもかまわないさ」

その時、ニュースが始まった。今チャンネルを変えるのは不自然だし、ニュースを見逃すのも嫌だ。自分がどんな反応を示すか分からなかったが、母親に何かを気づかれる恐れはないと判断した。

いきなり、画面の下に『池袋のホテルで女性の死体発見』とテロップが出て、稔はどきりとした。しかしアナウンサーが話しだしたときには、全身が震えるような喜びを感じていた。女の顔写真が映ったのだった。多分、学生証か免許証の写真なのだろうが、そのどこか魂の抜けたような顔は、死んで横たわっていた彼女の顔を思い出させた。母親がすぐそばにいるにもかかわらず、彼の性器は鋼《はがね》のように固くなっていた。自分が昨晩愛を交わしたばかりの女の顔が大写しにされているのを母親と見るのは、狂いそうになるほどの羞恥心と同時に、どこか嗜虐《しぎやく》的な喜びをもたらした。

『今日午後一時十分頃、豊島区東池袋のホテル「パラディソ」で女性が死んでいるとの通報を受け、池袋署員が急行したところ、客室で若い女性が首を絞められて死んでいるのが発見されました。その女性は、現場に残された持ち物から、都内に住む私立東洋文化大一年生、江藤佐智子さんであることが判りました。池袋署では殺人事件と見て、一緒にいたと思われる男性の行方を追っています』

「あら。あなたの大学じゃないの。ねえ、見てごらんなさいよ」

母親はあんぐりと口を開けてテレビの画面を指差していた。稔がしっかりと見ていることにも気づいていないらしい。

『次のニュースです。社会党の影の内閣、シャドー・キャビネットは昨日……』

「ほんとだ。まだ一年生か。可哀想に。もっと詳しいニュース、やってないかな」声がうわずりそうになるのを抑えながら、稔はリモコンのボタンを次々と押した。彼女の顔をもっと見ていたかった。

「あ、そうそう。お隣に行くところだったの。忘れるところだったわ。すぐ戻るから」

そう言って彼女はあたふたと家を出ていった。

隣には子供のいない年寄り夫婦がいて、いつも彼女は「時々様子を見てあげないと」と言ってはぐちを聞いてもらいに行くのだ。一度行って、一時間やそこらで帰ってきたことはない。すぐ、と言っても夕飯の支度を始めるぎりぎりまでは帰ってこないだろう。それまで、彼はしたいことをしてもかまわない――。

ワイドショーが始まり、トップの扱いで死体発見を報じていた。ニュース番組よりも詳しく報道してくれるに違いない。特にこういった性的な匂いのするものにはあいつらは飛び付きやすい。自分の行った行為について、マスコミはどこまで摑《つか》んでいるだろうか？

しかし、死体発見後二時間も経っていない状況では、多くを望むのは無理な相談だった。レポーターも、愛情のもつれから起きた犯罪でしょうか、といった程度のことしか言えない様子だ。稔にとっての唯一の収穫は、もう一度たっぷりと彼女の写真を拝めたことだった。

あの首は写真で見るよりずっと蠱惑《こわく》的だった、と稔は思い返した。浮き出た鎖骨はひどく細くて、折れてしまいそうだった。そして豊かな乳房。何度も口にくわえ、しゃぶり、歯形が残るほど嚙みしめた。彼は記憶の中で彼女の身体を再びゆっくりと愛撫しつつ、下半身へと向かった。

くびれたウェストと、縦長の臍《へそ》。豊かな腰とすらりと伸びた長い脚。茂みに隠されていた彼女の中心──。

すべてが鮮明に記憶に残りながらも、夢の中の出来事のようだった。彼女とあのように濃密な時を過ごすことができたことを、どうしても信じることができない。そして、自分があれほど激しく純粋に誰かを愛することができたことも。彼女への愛は、今も彼の心の中から溢れだそうとしており、まったく枯れる様子もない。まるで年老いた恒星のように、自分自身の愛の重みで潰れてしまいそうにさえ思えた。

彼はズボンの上からそっと膨らみをさすりながら、すべてを、昨夜のすべてを思い出し、もう一度深く記憶に刻み付けようと思った。

肉欲などという極めて形而下的な言葉は当てはまらない。俺がしたことは、世間の連中が行っている下らない行為とは比べ物にならないのだ。俺と彼女はあの時、もっと根源的なところでつながっていた。

稔は、うろ覚えのメロディを、彼女を殺したときにホテルで流れていたメロディを、自分が口ずさんでいることに気づいていなかった。

生と死、生と性、死と性——それらは初めから分かちがたく結び付いていたのに、俺は今までそんなことは考えもしなかった。セックスは隠すもの、殺人はいけないこと、人間の命は貴い——そんなくだらない弱者の考えに、俺も知らず知らず染まっていたのかもしれない。

俺は生まれ変わった。この世でただ一つの真実を手にした、この世でただ一人の男。

稔は痙攣《けいれん》しながらズボンの中に何度も射精し、男にもオーガズムがあることを知った。江藤佐智子のうつろな瞳がブラウン管の中から、いつまでも彼を見つめていた。

風は日毎に冷たさを増し、冬がやって来た。稔は表面的にはいつもと変わらぬ生活を続けていたが、心の中は乱れていた。幸福の絶頂にあるような気がすることもあれば、理由も判らぬまま落ち込んでしまうこともあった。

一番悲しかったのは、あれほどの陶酔をもたらした彼女との記憶が、どんなにつとめても薄れていってしまうことだった。記憶を探るだけで味わえたあの強烈な刺激と興奮も、今ではスクリーンの中の出来事のようにひどく味気ない。

事件そのものはさほど派手な要素もなく進展もなかったことで、マスコミからはすぐに忘れ去られたから、あれ以来ブラウン管に彼女の顔が出ることはほとんどなかった。稔は買い集めておいた週刊誌に載っている彼女の写真を繰り返し見ては記憶を呼び戻そうとしたが、それもうまくいったのは初めのうちだけで、やがて、そんなインクの染みには何の意味もない、とさえ思うようになった。ただ、ある週刊誌が載せた、高校の文化祭の模擬店で、友達と一緒にホットケーキを焼いている写真だけはひどく気に入った。フリルのついた白いエプロンをかけ、フライ返しを持って友達と笑い転げている写真。「高校ではいつも明るく、友達も多かった佐智子さん」という苦笑せざるを得ないようなキャプションがついている。

そういった写真や記憶を頼りに稔は時折マスターベーションをしてみたが、日増しに強くなる切ない胸の痛みを癒《いや》すことは決してできなかった。そして、垢《あか》が少しずつたまるようにして彼の五感は鈍らされていき、再び世界は彼から離れていこうとしていた。すべてのものにもやがかかって見え、音はくぐもって聞こえた。何を食べても味はなく、匂いもない。足元の地面さえ不確かで、目に見えるものすべてが錯覚なのではないかとさえ思えた。

なぜだ？　俺は生まれ変わったはずじゃなかったのか？　俺は確かにあの時彼女と、そして世界とつながっていたはずだ。この手にしっかりと掴んだと思った真実は、今や霧のように不確かなものとなって指の隙間から逃げ出しつつある。

大学が冬休みに入ると、自分が何を求めているかも判らないまま、彼は街をさまよい歩いた。新宿、渋谷、六本木から原宿、下北沢といった少々場違いなところまで。殺人の捜査が自分に及ぶかもしれないということについては、ぼんやりと考えてはいたものの、不安や恐怖はまったく覚えなかった。世界を失おうとしている今、逮捕され、形而下的な罰を受けることなど彼にとっては取るに足りないことだったし、そもそもあれが本当に自分の行為であったのかすら確信が持てなくなっていたのだから。

年が明けて三が日は家にいたものの、四日にはもう我慢ができなくなり、稔は再び街へ出た。暖冬だと言われていたが、彼には寒いのか暖かいのかさえ判らなかった。新宿は、予想していたよりは人出があったが、それでも普段と比べれば閑散としている。ＪＲの東口へ出ると、なんの当てもなく歌舞伎町の方へ足を向けた。これまでほとんど足を踏みいれたことのないゲームセンターへ入ってみたのも、きまぐれだった。街がいつもと違ってひどく静かだったために、騒音を求めていたのかもしれない。入ってしばらくは電子音の洪水に身を任せていたが、ふと何かゲームをやってみようという気になった。といってもたくさんあるテーブル型のゲーム機は、一見しただけでは何をどうするゲームなのか判断がつかない。その点、カプセル状になったドライブゲームは、一目瞭然だ。稔はちょっと気恥ずかしさを感じながら、運転席を摸したゲーム機の中に滑り込んだ。ハンドルを握り、アクセルとブレーキを踏んでみる。シートの右側にはハイとローしかないシフトレバー。クラッチはない。本物よりも簡単そうだと考えたのも当然だった。

しかし、鈴鹿を再現したらしいサーキットを一周することはおろか、最初のコーナーで壁に当たった後、行きたい方向へ進むことすらできないでもたもたしているうちにゲームは終わっていた。苦笑しながら首を振っていると、後ろからくすくすと笑い声が聞こえた。振り向くと、ゲーム機のカプセルにもたれるようにして覗き込んでいる少女と目があった。ぴっちりした黒い革のスカートを穿《は》き、真っ赤なジャンパーを着たポニーテールの少女だ。化粧をして大人っぽく見せようとはしているが、おそらく十五、六だと見当をつけた。

「こんなのできる人いるの？」と稔が肩をすくめながら言うと、少女は代われという合図か、彼の肩を軽く叩いた。素直に運転席を譲るとコイン投入口を指差す。仕方なく稔は財布から百円玉を出して入れてやった。

彼女は本物のレーサーもかくやとばかりに、素早いシフトチェンジを繰り返しながら次々と敵車をかわし、結局一位でゴールインした。彼を見上げてにっこりと笑う。ジャンパーの下は、胸の谷間が見えるほど衿《えり》ぐりの深い黒いTシャツ一枚だった。つんと立った乳頭がシャツを押し上げている。

「どう?」

この時初めて彼女の声を聞いた。無色透明のガラス玉を思わせるような声だった。

「いや、すごい。信じられない」偽らぬ本心だった。

「まあ、オジンには無理かもね」

少しむっとはしたものの、これほどの違いを見せつけられると、やはりもう既に反射神経でこの年代の連中には勝てないのだろうと納得した。彼女は運転席に坐ったまましろじろと彼を見回しながら、何度か頷くと、言った。

「ねえ、何かおごってよ」

見知らぬ人間にこういう台詞《せりふ》を言うのは初めてではなさそうだった。

「オジンってのを訂正したら、考えてやってもいい」

「分かったわ——お・じ・さ・ま」

彼は思わず吹き出した。面白い娘だ。

こいつなら……この娘なら、また愛せるかもしれない。心から、愛せるかもしれない。――江藤佐智子のように。

3　二月・雅子

雅子は震える手でビニール袋をゴミ箱に戻すと、逃げるように部屋を出た。もはや入ったことを悟られないように配慮する余裕などなかった。家中に闇雲に掃除機をかけ、洗濯物を干した後もまだ動悸は治まっていなかった。

夫に相談するべきだろうか？　だとしたら、一体何と言おう。動物の血のようなものがゴミ箱に捨てられていたとでも？　夫は何と答えるだろう。――おそらく最初は相手にするまい。「どうでもいいじゃないか」と言うに決まっている。そしてもっとしつこく言ったところで、「そんなに気になるんなら、本人に聞いてみろ」と言われるだろう。

もちろんそんなことはできない。ゴミ箱までも漁《あさ》っていたことを、それももう何年もそうしてきたことを明かさなければいけないのだ。彼女は自分の行為がいけないことだとは全然考えていなかったが、息子にそれを知られることだけは避けたかった。それが愛から発した行為であることを分かってもらえないかもしれない。彼女を憎みさえするかもしれない。それは絶対に耐えられないことだった。

居間でテレビをつけて見るともなく見つめていると、五時頃になって娘の愛《あい》が帰ってきた。兄とは年子の彼女ももう大学生であり、後期試験の真っ最中だ。しゃかりきに勉強している様子など窺《うかが》えないが、それなりにうまくこなしているらしく、雅子は彼女については何も心配していなかった。容姿は親のひいき目を差し引いても並以上だし、明るくて気立てもいい。

「試験、どうだったの？」雅子が訊ねると、娘は指でＯＫサインを作って見せた。通学用の鞄とは別に、スーパーの白いビニール袋を下げている。台所に入ってビニール袋を流し台の上に置くと、意外なことを言った。

「――今日はあたしが晩ご飯作るね」

「え？　いいのよ、そんな。まだ試験残ってるんでしょ？」

「気分転換したいの。寒かったし、熱々のグラタン食べたい！　って思ったら、もう我慢できなくって」

しかしその言葉の後半を、雅子は聞いていなかった。ちょうどその時テレビが、殺人事件の報道を始めたのだ。

『今日午前十一時頃、青山のホテルで女性の死体が見つかった事件で、警視庁は殺人事件と断定、渋谷署内に捜査本部を設置することを決定しました。また、先月四日に新宿で殺された加納《かのう》えりかさんの事件と手口がよく似ていることから、同一犯の可能性もあるとしています』

年明け早々の陰惨な事件だったから、その事件は雅子もよく覚えていた。そう、あの殺された少女は、乳房を切り取られていたはずだった。犯人は乳房などを切り取って、家にでも持って帰ったのだろうかと、雅子などは訝《いぶか》しんだものだった。そう、そんなものを家に持ち帰って一体――

雅子の目の前に、一瞬にして血のように赤く暗い帳《とばり》が下り、何も見えなくなった。

「……さん？　お母さん？　ねえってば！」

娘に肩を揺さぶられて、はっと我に返った。テレビに目を戻すと、ニュースはもう終わっている。一、二分、完全に放心していたらしかった。

「どうしたの？　顔色わるーい。ちょっと休んだら？」

そんな必要はないと言いかけた時、全身に悪寒が走ってぶるんと大きく身体を震わせた。熱がある。立ち上がろうとして、脚ががくがくすることにも気づいた。

「……そ、そうね。風邪ひいちゃったのかもしれないわ。ちょっとお薬飲んで横になってみる」

そう言い繕《つくろ》いながらも、彼女の頭の中では、切り刻まれて意味を失いかけた言葉の断片が渦巻いていた。ビニール……昨夜遅く……あの子は昨夜いつ帰ったのだろう？……血……乳房……わたしの息子……家族……幸福……血……食べる？　……連続……血が……溜まって……わたしの息子……わたしの息子……わたしの息子――！

立ち上がり、居間を出ようとしたところで彼女は目眩に襲われ、柱にもたれかかって必死で身体を支えねばならなかった。

「お母さん！　大丈夫？」

娘が差し伸べる手に摑まり、やっとの思いで寝室にたどり着く。風邪薬を飲んで、敷いてもらった布団に潜り込むと、疲れてもいたのか、すぐに眠りに落ちた。しかしその眠りはとても安らかといえるようなものではなかった。悪夢を見たのだ。八時頃叫びながら目を覚ました時にはもうその内容は思い出せなかったが、毛布がじっとりと湿るほど全身に汗をかいていた。

悪夢は……悪夢はどこから始まっていたのだろう、と雅子は布団の上で半身を起こしたまま考えていた。あの子の部屋で血を見つけたのは……あれも夢だったのではないか？　殺人事件は――ニュースでやっていた殺人事件は？

耳を澄ますとテレビの声に混じって話声が聞こえてくる。夕食は愛が作ってくれたのだろうか。

もぞもぞと布団から這い出すと、脱ぎ捨てていたカーディガンを着、鏡台の前に少し坐って髪の毛を軽く梳《す》いて居間へ出ていった。

珍しく全員が顔を揃えていたが、時折娘が何か言う他は、みんな黙ってテレビを見ているだけだった。雅子が居間へ入ると、みんなは顔をあげた。

「お、お目覚めか。鬼の霍乱《かくらん》って奴か？」心配のかけらも感じられない口調で夫が言ったが、雅子は初めからそんなものを彼に期待してはいないから憤慨もしなかった。それよりも彼女の頭を占めていたのは、あのビニール袋と、殺人事件のことだった。あれは、夢だったのだろうか？　――いや、違う。今は分かる。あれは本当に起きたことだ。わたしはあの子の部屋で、血に……何のものか分からない血液に触れ、匂いを嗅いだ。

ちらりと息子の方を見やると、彼はすぐに顔を背けてテレビの画面を熱心に見つめた。画面ではちょうど、近頃飽きるほど繰り返されている、くだらないお菓子のコマーシャルをやっていた。

雅子は台所に逃げ込んで洗い物でもしようと思ったが、それも娘がやったのか、雅子の分にと用意してくれたらしい、焼く前のグラタンが一つ出ているだけだった。

「愛ちゃん、ごめんなさいね」居間の方へ声をかけ、まったく食欲がないことに気づくとグラタンにラップをかけ、冷蔵庫にしまった。

「ううん。作るつもりだったんだし……それより、もういいの？」心配げな娘の声が聞こえてきて、ふいに涙がこぼれそうになった。たかが血のついたビニール袋一枚で、一体どうして自分はこんなにも動揺しているのだろう？　この平穏な家庭がそんなもののために失われてしまうかもしれないなどと、どうして思ったりしたのだろう？　そんなわけはない。わたしの子供達。わたしの家族。わたしの幸せ。なくなったりするはずがない。絶対に失いはしない。

たとえ……たとえ、何があっても。

第四章

カオスから　幽冥《エレボス》と暗い　夜《ニュクス》が生じた……

1　二月・樋口

二月は逃げる、などと言ったのは誰だろう、と樋口は考えていた。一日一日が耐え難いほどのろのろと過ぎ、いつまで経っても春はやってこないように思えた。寒さのせいではない。そんなものはもはや気にならなくなっていた。

島木敏子が自分のことを想っていた……。

分かっていた。分かっていたのだ。ずっと知っていて、彼女を、そして自分自身を欺《あざ》むいてきた。あの夜も、そうだったのだ。

あの夜敏子はぐずぐずとしていて、いつもより遅くまで彼のところにいた。いつもなら七時頃には食事を終え、後片付けと少しの雑談の後、八時にはマンションを出ているはずだった。それがあの日は、支度できたのが八時頃で、食べ終わったときにはもう九時だった。後片付けは自分ですると樋口は主張して、敏子を帰そうとした。

「遅くなると、危ないよ。タクシー呼んであげよう」

樋口がそう言って電話をかけようとするのを敏子は止めた。今から見たいテレビがあるからここで見させて、と言うのだった。仕方なく一緒に見たが、他愛のない恋愛ドラマで、とても彼女が見たがるとは思えないものだったたし、実際真剣に見ている様子でもなかった。十時にドラマが終わっても一向に急ぐ様子も見せず、彼が勝手に呼んだタクシーが到着するまで、コートを取り上げもしなかった。玄関を出ていくときか、振り返った彼女の顔を、樋口は目を伏せて見ようとしなかった。どんな目をしているか、想像できたからだ。これまで何度も見せられた、傷ついたようなあの目つきと向かい合うのは耐えられないことだった。——そう、そしてもうあの瞳を見ることはない。もう二度と。

タクシーを電話で呼んでいたことは、樋口の容疑を晴らす役には立った。タクシー会社を野本に教えると、すぐに裏が取れたことを報告してきた。運転手は、確かに樋口に呼ばれ、女性を一人だけ、六本木まで乗せたと証言したのだ。

六本木。敏子は一人で六本木へ行き、どこかのクラブででも犯人と会ったのだと警察は考えている。樋口の容疑が晴れた今、犯人はゆきずりの男だろうというのが彼らの見解らしかった。正月に殺された少女と敏子との接点が発見できない以上、妥当な意見ではあった。

最初は樋口はどうしてもその意見に賛成できなかった。ゆきずりの男とホテルへ行くような女性ではない、と思っていたからだ。彼女がそんなことをするはずはない、と。しかし今は、分からなくなっていた。いや、頭では理解していた。彼女はあの夜、ついに樋口には自分の想いが通じないことを悟り、忘れようとしたのに違いない。アルコールを求めてか、あるいは初めから男を、一夜限りの男を求めていたのか、それは分からない。とにかく彼女は、最悪の時に、最悪のくじを引いた。

彼女が樋口を忘れるために身を任せた男は、異常者だったのだ。

犯人は彼女をベルトのようなもので絞め殺した後で何度も屍姦《しかん》を行い、乳房を切り取り、下腹部を切り裂いていたという。刑事だった樋口でさえ野本からの詳しい報告には、心底震えあがった。この都会の闇は、まだまだ恐るべき獣をその裡《うち》に飼っているのだと、改めて思った。

頭の痛くなるような出来事もあった。死体発見の翌日の五日には、マスコミが事件当夜の敏子の行動を、早くも嗅ぎつけてしまったのだ。

始まりは、電話だった。

このところ樋口はほとんど眠った記憶がなく、明け方にまどろんだかと思うと目が覚めているといった毎日が続いていた。眠った気がしないそのことよりも、いよいよ自分も年寄りの仲間なのかと思うと、一層憂鬱な気持ちになる。

だから、朝の六時半などという非常識な時間に電話が鳴った時にも、すでに布団から起きだしているところだったので、驚きはしたものの腹は立てなかった。

電話の相手は、ゴシップ色の強いタブロイド新聞の記者らしい。斎藤《さいとう》、と名乗ったが樋口は何人も知っているうちのどの斎藤だったのか思い出せない。しかし向こうはこちらを知っている様子だった。

「お久しぶりです。どうもこのたびはとんだことで」

この瞬間にはもう、自分と敏子の関わりがばれたに違いないと気づいていた。慎重に答えなければ、と思えば思うほど、受話器を握り締める手に汗が滲《にじ》む。

「……何のことでしょう」

聞き返した瞬間に、思い出した。斎藤……確か、ノブオとかノブロウとかいったはずだ。字までは思い出せないが、どんな男だったかは憶えている。背が高く、浅黒い。彫りの深い混血じみた顔立ちだが、ハンサムというよりは得体の知れないものを窺わせる。初めて会った頃はまだ二十代だったはずだから、今はもう四十前くらいだろうか？　いずれにしろここ五、六年は声を聞いたこともない。

「何のことって……昨日の女性、お知り合いなんでしょ？」

やはり摑んでいる。いずれ嗅《か》ぎつけられることだとは思っていたが、こうも早いとは。すでに容疑が晴れていたことが救いだった。でなければ、一体どんな記事が書かれることか。

「……確かにそうだが、それほど親しかったわけじゃない」

「おや、そうでしたか。殺された夜も、あなたのところに遊びに行ってたって話も、あるんですがね」

樋口が黙っていると、彼はのんびりした口調で続けた。

「それほど親しくない男の部屋を、若い女性が夜訪ねたりするもんですかね」

この男が知るはずはないが、それは今の樋口にとってもっとも痛い質問だった。動揺を抑えながら、樋口はとぼける。

「さあ。あいにくわたしは女性の心理には詳しくないんでね。……他に用事がないんなら、切るよ」

「ちょっと待ってください！　樋口さん、あなた昔の仲間から容疑者扱いされてるんですよ。腹が立たないんですか？」

「……容疑は晴れた。彼らも仕事だから——」

「晴れた？　もう晴れたんですか？　どうして？」

どうやらそのことまでは摑んでいなかったらしく、勢い込んで訊ねてきた。樋口としても、どうせ記事が書かれてしまうのなら容疑者としてではない方がいい。タクシーの件を話してやった。聞き返されてタクシー会社の名前を教えているとき、玄関のチャイムが鳴った。

「これで切るよ。誰か来たらしい」

「同業他社の皆さんでしょう。覚悟しといた方がいいんじゃないですか」可笑しそうな口調で、斎藤は言った。

お互い挨拶はせず、電話を切った。樋口はしばらく玄関の方を見つめ、昔のことを思い返していた。重大な事件の捜査に当たるたび、他社に先駆けて少しでも早く情報を手に入れようと、こうして早朝訪ねてくる新聞記者が何人もいたものだ。一般に、「夜討ち朝駆け」という。朝出かける前の刑事を玄関で捕まえて質問し、夜遅く訪ねてきては上がり込んで質問する。刑事も人の子、隠しておかなければいけない情報も、つい言葉の端からこぼれてしまうこともあれば、相手によってはこっそり教えてやることもある。蠅のようにわずらわしい連中だったが、もちろん退職した刑事を訪れるような閑人《ひまじん》はいない。妻の葬儀に来てくれた数人の親しい記者を除けば、この五、六年誰もここを訪れたことはない。それがこんな形で再び、彼らの訪問を受けることになろうとは——。

何度も繰り返しチャイムが鳴らされ、おまけにまた電話が鳴りだした。樋口は部屋着に着替えると、上に綿入れを羽織り、電話の方は無視して玄関へ出た。ドアスコープを覗くと、案の定カメラマンや記者らしき男達が廊下に五、六人集まっている。まだマスコミすべてが情報を摑んだわけではないようだ。樋口はドアを開けた。

続けざまにフラッシュが焚《た》かれ、情報を取りに来ただけではなく、自分自身が記事になる可能性もあることを改めて感じた。

「樋口武雄さんですね？　警視庁捜査一課の警部だった、樋口さんですね？」

目を細め、手で光をさえぎりながら確認すると、カメラマンが三人、メモを手にしている記者が三人。新聞ばかりで、テレビはまだ嗅《か》ぎつけていないらしい。

「ああ。あんた達は？」臆《おく》している様子を見せまいと、樋口は居丈高に聞き返した。

三人は口々に新聞社と自分の名前を名乗るが、とても憶えていることはできない。

「島木敏子さんが最後に立ち寄ったのがあなたのお宅だというのは、本当ですか？」

三人を代表しているのか、最初に口を利いた男だけが質問をする。背は樋口と変わらない、ひどく肥った男だった。三十五、六に見えるが、肥っていることを差し引いて三十歳位と見当をつけた。

樋口は少し彼らを見回し、一息ついてから答えた。

「本当だ。しかし――」

言いたいことを言わせてはくれないらしい。男は構わず質問を放ってきた。

「被害者とのご関係は？」

エレベーターのドアが開く音が聞こえ、続いて廊下をばたばたと走ってくる靴音。他の連中も来たようだ。何度も同じ質問に答えるのも面倒くさいし、他の住民が何事かと思って起きだしてくるのも避けたい。

「被害者とのご関係は？」彼は繰り返した。

息せき切って到着した新たな連中が一通りフラッシュを焚くのを待って、樋口はよく通る声で言った。

「建物の外で質問に答えますから、皆さん下に降りてください」

樋口がエレベーターに向かうと、彼らはぞろぞろと後に従った。時折フラッシュが焚かれる。彼らは念のために撮っているだけであって、自分の写真が新聞に載ることなどまずないとは思っていたものの、やはり気分のいいものではない。もし逮捕されるようなことになったら、この時の写真が一斉に週刊誌や新聞を飾ることだろう――。

逮捕？　馬鹿馬鹿しい。アリバイは確認されたのだ。そんなことはありえない。

樋口は首を振り振り、エレベーターに乗り込んだ。乗り切れなかった取材陣は慌てて階段の方へ走っていく。彼は郵便受けの並ぶ玄関ロビーを出たところの階段の中程で、取り囲む取材陣に質問を促した。

「島木敏子さんとはお知り合いですよね？」

「島木さんと付き合ってらしたというのは、本当ですか？」「被害者とのご関係は？」「島木さんは事件のあった夜――」

一斉に襲いかかる質問のうち、聞き取れたのは二、三人のものだけだった。樋口は勝手に喋ることにした。

「わたしの妻が入院していたときお世話になった看護婦が、島木さんです。妻が死んでからも、彼女はわたしのことを心配して時々様子を見に来てくれていました。いわば恩人です。彼女には大変お世話になりました。大切な友人です……でした」

言葉の合間に質問を放ってくる記者もいたが、彼は無視した。

「ですから、彼女を殺した犯人には、本当に怒りを覚えています。警察が一日も早く犯人を捕まえることを望んでいます」

「彼女があの晩あなたの部屋に泊まったってのは、本当ですか？」叫ぶように質問した記者がいた。樋口は怒りで顔に血が昇るのを感じた。

「違う！　どこからそんなデマを聞いた！　わたしはタクシーを呼んで、十時頃には彼女を帰した。警察はもうとっくに調べてる」

「どこのタクシー会社ですか？」彼の怒りがまったく伝わらない様子で、記者は質問を続ける。樋口は必死で自分の感情をなだめながら、会社名を言った。

「もう何も言うことはない。帰ってください」そう言って踵《きびす》を返そうとした樋口に、なおも質問が投げかけられる。無視しようとして、耳に入った質問の一つが彼を立ち止まらせた。

「殺人捜査の専門家として、ご意見をお聞かせください！」

樋口が階段の上でゆっくりと振り返ると、記者達は静まりかえって彼の顔を注視していた。今叫んだらしい記者が、少し低いトーンで続けた。

「あなたは五年ほど前まで捜査一課の殺人班で、警部として勤務してらっしゃいましたね。殺人事件をいくつも扱ってらっしゃる。島木敏子さんを殺害した犯人と、正月に少女を殺害した犯人は、同一犯だと思われますか？」

樋口はしばらく言葉を頭の中で組み立て、慎重に言った。

「わたしは現在ただの市民です。そのような憶測を述べる立場ではない」

「しかし永年捜査をしてこられたわけでしょう。ただの市民って言い方はちょっと――」

「じゃあ言い換えましょう。わたしは元警官です。ただの市民ではないので、警察の捜査に関わるような軽はずみなことは言えない。これでいいですか？」

記者達の間から不満のうなり声が上がる。舌打ちの音も聞こえた。

「では、警部はこれまでこういった猟奇殺人も扱ったことと思いますが、犯人は、どういった人物だと思われますか？」記者が〝警部〟と呼んだことに樋口は気づいたが、悪い気はしなかった。

これまで扱った猟奇殺人――。真っ先に頭に浮かんだのはやはり、あの事件だった。数年前、日本中を騒がせた幼女連続殺人。様々な意味で、悪夢のような事件だった。事件そのものだけでなく、警察の信用失墜、マスコミの勇み足により飛び交った誤報の数々、犯人逮捕後の過熱報道と、ホラービデオ規制などといった世論の過剰反応ぶり。すべてが真夏の夜の悪夢とでもいった感があった。誰もがそれを恐れながらも目を背けることができない、最大最高のエンタテインメント。あの事件報道そのものが、日本国民のホラービデオだった。

樋口は深く考えもせず、口を開いていた。

「二つの事件が同一犯なのだとしたら、性的倒錯者の可能性は高いでしょう」

「死体の一部が切り取られているようですが？　なぜでしょう」別の記者からも質問が飛んできた。

「……そんなことは分かりません」

「食べたのでしょうか？」

全員が一斉に言葉を失って、その質問者を振り返った。東京のローカル紙の記者だった。自分が注目の的になっていることに気づくと、恥じ入ったように下を向く。

誰もが頭の隅に持ちながら口に出せなかった考えを、彼はあっけらかんと言ってしまったのだった。樋口は苦笑しながら、改めてその可能性について考えてみた。あの幼女殺人犯も、遺体の一部を食べたと証言した。何か共通点が、あるだろうか？

「そりゃあ、どんな可能性だってありうるでしょう。わたしには分かりません」

「犯行はまた行われるでしょうか？」とこれはまた別の方角から質問が来る。

「そんなことは犯人以外分かるわけがない。――ただ、こうした犯罪者の再犯性が高いのは常識だからね。……さあ、もういい加減にしてくれないか。いつまでもわたしに質問してたって、新しい情報なんかは出てこないんだからね」

それでようやく記者達も納得したらしく、樋口は解放された。部屋に戻ると電話が鳴り続けていた。今日一日は電話にも、チャイムにも応えるまいと決心してジャックを引き抜くと、一瞬たじろぐほどの静寂が襲いかかる。さっきまでの喧騒《けんそう》と興奮を思い出し、何もかも幻だったのではないかとふと思った。

小腹が空いていたので、インスタントラーメンを作って食べることにした。

自分が少し軽率過ぎたかもしれないと思ったのは、夕刊を見てからだった。

朝刊より扱いは小さかったものの、それは一面に掲載されていた。朝刊とさほど変わりばえのしない内容の後に、「警視庁の元警部で被害者と親しかったAさん（六五）」なる者の談話が続く。

『犯人はおそらく性的倒錯者。こういう犯人は犯行を繰り返す傾向があるので、一刻も早く犯人を逮捕しないとまた犠牲者が出ることになると思う』

嘘ではないが、真実でもない。樋口は一瞬記者達に腹を立てかけたが、すぐにその怒りは自分自身に向かった。警部などと呼ばれて気が大きくなって、ついいらぬことまで喋ってしまった。これでは彼が警察の捜査を非難しているように取れなくもないし、大体公式発表も何もない段階で〝元警部〟が「犯人は性的倒錯者」などと口出ししてよいはずがない。たとえそこに「おそらく」が添えられていても、国民全部がそう思っていることだったとしても。

実名は出ていないが、昔の仲間には一目瞭然だ。彼らと険悪な雰囲気にならなければよいが、と心配したところで、他の新聞には何と書いてあるのか気になった。着替えてそっと外へ出てみると、特に変わった様子はない。さほどのニュース・ヴァリューがあるわけではないから、「記者会見」に間に合わなかった連中も、張り込んで待つほどのことはないと判断したのだろう。樋口は駅まで歩いて、キオスクにある夕刊全部とタブロイド新聞、スポーツ紙を買って、家に戻った。

そのうちの一つを開いて、樋口は唸った。実名が出ている。しかし結局分かる人間には分かってしまうのだと諦めるしかなかった。最悪だったのはスポーツ紙の次の一行で、玄関前の取材に来ていなかった新聞社のものだった。

『捜査本部は、被害者と事件当夜一緒だった警視庁の元警部から事情を聴取している』

どこにもはっきりとは書いていないが、警察が彼を容疑者扱いしているようにしか読めない。これもまた、嘘ではないが真実でもない、もっとも困るタイプの記事だ。彼らは決して間違いだったと認めはしないし、たとえ何らかのフォローがなされたところで、一度記事を読んでしまった読者の先入観を変えるまでにはいたらない。実名の談話と読み合わせれば、近所の住人だってこれが彼のことだとすぐ気がつくだろう。しかも「事件当夜一緒」というのは、敏子がここに泊まったように読める。親子ほども年の離れた男と付き合っている上に、ゆきずりの男性とホテルに行くような女——週刊誌などが、どんなふうに書き立てるのかと思っただけで樋口はいたたまれなくなった。敏子の家族はきっと神経を逆撫でされる思いでいることだろう。

それもこれもみんな、俺のせいだ。俺が彼女を陵辱し、殺したのと同じだ。

新聞を持つ手が震え、ひどく粒子の粗い不鮮明な敏子の写真が、首を横に振ったように見えた。樋口は救いを求めてそれを見つめたが、島木かおるの顔にしか見えず、敏子の顔をどうしても思い出すことができなかった。

十一時頃、夕食も食べないまま樋口は床に就いた。眠れないだろうという予想に反して樋口はすぐに浅い眠りに落ちた。そして夢の中で、美絵とも敏子ともかおるともつかぬ女にのしかかって犯していた。

何度も、何度も、何度も。

そして笑いながら首を絞めた。

2　一月・稔

「さむーい」

ゲームセンターを一歩出ると、えりかと名乗った少女は子供っぽい声をあげて稔の腕にしがみついてきた。胸の膨らみが肘に当たるのもお構いなし。

「そんな格好じゃ寒くて当たり前だ。早くどこか店に入ったほうがいいな。何が食べたい？」意識せずとも優しい言葉が出てくることに、稔は自分で驚いていた。

「イタメシのフルコース！　……ってのは冗談。何でもいいよ。あたし実は今日何にも食べてないんだ」そう言ってぺろりと舌を出す。

「金がないのか？　家出してきたんだろ」

咎《とが》めるつもりもなく言うと、少女は肩をそびやかした。

「関係ないでしょ。メシおごってくれんの、くれないの？」

「おごってやるさ。フルコースでも何でも」それくらい安いものだと稔は思った。

そう、代わりに俺がお前から奪おうとしているものに比べれば。

「あれは冗談だってば……ほんとにいいの？　そんなに金持ってなさそうだけど」

このところ出歩くときは四、五万は持ち歩くようにしていたし、いざとなればクレジットカードもある。もっとも、江藤佐智子のときのようにホテルで彼女と愛しあうつもりならば、たとえ使えたとしてもそこのホテルの支払いをカードでするわけにはいかない。特に捕まることを恐れてはいなかったものの、はっきりと名前を残していくほどのお人好しではない。

稔はかつて一度だけ行ったことのある、靖国《やすくに》通りに面したビルの中のイタリアンレストランに彼女を半ば強引に連れていった。まだ正月休みを取っているかと心配したが、杞憂《きゆう》だった。値段もさほど高くないので中にいるのは若いカップルばかりだ。

「ふーん、こんなとこ知ってるんだ。誰と来るの？　彼女？」席についてメニューが届くとそれを開きながら、意味ありげな目つきで小指を立てて見せる。

「違うよ。彼女とは――」稔は言いかけてはっとした。もちろんえりかが言っているのは恋人とかガールフレンドという意味であって、江藤佐智子のことであるはずがない。しかし彼女は彼のそんな内心の動揺には気づかなかったようだった。

「ははー、彼女がいるんだ。――その人、焼きもち焼くかな？　あたしとこうしてるとこ見たら」

「……そりゃ焼くだろうな。自分よりずっと若くて可愛い子といるんだから。絶対焼くさ」誤解したままにさせておこうとして稔がそんなことを言うと、えりかはひどく嬉しそうに笑った。

「ほんと？　じゃあ、二人でホテルなんか行ったらもう、大変ね」

「ホテル？　そんなのとんでもないね。考えただけでも恐ろしい。そんなことがばれたらぼくは殺されるかもしれない」さも恐ろしいというふうに稔は身体を震わせてみせた。彼女はくすくすと笑う。

「ばれたら、ね？」

「ああ。ばれたら、だよ」

ウェイターが近づいて来たので、稔は真面目くさった顔をしてメニューを見る。五千円、六千円、七千円のコースとあったので六千円のコースに決める。

料理が届くと少女は、朝から食べていなかったというのを証明するかのようにがつがつと食べた。メインの肉料理の少なさに嘆いている様子だったので、稔は自分のを半分彼女にやらねばならなかったほどだった。どのみち食欲もなかった。血液はすべて下半身に集まっていて、とても胃に回す余裕はなかったのかもしれない。

「ほんとに朝から食べてなかったのか？　三日前から食ってなかったみたいに見えるぞ」彼が呆れて言うと、彼女は肩をすくめた。

「もともと大食いなのよ。……でももう大丈夫。もうお腹一杯だから」

そう言いつつ、結局デザートのムースとシャーベットは綺麗に彼の分まで平らげた。

「し、あ、わ、せ」

唇を舐めながらそんなことを言う彼女を、稔ははやる気持ちを抑えながら見つめていた。

「今晩泊まるとこ、ないんだろ？」

彼女は目を伏せて、頷いた。

「じゃあぼくに付き合えよ。――天国に、行かせてやる」


午後八時だった。建物を出たところで、稔は立ち止まった。あの歌が、聞こえてきたのだ。江藤佐智子を殺したとき、流れていたあの歌が。どこかの店先からの有線らしかった。

「この歌、知ってる？」彼が聞くと、えりかはしばらく眉間に皺を寄せて耳を澄ませていたが、やがて頷いた。

「ああ……。岡村孝子じゃないかな」

その時、稔は素晴らしいことを思い付いた。すぐ近くにあったレコード店でその歌の入ったCDを見つけて買うと、今度は安売りの電器店へ寄って一番安い携帯用のCDプレイヤーを買った。予備のイヤフォンと二人用のジャックも買うことにする。これで、ずっとこの歌を聞きながら、愛しあうことができる。

「オジサン、岡村孝子なんか好きなんだ」えりかは感心しているとも呆れているとも取れるような口調で言った。

「嫌いか?」稔は驚いて聞き返した。こんなに素晴らしい歌を好きでない人間がいるとは信じられなかったからだ。

「別に、嫌いってわけじゃないけどさ。ノリノリのやつしか聞かないから」

きっとロック以外は初めから受け付けず、きちんと聞いたことなどないのだろうと納得した。彼にしたところが、垂れ流しのBGMで溢れ返っている中では、この歌の本当のよさには気づきもしなかったのだから。一刻も早く彼女にもその素晴らしさを分かってもらいたくて、ホテルを求めて歩く足は自然と速くなった。

しかしラブホテルを見つけ、一室に入ると、えりかは風呂に入りたいと言い出した。

「身体が冷え切ってるし、シャワー嫌いなの。——一緒に入りたかったら、それでもいいのよ？」そう言って妙な流し目をする。稔は一緒に入りたくもなかったし、待たされるのも嫌だったが、どうせなら身体を綺麗に洗ってくれたほうがいいと考えて風呂に湯を入れてやることにした。

お湯が溜まるのを待つ間に、ＣＤプレイヤーの箱を開けて説明書を読み、ちょっと試しにとかけてみる。スピーカーで聞くのとは比べ物にならないが、予想よりはずっといい音だった。やはりカセットとは違う。歌詞カードで目当ての曲は分かっていたが、自分をわざとじらすために最初から順番に聞く。どれもこれも素晴らしい歌だった。結局、二人でベッドに腰掛け、お湯が溜まるまでに通して聞いてしまった。

えりかが特に感心した様子がないのに多少がっかりしたが、それも彼女が真の愛をまだ知らないせいだと考えた。もうすぐ、もうすぐ彼女にも分かるはずだ。

暑いほどの室内で既にジャンパーを脱いでいた彼女のＴシャツを、稔はベッドに坐ったまま剝ぎ取るように一瞬で脱がせた。乳房がぷるんと震えながらあらわになる。その乳首はこれまでに見たどの女性のものよりも淡い色をしていて、はかなげにさえ見えた。この娘は、見かけほど男性を知っているわけではないのかもしれないと思った。

「やだ、やめてよ！」笑いながら胸を隠し、ベッドの上を転がって逃げようとする。

「風呂に入るんだろ？　脱がせてやるって」

稔は捕まえようとしたが、彼女はスカートだけの姿で浴室に逃げ込み、中から鍵をかけてしまった。しばらく呼び掛けたりドアを叩いたりしていたが、えりかが湯船につかって鼻歌を歌っているらしいことに気づくと、諦めてベッドに戻って寝転がった。

鼻歌がさっき聞いた中の一曲であることに気づいて彼は嬉しくなり、再びＣＤを聞くことにした。どの曲も覚えやすいメロディラインを持っていて、初めて聞いた曲も簡単に口ずさむことができる。

恋したら騒がしい風が吹き
はぐれそうな天使が私のまわりであわてている

風呂で身体を伸ばしているだろう少女の裸体を想像したが、それはすぐに江藤佐智子のものに取って代わられた。すべてをさらけ出し、彼のなすがままだったあの肉体。反抗することはもちろん、声を上げることもぴくりと身体を動かすこともない、固く冷たい大理石の天使。

彼は、オーガズムの時に大声をあげたり、身体をくねらせてよがる女が嫌いだった。そんな女が相手の時は、途中でやる気をなくしてやめてしまったこともあった。好んで、とまではいかずとも、相手が望むならもう一度抱いてやってもいいと思ったのは、どれも静かな女達ばかりだった。あの中の何人かは不感症だったに違いないとさえ、今は思う。

愛しあうのは、人間だけに——高度に文明化された人間だけに許された行為だ。それなのに、まるで獣のような声をあげ、恥も外聞もなくよがって一時の快楽に溺《おぼ》れるのは真実の愛に対する冒瀆《ぼうとく》でしかない。

そうだ。女は、本当に美しい女は、どんな時でも大理石のように毅然《きぜん》とあるべきだ。氷のように冷たい硬質の輝きは神々しく、卑俗な者が近づくのを決して許さない。神に選ばれたものに近づけるのは、同じく神に選ばれたものだけだ。

イヤフォンから聞こえる水晶のような声もまた、硬質の輝きを持っている。だからこそ俺はこの歌手に感銘を受けたのかもしれない。きっとそうだ。大理石の女を愛するときに聞くべき音楽は、これしかない。

イヤフォンをつけていても、鍵がはずれるかちゃりという音は稔の耳に届いた。ドアがそっと開いてまず湯気が部屋へ流れ込む。そして胸のところでタオルを巻いた少女が、照れ笑いのようなものを浮かべながら浴室から歩み出てきた。髪を洗ったらしく、ポニーテールはほどかれて、濡れた光を放っていた。

タオルの下の脚はひどく細くなめらかで、小さい頃妹が持っていたバービー人形の脚を彼に思い出させた。

稔が身体を少しずらしてぽんぽんとベッドを叩くと、えりかは素早く歩いてきてシーツの下に潜り込んだ。彼も一度ベッドからおりてシーツに潜り込むと、もう一つのイヤフォンを彼女の耳に着けてやった。エンドレスに設定されたプレイヤーはすでに三度目の演奏を始めている。彼は、胸元で合わされたえりかの手を取り、はちきれんばかりのズボンの膨らみに導いた。彼女はぎこちなく笑ってジッパーを引き下ろすと、小さな手を入れてブリーフの上から熱を持ったペニスをさする。口でしようと思ったのか、身体を下へずらしたのでイヤフォンが引っ張られ、はずれそうになった。稔はゆっくりと首を横に振って、フェラチオなどしてほしくないことを伝えた。

彼はハミングしながらシーツとタオルをそっと剝ぎ取った。上気した十代の少女の肌は、江藤佐智子のもの以上になめらかで、弾力があった。すぐにも絞め殺したいという思いに駆られたが、せめて一度くらい生きたまま抱いてやってもいいだろうと考えた。

熱心に愛撫している振りをしているうち、少女はかぼそい声を出し始めた。三十分もかかってようやく少し濡れてきたので、稔は手早くベルトをはずし、ズボンを脱ぐとすぐに挿入しようとした。

「待って！　……あれ、つけてちょうだい。お互い、安全でしょ？」

えりかはずっと持ち歩いていたのか、手にしたコンドームを彼の顔の前に突きつけた。稔はもともとセックス自体に執着もないし、精液を残さない方が〝安全〟なのは確かだ。彼は喜んでそれを装着し、彼女の中に入った。

「痛いよ！　もっとゆっくり！」

「ごめん。──初めて、なのか？」驚いて聞き返すと、少女は首を振った。

「……初めてじゃ、ないけど」

どうやら思ったとおり、さほどの経験はない様子だった。稔ははやる気持ちを抑えながら、腰の動きを止めて両手で彼女の身体のあちこちを探った。首筋、脇腹、そして乳房。最初はくすぐったがっていた彼女も、稔に貫かれたままで愛撫され続けているうち、身体をくねらせてもだえ始めた。

あの歌が、流れ出した。

俺に本当の愛を教えてくれた歌。俺を生まれ変わらせた歌。

あなたの夢をあきらめないで

「……あ、気持ち、いい……変な感じ……」

少女の声が一番好きな箇所を聞き取れなくさせ、稔は苛々して彼女の口を手で塞いだ。食事を腹一杯食べさせてやり、風呂にも入れるようにしてやった。気持ちのいい思いも少しはしたようだから、そろそろ自分の番だ。稔はそう考えて、口を塞いだ手を首に回した。その時、ベッドの端に脱ぎ捨てたままのズボンが目に入った。ベルトだ。ベルトの方がいい。江藤佐智子の時は何も考えなかったが、手の跡がつかない方がいいだろう。指紋だって、人間の肌から取れるものなのかもしれない。

彼は挿入したまま少し身体をずらし、ズボンのベルトに手を伸ばした。えりかは苦痛をこらえるように、目を閉じて唇をきつく噛んでいる。

「ああっ！　だめ！」

うるさい女だ、と稔は内心舌打ちした。この年でこれでは二十を過ぎる頃には、建物の外まで聞こえるような大声をあげるようになるのではないだろうか。やはり、女は困った生き物だ。そう、生きている女は。

いい女は死んだ女だけ。

どこかで聞いたようなジョークだと思いながら、稔は笑いをこらえることができなかった。くすくすと笑いながら、首の下を通して黒い革のベルトを彼女の首に巻き付け、両手でそれぞれの端を握り締めた。もう一度歌がサビにかかった時、彼は力をこめてそれを引っ張った。

あなたの夢をあきらめないで
熱く生きる瞳が好きだわ

少女は海老のように跳ねたので、挿入したままのペニスがちぎれそうに痛んだ。全身で押さえ込むようにしながらさらにベルトを引っ張る。もともと細い彼女の首は、まるでビニール袋の口のように、細かい無数の皺を作って手首ほどの太さになっている。かっと見開いた目は驚きと恐怖に満ちていて、稔は一瞬申し訳ないと思った。決して彼女を傷つけるつもりはなかったから。しかしすぐにそんな思いは、素晴らしい歌声の前に消え去った。

あなたが選ぶすべてのものを
遠くにいて信じている

えりかが白目を剝き、全身を痙攣《けいれん》させ始めたとき、下腹部に熱い湯を浴びせられたような感覚があった。溢れ出る尿が、二人のつながった鼠蹊《そけい》部を濡らしたのだ。全然汚いとは思わなかった。稔は自分がすでに、江藤佐智子と同じほどこの少女を愛していることに気づいた。

痙攣が完全に治まるのを待って、稔は腰を動かし始めた。別のことに気をやったせいで少し柔らかくなっていた彼の性器は、すぐに硬さを取り戻す。下半身だけがまだ生きているかのように、彼女の肉襞はペニスにまとわりつく。彼は一瞬で達し、吸い出されるように射精し、射精し、射精した。

稔は彼女の胸に頰を埋め、切ないほど安らかな気持ちで呟いた。

「……愛してるよ」

彼女もきっとそう感じているに違いないことが分かった。

3　二月・雅子

一睡もできない夜が明けると、雅子は台所で朝食の用意をしながら、同一犯の可能性が高い、とテレビで言っていた事件のあった先月四日のことを思い出そうとした。その日に息子が家を出なかったのであれば、彼女の心配はまったくの杞憂だということになる。いずれ本当の犯人が逮捕された後で、笑い話としてしばらくは井戸端会議を盛り上げることだろう。

一月四日……？　どんな日だったろう。雅子は電話台の上に貼ってある一月二月のカレンダーを見た。四日は土曜日になっている。一日から順番に思い出せば、きっと何か出てくるだろう。

一日のことなら、もちろん色々と思い出せる。大晦日《おおみそか》は毎年遅くまで起きているから、元日の朝は遅い。母と娘と一緒に作ったおせちを食べ、年賀状を見たりテレビを見たりしているうちにもう夕食の時間だ。この日は誰も外へ出なかったことに確信が持てた。

二日は、例年通りみんなで明治神宮へ初詣《はつもうで》に行った。夜は夫の呼んだ客が大勢来て、酒盛りだった。その応対に忙しく、子供達がどうしていたかはよく覚えていない。――いや、そんなことは思い出せなくても構わない。問題は四日の夜なのだから。

三日――空白だった。何も思い出せない。連想の糸は早くも途切れてしまった。

ふと思い付いて箪笥《たんす》の抽斗《ひきだし》から、家計簿を取り出した。いつも月初めには先月分をきちんとまとめているから、四日の出費を見れば何か思い出せるかもしれないと考えたのだった。

あった。四日は、いくつかの買い物をしている。まず近所のスーパーで食料品。そしてデパートの初売りに行って、娘にカーディガンを買ってやった。買い物に付き合うのを嫌がってついてこなかった男連中には、下着と靴下だけ。

夜は？　問題の夜は、どうだったのだろう？　夕食のときにいたかどうかさえ思い出せないが、いたような気がする。夫に聞けば憶えているだろうか？　いや、子供のことなんか眼に入っていないのだから、わたしが憶えていないことをあの人が憶えているわけがない。でも、正月は大体、試験のために勉強をしていることが多かったから、きっといたのだろう。

ピーッという甲高いケトルの音で思考が断ち切られた。もうすぐ七時だ。愛は今日、一講目から出ると言っていたから、そろそろ起きてくる頃だ。トーストを一枚オーブントースターに入れ、キャベツとトマトを切ってサラダを作ってやる。昨夜彼女が作ってくれたグラタンが残っていたことを思い出し、冷蔵庫から出してオーブンで焼く。あの子は肥るからと言って嫌がるかもしれないが、無理にでも食べさせよう。朝食にしっかり食べるのは、肥満にはつながらないとテレビでも言っていたはずだ。

不意に涙がこぼれそうになった。下らないことで気を回している自分が馬鹿らしくなった。こんな平凡な家庭の子供達には、深刻な問題といったって、せいぜいが肥満とか就職のことくらいだ。犯罪などとは——ましてや殺人などとは、どう間違ったって関わるはずがない。昨日の自分はどうかしていたのだ。そうでなければあの優しい子が、人を傷つけたりするなどと思うわけがない。

小さい頃からよく気のつく子供で、妹とも本当に仲がよかった。自分のお菓子を妹が欲しがっても、喜んで分けてあげたものだ。二人はあの頃のことをまだ憶えているだろうか？

そんな、やや美化された思い出に浸っていると、当の娘が「寒い、寒い」と年寄りのような口調で呟きながら居間へ入ってき、炬燵《こたつ》へ潜り込んだ。その顔を見ると、今日も、そしてこれからも変わらぬ日々が続いていくだろうと確信が持てた。

「炬燵で食べるの？」

雅子に似たのか、娘もまた、寒さは大の苦手で冷え症にも苦しんでいた。

「うん」と予想通りの返事が返ってきたので、雅子はできあがった朝食を炬燵に運んでやった。

「このグラタン、昨日のじゃないの？　せっかく作ったんだから食べてよ。あたしは、肥るから朝はこれだけでいいっていつも言ってるでしょ？」とこれも予想通り。

雅子は微笑みを浮かべた途端、涙が溢れて止まらなくなった。

娘はきょとんとした様子で、「どうしたの？」と聞く。

「ちょっと、玉葱《たまねぎ》切ったから」そう言って、雅子は台所に逃げ戻った。

「えー、これ玉葱入ってるの？　やだなー」素直に信じたらしい娘は、フォークでサラダをつついて顔をしかめている。

雅子は居間からは見えないように涙を拭い、洩れそうになる嗚咽《おえつ》をこらえながら言った。

「……いいから、食べなさい。朝ちゃんと食べて、肥るのが嫌だったら晩を少なくすればいいの。分かった？」

「……はあい」

不満気な、しかしどこか嬉しそうな様子で娘は答えた。

何もなかった、何も悪いことは起きなかった、雅子は自らにそう言い聞かせていた。忘れることだ。何もかも忘れることだ。

彼女は娘を送り出すと、朝は必ずご飯を食べたがる夫達のために炊飯器のスイッチを入れた。

いつもと変わらぬ冬の朝だった。

第五章

……つぎに夜から　澄明《アイテル》と昼日《ヘメレ》が生じた　夜が幽冥と情愛の契りして身重となり　生みたもうたのである。

1　二月・樋口

島木敏子の通夜が八日行われ、そして葬儀が九日に行われるということを、樋口は九日朝の新聞で知った。司法解剖が終わり、遺体が戻ったのだろう。

樋口は炬燵から立ち上がって窓辺に行くと曇った窓ガラスを手で拭《ぬぐ》い、眼下の景色を見晴らした。どんよりと曇った灰色の空から降る氷雨に打たれ、街全体がさらに薄汚れて見える。樋口は突然この街に、東京という街全体に憎悪を覚えた。しかしそれはすぐにむなしさと諦めに変わり、溜め息となって落ちた。

彼が葬儀に参列したら、彼女の母親はどう思うだろうか。また追い返そうとするだろうか。マスコミの報道も、樋口はすべてを追いかけているわけではないが、決して遺族の気持ちを考慮しているものばかりとはいえない。この前以上に神経が苛立っている可能性の方が高い。母親はもちろんだが、妹のかおるだって、この前のように穏やかに接してくれるとは限らない。彼がのこのこと出かけていって騒ぎにでもなれば、これまたマスコミの格好の餌食《えじき》になるだけだ。それに、彼の〝失言〟以来連絡のない野本達と顔を合わせるのも、気が進まない理由の一つだった。

行かなければ行かないで余計な勘繰りをされる可能性はあるが、今は表へ出ない方がいいに違いない、結局そう判断した。敏子の死を純粋に悼《いた》むよりも保身を考えてしまう自分が嫌になり、また溜め息をついた。

こんな下らない男のために彼女は命を落としたのか。樋口は窓ガラスに幽霊のように映る自分の姿を見つめた。何もかも失い、心身ともに年老いた男。それでも死ぬことすらできず、醜く生にしがみついている。

余りにも不公平だ。なぜ若い彼女が、こんな男のために命を落とさなければいけないのか。こんな醜い年寄りのために。このままでは救われない。ひどすぎる。

目を閉じると、地獄のようなところで全裸にされ、犯されながら悲鳴をあげる誰とも判らない女のイメージが浮かんで慌てて目を開いた。悲鳴の幻聴が追いかけてきそうにさえ思え、耳を塞《ふさ》ぎたい気持ちになる。

樋口は葬儀に出ず、終日布団を被って過ごした。次の日も、その次の日も。食べるのは、敏子が——死んだ彼女が買っておいてくれた缶詰や干物。そして自分で買い込んだインスタントラーメン。

彼女がよく言っていたのを思い出す。

「たまにはいいけど、毎日食べちゃ駄目ですよ。塩分が高いですから、スープは薄めに。牛乳を少し混ぜるのもいいです」

樋口はいつも、そんな気持ちの悪い食べ方はできないと言い張り、作らせなかった。葬儀の二、三日後、彼はふと思いついて彼女の言ったとおりにしてみた。お湯を少なめにし、醤油味の粉末スープを半分だけ入れ、牛乳を入れて煮る。胸の悪くなりそうな匂いが広がる。我慢してそれを全部食べた。次の日も、それを食べた。その次の日も。ラーメンがなくなるとまた買ってきて、それを食べた。うまいような気さえしてきたが、うまいから食べ続けているわけではなかった。

贖罪《しょくざい》——こんなことが贖罪になるわけがないと分かってはいたが、他には何もすることがなかったのだ。彼女のためにしてやれることなど何も。

外界への窓は、テレビと新聞だけだった。電話にもチャイムにも応答しないでいるうちに、やがてどちらもほとんど鳴ることはなくなった。報道でみる限りにおいては、捜査に進展は見られないようだった。

おそらく警察は、逮捕歴のある性犯罪者のリストをしらみつぶしに洗っていることだろう。世界的に見れば治安のよい東京でも、毎年千五百件もの性犯罪が発生し、その多くが検挙されている。それらすべての犯罪者を五年、十年と遡《さかのぼ》って一人一人の現況、アリバイについて調べる一方で、未解決の事件との類似がないかを調べる。近隣の他府県まで手を広げれば、それはさらに膨大な数になる。死体から精液なりなんなり犯人を限定するような物証が出ていればいいが、そうでなければ気の遠くなるような作業だ。しかも強姦、強制猥褻などの事件はとりわけ、被害者が沈黙してそもそも事件にならないものも多いから、その実数は計り知ることができない。そしてもちろん、今回の事件がまったくの初犯である可能性だって充分ある。警察は決してそんなことは言わないだろうが、次の犯行を早く行ってほしいとすら思っている状況のはずだ。未遂に終わって被害者の証言を得ることができればいうことはないし、たとえ被害者が死んでも、新たな物証なり目撃者なりが出てくるかもしれない。あの幼女連続殺人犯が、犯行を途中でやめていたら、あるいはまた、運よく一市民の手によって捕まえられることがなかったら、果たして彼は逮捕されたかどうか——。そう考えると、慄然とせざるをえない。

しかし樋口は、そういったことをさほど興味深く眺め、考えていたわけではなかった。ただ永年の習慣と、敏子やその遺族に対する義務感がそうさせていたのだった。彼はいまや自分の生死も他人の生死も、気にならなくなっていた。警察の威信、都民の安全、犯人に対する怒り——そんなものはどうでもよかった。ただ、世界が理不尽に満ちていること、そのことに対する怒りと諦念——それだけだった。

生きるに値しない世界で、生きるに値しない人間が生き延びている。ジョークだった。この世はすべて、笑えないジョークでできているのだと彼は思った。

二月が終わりに近づいても捜査に進展はなく、彼は相変わらずラーメンを食べ続けていた。そして二十七日の夕刻、切れたラーメンを買いに近所のスーパーへ行き、レジで並んでいる最中、樋口はふいに意識を失って倒れた。

目を覚ますと彼は点滴を受けながら病院のベッドに寝ていて、死んだはずの女が心配げな様子で傍らの椅子に腰掛けていた。

「……わたしを……許してくれるんですか」樋口は亡霊に、うまく回らない舌でそう言った。

彼女は意味が分からない様子で、首を傾げた。

「許すも何も……樋口さんには何も罪はないと思っています」

安堵が彼の全身を包み込み、涙が溢れそうになった。もう一度目を閉じ、安らかな眠りに落ちた。薬のせいだったのかもしれない。

もう一度目を覚ますとやはり女はそこに座っていたが、それが敏子でないことはすぐに分かった。敏子ではなく、妹のかおるの方だ。グレーのスーツを着、長かった髪を短く切って敏子のようにしてはいるが、間違いなくかおるだった。見回すと、そこはやはり病院の大部屋の窓際だということが分かった。ベッドはカーテンで仕切られていて、何人部屋で、他の患者がいるかどうかということも分からない。

　樋口は戸惑いながら訊ねた。

「……あの、先程わたしはあなたと……？」

「ええ。話しました。姉だとお思いになったんですか？」その口調には、一片のからかいも含まれてはいなかった。

「……ええ。あ、いや、夢だったのかと……」

　樋口が答えると、かおるは何度か自分の気持ちを確かめるように頷いてから、再び口を開いた。

「実はお願いがあって、伺ったんです。何度もお電話したんですが、いつもお留守のようで、警察の方にお聞きしたら、昨日倒れられたと――」

　では、今日はもう二月の二十八日なのだ。カーテンの閉められた窓は少し暗く、天気が特に悪いのでなければ、夕方だろう。まる一日意識を失っていたことになる。

「倒れた原因についてては、何かお聞きじゃありませんか」そう聞くと、かおるは少し困ったような様子で答えた。

「……栄養失調、と伺ってますけど」

樋口は顔が熱くなるのを覚えた。何ともみっともない話だ。警察官の年金は、食うにも困るほどなのかと思ったかもしれない。

しかし、かおるはこう言ってくれた。

「お一人では、きちんと栄養のバランスを取るのは大変でしょうからね。きっと偏《かたよ》った食事をされていたんでしょう」

まさか、毎日ラーメンばかり食べていたとは言えない。

「……お姉さんがいなかったら、ずっと前にこうなっていたでしょう」

しばらく沈黙が続いた。すぐ近くからぼそぼそと話し声が聞こえて来る。みかんを食べるかどうか、と誰かが誰かに聞いたらしい。廊下からもざわざわと人声や、足音が聞こえてくるのに改めて気づいた。

樋口は言った。

「お願い、とおっしゃいましたか。一体何でしょう」

「……先程、あたしを見て、姉だとお思いになったでしょう?」

「……ええ、まあ。朦朧《もうろう》としてましたし……」

「実際、よく似てるらしいんです。服や髪型を同じにしてた時は、よく間違えられました。街で声をかけられて振り向くと全然知らない人だ、ってことがよくありました。姉の知人なんですね。姉の方もそういうことがあったそうです」

結構似ている、ということについては彼も納得したが、彼女の意図が読めなかった。

「それで、わたしに何を？」

樋口が訊ねると、かおるは一度目を伏せ、意を決したようにその目を上げて彼を見つめた。

「犯人だって、間違えると思うんです」

「何ですって」樋口は驚いて、身を起こしかけた。点滴の針が引っ張られ、慌てて姿勢を元に戻す。

かおるは突然饒舌《じようぜつ》になったかのように喋りだした。樋口を説得するために、考え抜かれた台詞だったのかもしれない。

「姉を殺した犯人が今のあたしを見れば、姉が生き返ってきたと思うんじゃないでしょうか。そうでなくても、動揺はするはずです。あたしは、姉が行ったかもしれない場所へこの格好で足を運んでみるつもりです。もし犯人がそこにいれば、その反応であたしには分かると思うんです」

そこで言葉を切り、反応を窺うように樋口の顔を見る。彼が何も言えないでいると、彼女は再び話しだした。

「でも犯人の反応を見逃すかもしれませんし、あたしを見た途端に逃げ出すかもしれません。できれば、信頼できる方に協力していただけたら、心強いと思いまして」

樋口はようやく喋れるようになった。

「つまり……わたしとあなたで、犯人を捕まえよう、と?」

かおるは慌てた様子で手を振って否定した。

「いえ、できれば樋口さんに、私立探偵とか、そういった人で信頼できる方を紹介していただこうと思ったんです。……日本にだって、そういう人、いらっしゃるんでしょ?」

信頼できる私立探偵？　女性から訴えがあって挙動不審の男を引っ張ったら興信所の人間だった、ということはよくある。彼らの専門は身元調査で、犯罪捜査ではない。――ついそんなことを考えたが、彼女の考えそのものが馬鹿げているということを思い出し、そんな思考を頭から追い出した。

かおるは続けていた。

「もちろん樋口さんなら、もともと専門家でもいらっしゃるし、一番だと思うんですが……ご迷惑でしょうし」

「いいえ、迷惑なんてことは。わたしだって一日も早く犯人が捕まって欲しいと思ってますからね。でも――」

「もちろん、探偵を雇うにしても、そのお金は全部あたしが払うつもりでおります。ですから樋口さんが協力していただけるなら、失礼かもしれませんが、そのお金は樋口さんにお払いするつもりです」

「待ちなさい！」喋り続ける彼女を黙らせようと、樋口は少し大きな声を出した。病室がしんと静まり返るのが分かる。ごくりと唾を飲み込むと、数瞬の後、ざわめきが戻った。樋口は針の刺さった左腕を気にしながら上半身を起こし、声を低めて言った。

「いいですか、かおるさん。警察に、今の話をしましたか？」

「……いいえ」彼女は目を伏せて答える。

「何故です？」

「……とりあってもらえないと思ったから……」

よろしい、人並みの常識は持っているようだ、と樋口は思った。

「でしょうね。わたしも、同じです。そんなことはおやめなさいと言うしかない。犯人が早く捕まって欲しいと思うのは分かりますが、警察に任せておくのが一番いいんです。日本では、殺人事件の検挙率は百パーセント近いんですよ。テレビの刑事ドラマのようにすぐとは行かなくても、長い目で見ればほとんどが逮捕されているんです」

しかし、そんな説明は逆効果でしかなかったらしく、かおるはきっと彼を睨んで言い返した。

「……でもあなたは、犯人はまたやるとおっしゃったじゃありませんか。逮捕されるまでに、あと何人、姉のような犠牲が出ても構わないとおっしゃるの？」最後の方は叫ぶような口調だった。

一体彼女達は、どんな姉妹だったのだろう、と樋口は思いを巡らした。絵に描いたように仲のよい、明るくて会話の絶えない姉妹？　それとも何か、普通以上に強い絆《きずな》で結ばれた精神的双生児？　男ならともかく、こんなうら若い女性が自分の手で犯人を捕まえたいと言うのを聞いたのは、樋口にも初めてのことだった。

しかし、心を動かされそうになりながらも、彼は正論を言うことしかできなかった。

「素人《しろうと》の思いつきで警察の捜査以上のことができると思うのは大きな間違いです。良くて徒労、最悪の場合はあなた自身が第三の被害者になるかもしれないんですよ。たとえそばにわたしや、もっと優秀な人間がいたとしても」

「……そんなことは覚悟しています」

　静かに言う彼女の瞳を、樋口は覗き込んだ。一瞬、彼は鏡を見ているような錯覚に捕われた。そこにあったのは、肉親を失った悲しみやショック、犯人に対する怒り、警察に対する憤懣《ふんまん》——そういった、彼の予想したどの感情とも微妙に異なっていた。

　彼は一瞬でそれが何かを見抜き、それが見抜けたのは彼自身の中にもそれが潜んでいるからだということを確認していた。そして彼女の顔に浮かんだ表情から、彼女も彼の瞳の中にそれを見つけたことが、彼には分かった。

　かおるは必死で彼から——そしてお互いが抱えている重荷から——目をそらすまいとしている様子で、唇を噛みつつ言った。

「姉を……姉を、殺したのは……あたしです」

　そして泣き出した。

　樋口の頭の中では、幻の女が再び悲鳴を上げ始めていた。

2　一月・稔

　すっかり冷たくなった死体に寄り添い、稔は安らかな眠りをまどろんだ。目覚めても、立ち上がって帰ることができなかった。

　離したくないと思った。このまま此処で自分も死んでしまえば永遠に一緒でいられる――そんな下らない考えさえ浮かんだ。

　自分は今再び満ち足りた気持ちになり、世界とのつながりを取り戻したと感じているが、江藤佐智子の時にそうだったように、やがて少しずつこの記憶は風化し、何もかも夢のかけらになってしまうのではないだろうか。そんな、ほとんど恐怖にも似た不安が彼の胸をしめつけた。

　嫌だ。もう二度とこの愛を失いたくない。もう愛なしでは生きていけないと、今はっきりと分かった。彼女と離れることはできない。連れて帰ろう。

　稔はくすくすと笑いを漏らした。彼女を連れて帰ったときのみんなの顔を想像すると、おかしくてたまらなくなったのだ。(「顔色が悪いみたいだけど、具合が悪いんじゃないの?」)

すぐに真顔に戻ると、彼女を連れて帰る実際的な方法を考えようとした。

氷詰め？　そんなことがどこでできるだろう？　それにできたとしても、それでは彼女のこの肌に触れ、いとおしむことができない。うまくごまかして葬儀屋に防腐処理をさせることはできないだろうか。レーニンの遺体はいまだに生前と変わらない様子で保存されているという話だし、現在の技術なら今の彼女をほぼ完璧に残しておくことなど簡単なことだろう。

しかしどちらにしろ、隠し場所がなければ話にならない。家？　絶対無理だ。大邸宅じゃあるまいし、気づかれないスペースなどない。大学の研究室、あるいはその近辺には？

諦めざるをえないと判断した——彼女をこのまま連れて帰るのは。悲しいが、仕方のないことだった。

稔はもう一度彼女を愛そうとして、せめてこの夜の思い出となるような何かを持って帰ろうと思い付いた。でも、何を？　小さなポーチ、ジャンパー、下着……そんなものには何の魅力も感じない。やはり彼女自身でなければ。彼女の一部でなければ。

乱れた髪をあげ、顔をじっくりと見た。飛び出た眼球、青黒く変色した唇——もともと顔は好みでもなんでもなかったから、首には執着はない。

次に乳房に目を移し、手で触れた。強く噛んだために白い歯形が深く残ってしまっており、乳首を中心に彼の唾液で濡れている。てのひらで包み込むようにし、その歯形にいま一度くちづけをした。彼女のすべてが、そこに集まっているような気がした。この両の乳房さえ切り取って持っていれば、彼女と一緒にいるのと同じことだ。切り取って？

そのためには、何か鋭利な刃物が必要なことに彼は気づいた。CDプレイヤーとともにベッドサイドに置いた腕時計を見る。十一時を回ろうとしていた。夜中に、刃物を売っているようなところがあるだろうか？　コンビニエンスストア？　捜してみるだけの値打ちはある。彼女を失わずに済むのなら、新宿中を、いや東京中を歩く羽目になっても構わないと思った。

彼は、まだ彼女の首に巻き付いていたベルトをはずすと、急いでブリーフとズボンを身に着け、コートを手に持って部屋を出た。鍵をかけて出口へ向かいかけたが、非常口のサインを見て気が変わった。こちらから出たほうが人目につかないだろう。もし見咎《みとが》められたら、お腹が空いたからちょっと何か買いに出ようと思ったとでも言えばいい。

非常口の鉄扉を押し開けると、氷のように冷たい風が襲いかかる。慌ててコートを着込み、吹きさらしの鉄の階段を駆け降りると、そこはポリ容器のごみ箱が転がった、すえた匂いのする裏通りだった。何か小さいものが彼の靴の上を横切って走った。暗闇でよく分からないが、どぶ鼠に違いない。新宿には特に多いから珍しくもなかった。

ネオンの密集する不夜城へ、稔は足を運んだ。ピンサロの客引きが「社長！」などと呼んで袖を引こうとするので、彼は失笑せざるを得なかった。サラリーマンにはみんなそんなふうに呼び掛けるのだろうが、自分が社長はもちろん、サラリーマンに見えるとはとても思えなかったから。

新宿には二十四時間何でも売っている大きな店があるのを思い出したので、そこへ行くことにした。そこでセラミックの万能包丁を見つけた。こんな時間に包丁を一本買うのも不自然かと思い、生鮮食品コーナーでキャベツを半分と豚肉のパックを一緒にかごの中に入れた。新宿ではまだ宵の口なのか、大勢の客がうろうろしているところを見ると、さほど不自然な行為だという気もしなくなってくる。

レジの店員は学生のバイトらしく、ガムをくちゃくちゃと嚙みながらバーコードの読み取り器を商品に当てていく。ちらりちらりと稔の姿を見るのが、妙に気に障《さわ》った。彼がじろりと見返すと、脅えた小動物のように目をそむけ、表示された値段を言う。

稔は黙って金を払い、意気揚々と彼女の待つホテルへと引き返した。裏通りから階段を上がるとき、足音を忍ばせなければ、と思いながらも駆け上がってしまう。彼女がいなくなっていたら――彼は真剣に、そんなことを心配していた。

何もかも幻だったら。

しかし彼女は、彼が出たときとまったく同じ姿勢で彼を待っていた。ベッドの上で、すべてをさらけ出して。

「ただいま」彼は言った。

愛する女が、彼の帰りを待っている。まるでそれは――。

彼は喜びの余り、もう一度言った。「ただいま」

そして彼女の唇にキス。

包丁の入ったビニール袋を床に投げ出すと、彼は全裸になり、コンドームを装着して彼女に重なった。触れると思わず身を引いてしまうほど冷たくなっている。しかし全身で愛撫を続けるうち、そんなことは気にならなくなった。彼の性器も再び熱を持って硬くなっている。

もう一度、もう一度だけ愛して、それから帰ろう。

ＣＤプレイヤーから伸びる二つのイヤフォンを、自分と彼女、それぞれにつけ、プレイボタンを押した。

苦しいことにつまずく時も
きっと　上手に　越えて行ける

愛の旋律が流れる中、彼は氷のような肉体に入った。薄いゴムで隔てられているとはいえ、その冷たさは睾丸を縮みあがらせるほどで、それがかえって彼の興奮をかきたて、ありったけの精液を絞り出していた。果てた後も彼女の上に覆い被さったまま、じっと目を閉じていた。涙が溢れて止まらない。

心配なんて　ずっと　しないで
似てる誰かを愛せるから

胸が詰まり、息が苦しい。これが、愛の切なさなのか。江藤佐智子のときはただ嬉しかったのが、失うことを知った今は、怖くて仕方がない。

愛は美しく素晴らしいが、それだけに失うのも恐ろしい。ちらりと時計を見ると、そろそろ十二時だった。終電を逃すとタクシーで帰るしかないが、そう簡単には拾えない。早く作業を済ませたほうがいい。そう判断して、稔は無理矢理自分の身体を引き剝がすようにして、立ち上がった。涙を拭い、コンドームをはずしてブリーフだけを穿《は》いた。血が飛び散るかもしれないと考え、服は後で着ることにしたのだ。

包丁は、硬いボール紙とセロファンで包まれている。セロファンを破って取り出してみた。セラミックの刃は触ってみると柔らかく、何だか頼りなげで、とても人間の肉など切れそうにないように見える。

もう少し大型の肉切り包丁を探すべきだったかなと思いながら、刃の先端を彼女の右の乳房の下側に突き刺した。皮膚がへこむばかりで、一向に切れる様子がない。今度は刃の真ん中を乳房を削ぎ取るように当て、前後にそっと動かしてみると、ぷつんという感触とともに皮膚が口をあけた。後はその切り口を慎重に延ばしてぐるりと乳房を取り囲んでやる。これはいわば、切り取り線だ。

血はわずかに滲む程度で、まったくといってよいほど流れなかった。死んで血が背中側に下降しているせいなのか、もともと乳房の辺りには血が通っていないのだろうか。おそらく両方正しいのだろうと彼は思った。

削ぎ取る作業が大変だった。切り口に包丁を当てて前後に滑らし、少しずつ奥まで切り込んでいく。初めはよく切れたのが、すぐぎちぎちと音を立て、動かなくなってしまう。もう刃こぼれしたのかと思って包丁を見ると、ぽつぽつと赤い血の混じった黄色い脂でぬめっている。削ぎ取りかけた乳房の切り口に指を入れてめくってみると、一面鶏の皮のような黄色い脂肪層しか見えない。

稔は包丁をバスルームに持っていき、彼女が使ったバスタブのお湯でじゃぶじゃぶとゆすぎ、脂肪を洗い流してからもう一度彼女のところに戻った。切れ味が戻っている。また切れなくなると、洗う。結局片方の乳房を切り取るだけで、十分あまりかかってしまった。

豊かだった乳房も、切り取ってシーツの上に置いてみると、古くなった卵の黄身のようにだらしなく広がってしまう。しかしそれは、たまらなく魅力的でもあった。稔は抗し切れずそれにくちづけをしていた。彼女の使った石鹸の香りが残っていて、まぎれもなくそれが彼女の一部であることを確認した。

急いで左の乳房にとりかかる。今度は五分とかからなかった。手の中からくずれて流れていきそうになる二つの乳房を、切り口を合わせるように重ねたところで、はたと入れるものがないことに気づいた。ついでにと買ってきたキャベツに思い当たり、キャベツのラップを剥がすと、それで乳房を丁寧に包んでビニール袋に入れた。

時間がない。

急いで服を着ると、包丁、コンドーム、精液を拭き取ったティッシュ——証拠となるようなそれらをCDプレイヤーの入っていた箱に詰め、プレイヤー自体は、多少かさばるのを我慢してコートのポケットに入れる。箱の方はどこか外で捨てることに決めた。

最後に、ベッドの上の死体に目をやった。丸い二つの黄色い傷口をさらして横たわる死体。もはやその死体に、稔は何の魅力も覚えなかった。彼が愛した女とは何の関係もない、ただの醜い肉塊にすぎなかった。

彼女はここにいる。彼は乳房の入ったビニール袋の口をしっかりと握りしめて思った。

稔はもう振り返ることなく急いでホテルを後にしたが、結局終電には間に合わず、寒風吹きすさぶ中、二時間タクシーを待って、家にたどり着いたときは午前三時近くになっていた。関節がぎしぎしと音を立てそうなほど冷え切っており、とにかくまず風呂に入りたいと思った。幸いなことに家族はみんな寝入っていて、誰に気づかれることもなく家の中に入ることができた。いつもの習慣どおり、家族が入ったと思われる風呂の湯はまだ残されており、少し沸かし直すだけでよかった。彼は服を脱ぐと、ビニール袋は抱えたままで風呂場に入った。一度もかけたことのない扉の鍵をしっかりと閉め、ゆっくりとお湯に身を沈める。からみついた頑固な結び目がほどけていくように、硬直した全身が弛緩《しかん》していった。

　ようやく人心地がつくとバスタブから出て、ビニール袋の中のラップを開いて彼女を確認した。切り取る前よりも萎びた感じのする、右とも左とも分からぬ乳首に彼は唇をつけ、舐め回した。肌についた脂肪がねっとりと舌にからみついてくる。運ばれるうち、互いの脂にまみれてしまったようだった。脳髄が痺れるような快感だった。

　嚙みつこうとしても歯の間からするりするりと逃げ出して、うまく嚙めない。その苛立ちがさらに興奮を高め、すっかり萎えていた彼のものは再びその首をもたげようとしていた。

　稔は顔をあげ、湯気で曇った鏡を手で拭いた。風呂場の鏡としては大きいほうで、椅子に腰掛けた彼の上半身が映っている。少し痩せぎすで撫で肩だが、高校時代バスケット部でしごかれた名残か、筋肉もつくべきところにはついている。顔は小さい頃から、母親に似て端正な顔立ちをしていると言われていたほどで、やや線の細い好男子。そのやや女性的なところが女達の警戒心を解くのだと彼自身気がついていて、普段から見かけ通りの人間と思われるよう行動してきた。

稔は鏡の中の自分に微笑みかけ、互いに貼りついた二つの乳房を引き剝がすと、それを彼自身の裸の胸に押し付けた。結果を予測しての行動ではなかった。

鏡の中に、彼女がいた。愛する彼女が。

豊かな胸を自らの掌で支え、彼に凝然と微笑みかける彼女がいた。

間違ってはいなかった。間違ってはいなかった。彼女はここにいた。俺は彼女を手に入れた！　稔はそう叫びだしたい思いだった。

椅子から降りてタイルに膝立ちになると、鏡ににじりよってもっと彼女をよく見ようとした。彼女が乳房を手でゆさゆさと揺らし、揉みしだいている。彼の性器は鏡の中の彼女に向かって屹立《きつりつ》していた。彼は右手を乳房から放し、自分のものを握った。しばし胸にはりついていた右の乳房は——彼女にとってはもちろん左だ——ずるずると滑ってぺたりとタイルの上に落ちたが、彼は気にしなかった。

彼女の乳房を揉んでいるのが一体誰の手なのか、今自分の性器をしごいているのが誰の手なのか、もはや彼には分からなかった。

「……愛してる……愛してる……愛……」

どくんどくんと脈打つように射精し、鏡の中の彼女の顔に白い液体が飛び散る。

彼女は恍惚とした表情を浮かべ、彼の方へ顔を近づけてきた。強い磁力で彼も引き寄せられる。やがて二人の唇が鏡を挟んで触れ合い、舌がお互いを探り合う。

鏡を垂れ落ちる精液を、二人は貪るように舐めた。

3　二月・雅子

雅子は家族に対して、平静なふうを装ってはいたが、内心は薄氷を踏むような心境で二月を過ごした。突然目つきの悪い男達がやって来て、「息子さんはどこにいますか」と聞き、連れ去ってしまう——何度そんな夢を見たことだろうか。

手錠をかけられたあの子。新聞にでかでかと載る写真。そして彼らの家に次々と投げ込まれる石と、聞くもおぞましい罵倒の数々。「人殺し！」「変態！」「殺人鬼！」——。

違う、違う、あの子は心の優しい子です。そんなことをするような子ではありません。何かの間違いです、何かの間違いです。間違いよ——！

そう叫んで目が覚めると、びっしょりと汗を掻《か》いている。風邪をひかないために、毎朝服を着る前にタオルで全身を拭かなければならないほどだった。

しかしそんな悪夢も、事件から一週間、二週間と経ち、いつもと変わらぬ日常を重ねるにつれ、見なくなった。春が一歩ずつ近づくのと反対に、足下の氷は少しずつ厚さを増し、やがてそれが磐石《ばんじやく》の大地と変わるように、彼女の心は安定を取り戻した。稔のいる東洋文化大は私大にしては入学試験が遅く、二月の下旬にある。それが終わる頃にはみんなが多少は暇になっているはずだから、二泊三日くらいでどこか旅行にでも行ったらどうだろう、と雅子は思いついた。もちろん子供達は勝手に何か予定を組んでいるかもしれないが、その時は仕方がない。温泉なんかがいいかもしれない。ひと昔やふた昔前の若者は「温泉なんて」と年寄り臭いのは敬遠したものだが、最近はそうでもないらしいからきっと喜ぶだろう。そうすれば、最近少し失われつつある家族のコミュニケーションも取り戻せるだろうし、あの子の様子が最近変な理由も聞き出すことができるだろう。きっと何か他愛のない——もちろん彼ら子供達にとっては深刻かもしれないが——ことで、どれも時と経験を重ねることで解決されるような問題に違いない。

猟奇的な殺人はあれ以来起きていない。どうせ覚醒剤か何かをやっているような、頭のおかしい人間の犯行に決まっているから、もうどこかの病院にでも収容されているか、野垂れ死にでもしているのだろう。そうでなくてもいずれ警察に目をつけられ、逮捕されるに決まっている。いずれにしてもわたし達とは何の関係もないことだ。誰かがまた殺される前に捕まってくれたほうが安心なのはもちろんだが、娘や家族の誰かが犠牲になったりするのでなければ、知ったことではない。

ビニール袋を見つけて二、三日は息子の部屋に入ることができなかったが、また意を決して中を探索し始めていた。あれが何の意味もないものであったことを確認するためにも、部屋のチェックは続けなければならないと自らに言い聞かせたのだ。気がつくような変化は、大してなかった。いいことか悪いことか分からないのだが、このところマスターベーションをほとんどしていないらしいということ。試験が終わったばかりだから当然かもしれないが、勉強もまったくしていないらしいこと。漫画、活字にかかわらず、本を買ったりもしていないこと。ガールフレンドができたという様子も、あいかわらずないこと。

——あの子は部屋で一体何をして過ごしているんだろう？

雅子は訝《いぶか》しく思った。大学が休みになってもどこへも出歩かず、部屋にこもっていることが多いのに何をしているのかさっぱり分からない。以前はよく借りて見ていたらしいレンタルビデオも最近はさっぱりだ。そういったことをする気も起きないほど、何かを思い詰めているのではないだろうか。だとしたら、彼女の想像以上に深刻な問題を抱えている可能性もある。一刻も早く何とか手を差し伸べてやらなければならない。

雅子はみんなが揃ったある日の夕食で、まず娘の愛に、それとなく旅行の計画を持ち出した。

「ねえ、愛ちゃん。温泉なんか、行きたいわねえ」

「そうねえ」と娘はさほど乗り気でもなさそうな返事。

「お母さんと行けばいい」とむしゃむしゃご飯を噛みながら夫が口を挟む。

「――あなたは？」雅子が聞き返すと、彼は苦笑いを浮かべながら首を振った。

「俺は無理だよ。そんな暇はない」

あなたはいつもそう、いつだって――そんな言葉を彼女は飲み込んだ。もくもくと食事をしている息子の方を見ると、彼は脅えたように雅子をちらりと見た後、再び顔を伏せて言った。

「……ぼくも、無理じゃないかな。三月はいろいろ予定もあるし」

雅子は自分の家族が、いつの間にかどうしようもなくばらばらになってしまっているのではないかという恐怖を覚えた。わたしがこのお腹を痛めて産み、苦労してここまで育てた子供達は、いつの間にかまったくの他人になってしまっているのではないか。

珍しく突然言ってみただけの旅行が駄目になった、ただそれだけのことだと言い聞かせてもその恐怖は治まらなかった。その恐怖は、息子が人を殺したかもしれないと思ったときに感じた以上のものだった。それは、雅子自身がどれほどその考えを現実的だと感じているかの差なのだろう。

現代の家族は多かれ少なかれそんな問題を抱えているに違いないと思ってはいても、わたしだけは、わたしの家族だけは自分の愛で固く結ばれている——雅子はずっとそう思い続けてきた。母親が、本当の愛情で子供達に接していれば、必ず彼らはそれを理解し、素晴らしい家庭が築けるものだと信じてきた。

彼女は夫を見つめた。

この男だ。この男が、わたしの築き上げようとしているものを、片端から崩してきたのだ。

父親。その存在が、子供の成長にとって——とりわけ男の子供にとって——どれほど大切なものかということは、どのセミナーでも繰り返し言われた。「同一化の対象である父親が不在だと、男の子はうまく男性の役割を獲得できなくなることがあります。その場合大人になっても異性との満足な性的関係を築くことができず、インポテンツに陥ったり、異常性愛の原因となることがあります」

確かあれも、子供の性の問題を考えるセミナーだった。この後講師は少し脱線し、簡単に異常性愛の実例をあげてみせた。

まずホワイトボードの上部に「量的異常」「質的異常」と項目名を書いた。

量的異常——多い場合は、性欲異常昂進症。少ない場合、性欲減退やインポテンツ。

質的異常のうち、行為の異常——嗜虐性愛（サディズム）、被虐性愛（マゾヒズム）。対象の異常——同性愛、拝物愛（フェティシズム）、小児性愛、死体性愛など。

「異常と正常の区別をするのは、実は非常に難しいことです」と講師は言った。「わたし達の誰もが、何らかの〝異常〟とされる行為に近い行為に興奮を覚えたり、妄想を抱いたりしていることと思われます。しかし、これらはすべて性的に未成熟な状態だと言えます。わたし達はみな、真に成熟した状態には達していないんです。性的に何のコンプレックスも抱いておらず、異性との、何一つとして不満のない関係を築いておられる人など、まずいないでしょう。それはどうしてもわたし達が、隠された性について、罪悪感や劣等感を持ってしまうからです。これらのほとんどは幼児期に形成されるものですが、わたし達の多くは何とかそれを乗り越え、異性との、まあまあ満足できる関係にたどり着きます。しかし、その罪悪感や劣等感があまりに大きい場合、彼らは――いえ、わたし達は、それを乗り越えることができず、さまざまな〝異常〟な性愛に性欲のはけ口を求めることになってしまうのです」

幼児期に形成される、性に対する罪悪感や劣等感――雅子はこれを聞いたとき多少どきりとしたのを思い出した。小さい頃、性器をいじりたがる息子に、「そんなことをしたら病気になるわよ」と言ったことがあったからだ。しかし、そんなのは大したことではないはずだ。どこの親もその程度のことは言う。もしあの子が女性を殺し、その死体を切り取るようなそんな――何を考えているのだろう。あの殺人は、何の関係もないことなのに。今考えていたのは、家族の絆《きずな》についてだったはずなのに。

それがしっかりしていれば、犯罪者など生まれないはずの家族の絆。そんなものはどの家族からも失われかけているのかもしれないが、わたし達はまだ大丈夫。ほんの少し会話が少なくなっただけのことで、それもこれから毎日努力していけば、何もかも昔のように、笑いの絶えない家族に戻るはず。雅子はそう信じた。

第六章

さて大地《ガイア》は　まずはじめに彼女自身と同じ大きさの星散乱《ちりぼ》える天《ウラノス》を生んだ……

1　二月〜三月・樋口

樋口はその日にも退院したかったのだが、検査のために、それは許可されなかった。血と尿を取られ、レントゲン、心電図、超音波による腹部検診に胃カメラ。結果がすべて出て、異常がなければ明日退院してもよいと言われた。

担当医となった高橋という医者は、こんなことを言った。

「あちこちがたが来てるはずだから、できれば徹底的に調べてほしいって言われましてね」

「誰に……です？」不審に思って彼は聞き返した。

「お仲間の刑事さんですよ。名前はおっしゃいませんでした。……怖い顔した人でね。最初はあっち関係の人かと思いました」

あっち関係の人、というのはどうやらやくざのことらしい。野本だ、と樋口は気づいた。この忙しいはずの時に、彼が倒れたことを知って駆けつけてくれたのだ。心配してくれたのだろうか。樋口は、にわかには信じられなかった。

「……何でも、奥さんを亡くされてお一人だとか。男の一人暮らしはとかく栄養が偏《かたよ》りがちなんでね、よほど気をつけないと。よく分かる栄養バランスのハンドブックがありますんで、後でお持ちしますよ。――お大事に」機械的に付け足されたその言葉とともに、高橋医師は別の患者に声を掛けるために去った。

樋口は目の前の夕食に注意を戻した。三十時間ぶりに口にする食事は、糊状《のりじょう》の粥《かゆ》と、魚の煮付け、昆布巻き。そしてリンゴジュース。覚悟して口に入れたが、粥を除けばまずいというほどではない。何とか残さず食べることができた。とりあえずもう点滴を受ける必要はないようだ。

盆が下げられた後、樋口は横になり、島木かおるのことをゆっくり考えてみることにした。

かおるは、敏子を殺したと言った。樋口は彼女がすべてを話すまで、口を挟まなかった。

敏子は二十三で結婚し、実家の近くに住んでいたのだという。相手は、病院で知り合った五つ年上の商社マン。敏子は仕事をやめなかった。お互い多忙なのは仕方がないとしても、彼女の夜勤は、二人の少ない時間をさらに削った。夫は子供を欲しがり、敏子には仕事をやめてもらいたがったが、彼女は当分このままでいることを望んだ。

夜遅く疲れて帰っても食事の支度すらないのでは旦那は可哀想だと、敏子の母はときおり食事を作りに彼らのアパートを訪れるようになった。かおるが大学に入り、受験勉強から解放されると、今度は彼女が姉の代わりを務めた。

かおるは泣きながら、冴えない人だった、と義理の兄のことを評した。

彼女は彼と寝るようになり、姉はそのことを知って離婚した。姉はかおるを責めるどころか、少なくとも表面的には同情し、慰め、謝りさえしたという。自分の夫選びが間違っていたのだと。

「でも」かおるは、樋口にすがるような目を向け、言った。「悪いのはあたしの方だったんです。だって、誘ったのはあたしだったんだから。いつもそう。姉のものは、いつだって欲しくなるんです。お人形も、可愛いドレスも、化粧品も。みんな欲しくなって、いつも姉にねだりました。姉は何でも結局はあたしにくれたけど、その後ずっと大事にしたものは一つもありませんでした。手に入れてみると、どうして欲しくなったのか分からないほどつまらないものばかりなんですもの。──義兄《にい》さんも、そうでした。姉さんがどうしてこんな人と結婚するのか分からないほど、つまらない人だった。でも二人が愛しあってるのは分かりました。あたしを抱いても、それが愛からじゃないことくらい分かってた。だから……だからあたしは……」

樋口は耳を塞《ふさ》ぎたかった。そんな話は聞きたくなかった。何故彼女が、知り合って間もない彼にこんな話をするのか、理解できなかった。しかし彼は黙って聞くしかなかった。彼は敏子のことについて知る義務があると思った。そしてかおるが彼と同じ罪を背負っている以上、かおるについてももちろん知る義務がある。

彼女は続けていた。

「あたしは義兄《あこ》と寝る時、わざときつい香水をつけたり、アクセサリーを忘れてきたりするようになりました。半月も経たないうちに姉はあたし達のことに気がつき、義兄を問い詰めました。あの人はあっさり白状したそうです。姉は次の日には離婚届けをもらってきて彼に渡し、実家に戻ってきました。あたしは目を合わせることができなかったけど、姉はそんなに気にしてないって顔してました。いつかは駄目になる結婚だったってことよって言って。あたしのせいじゃないって。問い詰める両親には、ただ彼が浮気をしたとだけしか言いませんでした。苦しかった。姉がくれたものに飽きてしまって捨てるとき、あたしは一度も罪悪感なんか感じなかったのに、でも何故かどれも憶えてるんです。――お姉ちゃんに泣いて謝りたかった。お人形取ってごめんね、リボン取ってごめんねって。今まで姉から取ったものを何もかも返せたらいいのに、そして義兄と元通りになってくれたらいいのにって何度も思いました」

かおるは頰を流れ落ちる涙も拭かず、しばし口を閉じていた。

「……姉が昔いた寮に戻ったとき、あたしは心底ほっとしました。これで毎日姉の顔を見なくて済む、そう思ったんです。そして自分勝手なことに、またいい人を見つけて再婚してくれればいい、幸せになってくれればいいって思ってました。——お正月に家に帰ってきたとき、誰か好きな人ができたんだなって分かりました。それであたしが何とか聞き出したのが、樋口さんのことだったんです。姉が人をもう一度好きになった、ただそれだけであたしは嬉しかった。あれ以来、姉が誰かを好きになることはないのかもしれないって思ってたから。——でも、姉は……姉は……」

ついに、幸せになることなく死んだ。かおるはきっとそんな言葉を飲み込んだのだと樋口は思った。

敏子は、妹に結婚生活を壊され、死んだ。

敏子は、好きになった男がその気持ちを分かってくれないため、死んだ。

敏子は、運悪く異常者に狙われたために、死んだ。

このうちのどれが正解で、どれが間違いなのか。樋口には分からない。恐らく彼は、「君のせいじゃない」と言ってやるべきだったのだろう。しかし言わなかった。それを彼女に言うことは、一種の自己欺瞞《ぎまん》のように思えた。彼女に罪がないと言うことによって、間接的に自分にも罪がないことを言っているだけだ。そんなことをするわけにはいかない。

「――だから、犯人を捕まえたい。そうなんだね？」

樋口の問いに、かおるは黙って頷いた。

「しばらく考えさせてほしい。何にしろ、この状態では何もしてあげられない。退院したら、わたしから電話をしよう」

彼女は、ほんの少し救われたような瞳で彼を見つめ、何度も頭を下げて帰っていった。

そして今彼はベッドに横たわり、彼女の提案をどう受け止めるべきか考えていた。

彼は最初、馬鹿げている、と思ったはずだ。実際、馬鹿げたアイデアだった。死んだ女とよく似た女を見れば、犯人なら動揺するから、見ていれば分かる？　杜撰《ずさん》もいいところだ。計画と呼ぶにも値しない。罪悪感に押し潰《つぶ》されそうになり、追い詰められた若い女が考えそうなことだ。

しかし、犯人が何らかの基準に従って犠牲者を容姿で選択しているのであれば、その同じ基準にかおるが合格するのはまず間違いないだろう。そして犯人の行動範囲が、時間的空間的に限られたものであるのなら、敏子が犯人と出会ったと思われる辺りで、うまく犯人と出会える可能性は高くなる。

そう、可能性はゼロではない、と樋口は思った。おそらく、百に一つくらいの可能性はある。百に一つ、いや、千に一つも可能性があれば動いてみるのが刑事だ。

そして真に重要なのは、犯人を見つけられるかどうかではない。重要なのは、罪悪感に押し潰されそうになり、追い詰められている若い女を精神的に救うことができるか、ということだ。かおるはたとえ彼が協力を拒んでも、この馬鹿げたアイデアを実行しようとするだろう。自分自身を泥沼から救い出すために。そのために彼は、何かしてやれることがあるのではないかという気がしていた。

そしてもし万が一、かおるが犯人を見つけ、逆に殺されるようなことにでもなったら――。たとえ姉を殺した犯人と出会わなかったとしても、この夜の街にはまだまだ危険な獣が潜んでいるのだ。そんな危険の中へ彼女が飛び込んでいくのを放っておくことはできない。敏子だけでなく、その妹までも見殺しにすることになるかもしれないという考えに、樋口は耐えられなかった。

敏子の妹を精神的、あるいは肉体的危機から救う――それは彼自身に課せられた義務であるように思えた。

何も犯人を捕まえるまで続ける必要はない。何日か「作戦」を続けるうち、やがて彼女もその行為の真の意味を悟るだろう。それで彼女の問題は解決するはずだ。そしてもしかすると、樋口自身の悪夢もまた、消え去ってくれるかもしれない。

樋口は心を決めた。

翌二十九日の午後、樋口は退院した。その夜かおるの家に電話をすると、母親が出たので黙って切った。両親には内緒にしておいてくれと釘を刺されていたので、伝言を残すこともはばかられた。

いずれ彼女の方から電話してくるだろうと待つことに決めた。

長かった二月がようやく終わり、三月がやってきた。天気はよく、空気には春の匂いが充ちている。何もかもが好転しそうに思える。

樋口は四日の午後、捜査本部のある渋谷署に電話をかけて、運よくその場にいた野本を呼び出してもらう。

「……退院したそうで」

「ああ。その節は、迷惑をかけた」樋口は暗に〝失言〟のことも込めたつもりで、謝った。

「いや、何もしちゃいません。――それで、何か？」

「何か進展がないか、家族の方で気にしてるようなんでね。できればちょっとしたことでも教えてやりたいんだが」樋口は嘘をついて情報を引き出すことに、自分でも意外なほどの罪悪感を覚えた。野本が見舞ってくれたことを知ってしまったからだろうか？

「いいニュースは何もありませんな。悪いニュースならありますが」まったく感情の感じ取れない平板な声で、野本は言った。

「悪いニュースってのは？」

「――やっこさん、またやったんですよ」その口調があまりにあっさりしていたので、すぐには意味が分からなかった。

「またやったって……まさか……」背中にひやりとするものを感じながら、樋口は聞き返していた。

「そうですよ。今度はなんと横浜でね。今朝、本牧《ほんもく》インター近くのラブホテルで発見されたそうです。まだ断定はしてませんが、おそらくこっちの事件と同一犯だろうと。――気が重いですな、合同捜査ってのは」

横浜なら当然神奈川県警との合同捜査ということになるが、警視庁と地方警察の間には様々な軋轢《あつれき》があり、そのせいで犯人を逃がしたりと、失態を演じたことが何度もある。そういった、つきあいにくい連中とつきあうことを、そしてそのせいで捜査をしくじることを野本は嫌がっているのだ。

樋口もかつて同じことを感じていた人間だったが、今はそんな野本に憤慨の情しか覚えなかった。またしても犠牲者が出てしまったことに何の痛痒《つうよう》も感じていないようにさえ聞こえるその口調に、猛烈に腹が立った。彼らには所詮島木敏子の死も犯罪統計の中の一つの数字に過ぎず、セールスマンにとってのノルマと代わりはないのだと思った。

それと同時に、警察には任せておけないのではないか、警察にできないことで、自分にできることがあるのではないかという気がした。

そんなものは錯覚だ、そう思おうとしたが、無理だった。

犯人像が、樋口の中で少しずつ形を取り始めていた。

車を持っていて、比較的時間に自由な二十歳から三十歳くらいの独身男。一見しておとなしく、裡《うち》に秘めたその狂気を窺《うかが》い知ることは容易ではない。

それらは直感的に浮かんだものであってしっかりした根拠はなかったが、大体のところは当たっていると確信していた。今度の事件がインターチェンジの近くらしいこと、島木敏子のような女が疑問も抱かずついていったことを考えればますます確信は深まる。

——そう、俺と彼女が組めば、もしかしたら、警察よりも早く奴に迫ることが可能かもしれない。警察よりも早く。

またさらに、女が殺される前に。

2　一月～二月・稔

乳房だけになってさえ、彼女の置き場はなかった。初めは自分の部屋に隠しておけばいいと思っていたのだが、徐々に腐臭を放ちだすにつれ、これでは駄目だと気がついた。冷蔵庫が一番だろうが、そんなところで誰にも気づかれないわけがない。結局、今の季節なら庭（そんな名で呼ぶのが気が引けるほど狭いものだったが）の花壇の隅にでも埋めておけば、腐るのだけは避けられるだろうと考えた。多少人目に気をつければ、時々掘り出して愛してやることだってできないことはない。

実際彼は、夜中にときおり〝彼女〟を掘り出しては、鍵をかけた浴室で、あるいはトイレの中で、愛した。

二日後に掘り出したときにはもう、肌が黒ずみ、皺が寄り始めていた。彼は気にしなかった。

重さの違いが分かるほどしぼみ始めた時には、腐臭が耐え難いほどになっていた。

この愛は変わらない、決して変わらない――。

稔はそう呟き続け、〝彼女〟を愛そうとしたが、一月の終わりにはとうとう触れるのさえためらわれるような肉塊と化していた。

愛していた女が、これでもう永遠に失うことはないと思っていた女が、一瞬にして年老い、醜い老婆となってしまったようなものだ。彼は胸がつぶれるような思いで、〝ありし日の彼女〟を思い出しながらもう一度だけ愛し、花壇の奥深くに埋めて、ひとり泣いた。

言ってみればこれこそが、彼にとっての初めての失恋だったのだ。たった一度愛を交わしただけで生まれ変わったつもりになっていた江藤佐智子の時よりも、何度も何度も愛し、深く結ばれていた、えりかと名乗った少女との別れの方が遥かに残酷で、悲劇的で――そしてそれだけに凄絶な美があるように思えた。

胸にぽっかりと空いたこの空虚な穴を埋められるものは、新たな愛しか、佐智子やえりかを越える素晴らしい女性の愛しかない――彼はそう思いつめた。

稔は再び暇を見つけては街をさまよい始めたが、今度ははっきりとした目標を、指針を持っていた。

女を見つけること。美しく、愛に溢れた女性を見つけること。そして今度こそ永遠の愛を摑《つか》む。えりかのように連れて帰るだけでは不充分だ。愛する女が醜い肉塊と化していくのを見るのは、身を切られるよりつらい。

ビデオ。

せっかくあのような文明の利器があるのに、利用しない手はない。決してそれだけで充分だとは思えないが、一夜の甘美な思い出を繰り返し味わうことができるのは素晴らしいことだ。思いついてみれば、江藤佐智子やえりかとの一夜がテープに収められていないことが、ひどく悔やまれる。

もう二度と後悔しないためにも、二人以上に素晴らしい女性を見つけ、永遠に残る愛の記録を手に入れたいと切実に願った。

池袋と新宿に対しては何となく避けたい気持ちが働き、家から持ち出したビデオカメラの入った鞄をぶら下げ、CDを聞きながら大学の帰りに毎日渋谷や六本木をうろついていた。しかし様々な若い女を見たが、心動かされる女はさほどいなかった。それなりに可愛い顔立ちをしてはいても、気高さを持った顔はめったにない。顔が合格点だと、ダイエットブームとやらのせいか、がりがりに痩せていたりする。佐智子やえりかと出会えたことは、奇跡に近いことだったのではないかとさえ思えてくる。彼女達は決してモデルになれるような美貌を持っていたわけではないが、稔にもうまく摑み切れない何かがあった。彼を惹きつけてやまない何かが。

無為に一週間近くが過ぎてからのことだったから、二月三日に彼女を見かけたときは、すぐに後を追った。

それはもう、今日は諦めて家へ帰ろうと地下鉄六本木の改札へ降りる階段にたどり着いた時のことだった。彼女は彼の目の前でタクシーを降り、顔を伏せ、引きずるような足取りで歩きだした。ベージュのコートの下にはグレーのスーツを着、財布くらいしか入らないような小さなバッグを肩から下げている。夜の六本木には似合わない、地味すぎるほどの女だった。えりかはもちろんのこと、佐智子よりもずっと大人の女だ。三十はいっていないだろうが、二十五は越えているだろう。脇を通り過ぎるとき、マスカラが滲んで落ちかけているのに気づいた。

泣いていた？

彼女はきょろきょろと周囲を見渡すと、意を決したように青山方面に向かって歩き始めた。しかしその足取りの重さからは、とてもその足の向いた先に、心浮き立つことが待っているようには見えなかった。

恋人や仲のよい友人が待っているのではないし、たとえそうだとしても、彼女はそれを喜んではいない——稔はそう推測した。

いっそ雪でも降った方が暖かいのではと思われるほど、二月の風は冷たい。耳が、頬が痺れるほどの風の中、女は十分余りも歩き続けた。タクシーで来たくせに、一体どういうつもりなのだろう。運転手に行き先をうまく説明できなかったのか、それとも当てもなく歩いているのだろうか。華やかなあたりを過ぎ、歩行者も見当たらなくなった頃、ふいに彼女は歩道から消えた。

稔が慌てて足を速めると、見過ごしてしまいそうなほど控え目な店があった。コンクリートの四角い塊としか見えなかった建物に、わずかに人ひとり通れるだけの階段が地下へと続いている。彼女はそこを下っていったのだとしか思えなかった。

曲がりくねったストローのようなブルーのネオンは、〝Mirror on the Wall〟と読めた。きっとバーか何かなのだろう。あんな地味な女が入るからには、派手なディスコとかそういったものではなさそうだ。

稔は一瞬ためらったが、このまま見過ごすことは耐えられない、と自分の気持ちを確認すると、意を決して階段を降りた。下にはこれまた小さな木のドアがある。音楽の洪水を予想しながらドアを押し開けると、拍子抜けしそうなほど静かでブルージーなジャズが流れていた。

奥に長いカウンター、そして背の高い坐りにくそうなスツールの置かれた丸いテーブル。天井にはゆっくりと回る扇風機。

彼女はカウンターの右端で、ほとんど壁にくっつきそうな姿で坐っていた。

稔はもはやためらうことなく彼女に近づき、隣のスツールへと滑り込んだ。

「――お一人ですか」

彼女はびくっと身体を硬直させ、彼から逃げるようにして壁に背中をつけた。やや性急にすぎたかと稔は内心舌打ちした。微笑みを浮かべ、近づいてきたバーテンダーに水割りを注文する。

「アーリータイムスで、よろしいですか」

バーボンは嫌いだったが、頷いておく。バーテンダーが去るのを待って、もう一度彼女に話しかける。

「驚かしたんならごめんなさい。ナンパしようとか、そういうんじゃないんです。その……泣いてらしたように見えたものだから」心配そうに聞くと、彼女ははっとして頬に指を伸ばし、顔をそむける。

稔は慌てて付け加える。

「別に詮索するつもりじゃないんです。ぼくもちょっと落ち込んでるものですから、話でもしてるうちにお互い気も晴れるんじゃないかって。――そう思っただけなんです。ご迷惑ならあっちへ行ってますけど……迷惑ですか？」

嘘をついたつもりはなかった。ただ自然な気持ちを言葉にしただけだ。稔は実際えりかを失ったことでひどく暗い気持ちになっていたし、この数日間街で女達を眺め、ほとんど絶望的にさえなっていたのだ。彼女に嫌われたら――これまで感じたことのないそんな焦りがあった。

彼女は少し考えている様子だったが、やがて微かに首を横に振った。

バーテンダーが彼の水割りと一緒に、彼女が頼んでいたらしいマティーニを持ってくる。乾杯をしようとしたが彼女が顔を上げないので、稔は一口飲んで、勝手に話し続けることにした。

「ぼくは蒲生。蒲生稔と言います。こう見えても大学院で哲学をやってるんです」

佐智子の時についた嘘を、ここでも繰り返した。彼女の年齢に近づける意味合いもあった。

「あなたはお勤めしてらっしゃるんでしょ？　仕事で嫌なことでもあったんですか？」

彼女は黙ったまま、また首を振った。仕事でないのなら男の問題に違いないと稔は思ったが、話題をそっちへ持っていくのはやめておいた。

「どんなお仕事か当ててみましょう……コンピュータ関係でしょう。違いますか？」

また首を振るだけ。まだ口を開く気にはならないようだ。

「銀行？　違う？　……じゃあ、もしかしたら大学関係？」

「……そんなふうに見えますか」

初めて彼女の声を聞いた。冷たい響きを持った、澄んだ声だ。彼が想像していた通りの。

「真面目そうに見えたんで。ちょっと発想が安易すぎましたか。――降参します。何のお仕事されてるんです？」

「……看護婦をしています」

彼は自分の選択が間違っていなかったことを確認した。看護婦！　それこそ自分の待ち望んでいる、大理石のように気高い女にふさわしい職業ではないか。熱い血の流れる同じ身体でありながら、それを白衣に押し隠し、平然として人の身体が切り開かれるのを氷の目で見つめる女。彼女なら彼の〝愛撫〟を、騒がず乱れず静かに受け入れてくれることだろう。

稔は興奮を気取られないようにしながら話を続けた。

「看護婦ですか。大変なんですってね。人手不足や何やらで」

「……ええ、まあ。――ちょっと、失礼します」

彼が訊ねる間もなく彼女はスツールを滑り降り、店内を横切って奥へと消えた。逃げ出したのかと焦ったが、そちらにトイレがあるのに違いないと気がついた。仕方なく水割りを舐めながら待っていると、五分ほどで戻ってきた。化粧を直してきたらしい。それが感情にも影響するのか、若干表情も明るくなっており、うつむきもせず、足取りも普通になっているように思われた。

腰掛けるなりマティーニを取り上げ、くいと飲み干して、残ったオリーブをつまみあげる。

「……蒲生さん、でしたか。落ち込んでるっておっしゃいましたよね。どうして落ち込んでらしたんですか？」

とにもかくにも、彼と話をすることには決めたらしく、稔は嬉しく思った。彼女はしばらく眺めていたオリーブをぽんと口の中に放り込む。

「ただの失恋話ですよ。そんな話、聞きたいですか？」

「ええ。よければ」彼女は彼を見て頷きながら、言った。

「そうですか。よくある話ですよ。……ええと、ある女性がいたんです。出会ったのは、去年の秋でした。誰かをこんなふうに想うことがあるなんて思ってもいなかったほど、好きになったんですね。深く——照れちゃいますね——愛しあうようになりました」彼は彼女との——佐智子との、えりかとの——セックスを越えたセックスを思い返していた。今思い出しても涙が溢れそうになる。美しく切ない愛の儀式。

「別れたのはどうして？」

死んだ、と言おうかどうしようか迷ったが、結局言わないことに決めた。

「……理由なんか分かりません。とにかく彼女の方は冷めてしまったんです」

冷めてしまった——まさにその通り。冷たくなり、とうとう腐ってしまった。

「そう……」彼女はそう呟いたきり、磨き込まれたカウンターを見つめたまま黙り込み、何か物思いに耽っている様子だった。

稔は何もかも吐き出すように続けた。言ってはならないことを言ってしまいそうにも思ったが、止められなかった。

「諦めなきゃいけないのは分かってるんです。でも、もう一度誰かのことをあんなふうに愛することができるかどうか——そう思うとたまらなく恐ろしくなるんです。あれは……あれは一生に一度のものだったのかもしれないって」

「それでいいのかも……」ほとんど聞こえないような微かな声で彼女が呟いた。彼に言ったのではないように思えた。

再び満たされた二人のグラスも飲み干され、また満たされ、飲み干された。彼女の方の悩みを聞き出すのにさほど時間はかからなかった。稔はちびちび舐めたり、氷が融けただけの水割りをおかわりしたりして飲んでいるように見せかけてはいたが、実際は彼女の半分も飲んではいなかった。

破局に終わった結婚、極度の男性不信の日々、そして三十以上も年の離れた男への思慕——。

下らない話だったが、稔は真剣に聞いている振りをしていた。理解できたのは、彼女が自分を不幸だと感じているということだけで、彼にとってはそれで充分だった。

こんな素晴らしい女性が、不幸であっていいはずがない。彼女こそ……彼女こそ、俺に愛される資格を持っている。彼女ならきっとその愛に充分応えてくれることだろう。

直した化粧が再び崩れるのもかまわず、彼女は涙を滲ませていた。十二時半を回っている。

「出ましょう」稔がそう言って軽く肘に手をかけると、彼女はおとなしく立ち上がった。

勘定は稔が払う。引っ張りあげるようにして一緒に狭い階段を昇ると、外では雪がちらついていた。そのまま眠り込みそうな様子の彼女は、寒さに反応したのか、ぎゅっと彼にしがみついてきた。ふくよかな身体に初めて触れ、稔は歩きにくいほど下腹部が高まるのを覚えた。佐智子やえりかにはない大人の女の肉体なのだ、と改めて思った。

「……やだ……もっと……飲ませて……」

大人っぽかった彼女が、いつの間にか子供がすねているような口調になっている。

「分かった分かった。ぼくが連れていってあげる」稔はそう言ったが、もちろんもう一軒別の店に行って無駄な時間を過ごすつもりなどなかった。朝家族が起きる前には帰りつきたかったから、彼女と愛しあうために残された時間はわずかしかないのだ。

タクシーを拾いたかったが、時折止まっているタクシーはどれも迎車のサインを出しているものばかりだ。到底見つかるとは思えなかった。

ふらつく彼女を支えながら青山でホテルを見つけたときは、もう二人とも、肩も髪も真っ白になるほど雪を被っていた。寒さで彼女の酔いが醒めてしまうのが心配だったが、苦しそうな表情はしているものの、瞼はずっと閉じられたままだった。

右腕には彼女、左肩にはビデオカメラの入った鞄。部屋に入って、ずっしりと重くなり始めていたそれらの重荷から解放されると、体重が軽くなったように感じられた。

彼女はベッドの上でくの字になって眠っている。髪から垂れるしずくと涙で化粧はすっかり崩れてグロテスクなまでになっており、苦しげに眉をひそめて微かな鼾をかいている。

稔はバスルームからタオルを持ち出してきてまず自分の頭を拭き、次いで彼女の髪を拭いてやった。

鞄からビデオカメラと、今度のために新しく買った三脚を取り出し、ベッドの足元に設置してファインダーを覗く。ベッド全体が収められていることを確認し、テープのセロファンを剝がして取り出すと、カメラにセットした。テープは二時間。多分足りるだろう。録画スイッチを押し、固定する。セロファンはごみ箱に捨てた。

もう一度ファインダーを覗く。彼女が苦しそうに寝返りを打つのが見えた。

「綺麗だよ」

覗きつつ、稔はセーターを脱ぎ、シャツのボタンをはずしていった。ズボンだけになったところでカメラを離れ、ベッドに近づく。これから自分がする行為を、後からでなく今、リアルタイムで見ていたいなどと無理なことを思った。

ロウヒールのパンプスはすでにカーペットの上に転がっている。無意識に脱いだようだった。羽織っていただけのコートを剝ぎ取り、身体を仰向けにすると、ジャケットのボタンをはずし、続いてブラウスのボタンもはずしてゆく。

上半身をわずかに抱き起こし、ジャケットごとブラウスを脱がせる。

「……ううん……」

声をあげて身体を動かしたので、抵抗されるかと思ったが、逆に自分から袖を抜きさえした。

待っているのだ。俺に愛されるのを。

ベージュっぽいピンクのブラがはちきれそうな白い肉を包んでいる。フロントのホックをはずしその乳房をあらわにしても、彼女はほっとしたように息を吐いただけだった。

ちらりとカメラを横目で確認し、はっきりと映る角度で彼女の乳房を優しく揉んだ。

「いや」

そう呟いたものの、寝言だったのか、彼の手を払いのけることはしない。

次にスカートのジッパーを下ろし、するりと脱がせる。茶色いパンストの下に白いパンティが透けて見えている。一刻も早くそれらを剝ぎ取り、張り詰めた彼のものをすぐにでも突き刺したいと思ったが、自分をわざとじらしたくなった。カメラを意識していることもある。後で見たとき、あまりにあっけないものになってしまってはつまらない。

ゆっくりとまず、パンストをくるくると巻いて抜き取ってゆく。白い太股があらわになってゆくのを見ていると、不意に涙がこぼれそうになった。かつては同じように愛した佐智子とえりかのことを思い出したからだ。

殺しても殺しても死なない女がいればいいのに。そうすれば何度も何度も愛しあうことができるのに。

そんな理不尽な考えが浮かんだが、すぐに、今は目の前の魅力的な肉体に専念しようと思い、頭から追い払った。

パンストを取ってしまうと彼女はもはや、絡まったブラとパンティだけの姿だ。しかし依然目を覚ます様子もなく、彼に愛されるのを待っている。

稔はもう一度カメラに近づいてファインダーを覗き、少し動かしたりズームしたりして、どの角度が彼女を美しく見せるだろうかと考えた。そして結局、もう少しベッドに近づけ、やや上から彼女を捉える位置に決めた。

　カメラの邪魔にならないようにしながら、パンティを脱がしてゆく。彼女は何も気づいていない様子で、規則的な寝息を立て始めた。カメラを三脚からはずし、全裸になった彼女を舐めるように磁気テープに焼き付けていく。安らかな寝顔。肩から胸。やや贅肉のつきはじめている腹。黒々とした陰部。手を伸ばし、膝を立てるようにして脚を開かせるが、手を放すと閉じてしまう。

　もどかしかった。自分が二人いれば、同時に愛し、記録できるのに。

　今はとりあえず彼女を愛することに専念しよう。そう結論し、カメラを三脚へと戻した。

　ベルトをはずし、ズボンとブリーフをまとめて脱ぎ、ベルトは抜き去って彼女の首に回しておく。まだ行かせるつもりはない。

　靴下だけの姿になって彼女の身体に覆い被さった。左手で乳房を揉み、乳首にくちづけをしながら右手で陰部をそっと探る。

「……だめ……だめ……」眉間に皺を寄せ、ゆっくりと首を振るが、意識がどれほどはっきりしているのかは分からない。

「……ヒグチ……さん……」

それが慕った男の名前なのだろうか。可哀想な女だ。俺が忘れさせてやる。

稔は音楽を忘れていたことに思い当たり、鞄からCDプレイヤーを取り出し、イヤフォンをはめる。眠っている彼女の耳にもはめると、プレイボタンを押して再び覆い被さり、まだ濡れてもいない身体の中へ無理矢理押し入ろうとした。

ややCDの音量が大きすぎたからか、結合の痛みからか、彼女は薄目を開け、やがて驚いたように全裸の稔を見上げた。

彼は微笑んで、言った。

「愛してる」

彼女ははっとした様子で胸を押さえる。脚の間には稔がいるので、身を捻《ひね》って逃れようとする。

「恥ずかしがらなくてもいい。——ほら、歌を聞いてごらん。いい歌だろ？　愛しあおう」

「いや！　いや！」

彼女が叫び、もがき始めたので、稔はもうこれ以上待てないと知った。首に回したままのベルトの両端を摑む。彼女はその意味にすぐ気がついたのか、必死で彼の両手に爪を立て、跳ね回る。

暴れ馬を乗りこなすカウボーイのようだ、などと思いながら、稔はベルトを思い切り引くと同時に、彼女の中へ深く入った。

彼女が獣のように吠えたが、すぐにその声は潰れて、猫が喉を鳴らしているようにしか聞こえなくなった。しかし抵抗が止んだわけではない。全身で彼を押しのけ、手に爪を立て、目を見開いて首を激しく振っている。

全身が痙攣し始めた。彼の性器を包んでいる肉襞にもその痙攣は及び、何度も繰り返すその収縮と弛緩に、たまらず彼は射精していた。

二人は何度も痙攣し、やがて同時に静かになった。同時に行ったのだ。これこそが究極のオーガズムだと彼は思った。稔は彼女の胸に顔を埋め、しばしその余韻に浸った。

排泄物の匂いが立ち込めている。身を引き離して股の間を覗くと、失禁しているだけでなく、肛門が緩んだのか、軟らかい便をシーツの上に垂れ流していた。このままでは続けて愛するのもためらわれる。彼はトイレからトイレットペーパーを一巻き持ってきて、彼女の尻を念入りに拭き、汚れたシーツを丸めてバスタブに放り込んだ。

たとえ愛する女の身体から出たものとはいえ、糞は糞だ。こんなものをありがたがる変態もいるらしいが、俺は違う——稔は部屋に充満した匂いが薄れるのを待ちながら思った。

死んだ女の身体に様々なポーズを取らせながら、ビデオカメラのファインダーを覗くうち、また次第に欲望が湧き起こってきた。別の角度に据え付け、冷え切った身体を再び愛した。

カメラに向いてベッドに腰掛け、膝に彼女を坐らせるようにして後ろから貫いてもみる。結合部がよく見えるように脚を開かせるのも忘れない。このテープはきっと宝物になることだろう。

やがてテープが終わったことで、長い時間が過ぎ去っていたのを知った。もはや三時半になろうとしている。そろそろ帰らなければ。

タオルにくるんで鞄の底に入れておいた包丁を取り出す。えりかの乳房を切ったのとは別の、新しく買った肉切り包丁だ。愛する彼女を連れて帰るもっといい方法が見つかるまでは、このやり方で我慢するよりない。稔は手際よく死んだ女の両の乳房を切り取り、用意した黒いビニール袋に丁寧にしまい込む。自宅の台所から持ち出してきたものだ。

そこでふと、女の股に流れる白い液体が目に入った。奥の方から流れ出てきた彼自身の精液だ。

コンドームをするのを忘れていた。精液を残していくのはまずい。えりかの時は彼女がコンドームを持っていたのだった。髪の毛や指紋といったものを残していくことには何の不安もなかったし、そもそも頭に浮かびもしなかったが、精液はまずいような気がするのだ。

ティッシュを中まで突っ込んで拭けば、取れるだろうか。肉襞の間に残るのではないだろうか。警察の鑑識は、それを見つけだすほど優秀だろうか。

稔は素晴らしい考えを思いついて、声をあげそうになった。

何だ、これも切り取って持って帰ればいいじゃないか！

どうしてこれほど単純で、当たり前の考えに思い至らなかったのか、彼は自分で不思議に思った。切り取ってくれといわんばかりの乳房の形状に目を奪われ、性器だって切り取ろうと思えばそうできることに気づかなかったのだ。

うまく膣ごと切り取ることができれば、風呂場での自慰などではなく、セックスだってできるかもしれない！

血を見るのは決して好きではなかったが、この際多少の我慢も必要だろう。

稔は死体の脚をほとんど百八十度にまで開いて、性器の検分を始めた。指で押してみて、骨がどこにあってどこにないかを確認する。

まず大きめに、ぐるりと取り囲むようにして、包丁の刃が骨に当たるまで切ってみる。このまま削ぎ落とすのは簡単だが、それではいわば入り口だけで、セックスをすることができない。

しばし思案のあげく、下腹部を開いてみることにした。茂みの上辺りに包丁を突き立て、恥骨の部分まで切り裂く。中には腸とおぼしき肉塊が詰まっている。顔をしかめながらちょっと指でかきわけようとはしてみるが、とてもそんなことでは奥まで見えない。意を決して手首まで突っ込み、腸を力任せに押しのけると、つるんとした球形の肉塊が見えた。驚くほど小さい。これが本当に子宮なのだろうかと思い指で摑んでみると、ぐにゃりとへこみ、削ぎかけの性器から尿が洩れたので、膀胱らしいと分かった。どうやらその上に覗いている、膀胱の裏側にある、膀胱よりもどす黒い色をした肉が子宮らしい。右手を差し入れ、子宮の肉を摑んで引っ張ってみた。かなり弾力性に富んだ筋肉の塊だ。彼女の拳ほどもない、驚くほど小さなものだった。膀胱の上まで引っ張ると、性器の部分がへこみ、内部でつながっているのがはっきりと分かる。

性器の回りの皮をめくり、包丁を差し込んで骨と皮を切り離し、もう一度子宮を引っ張るとずるずると外性器は中へ引きずり込まれ、そして膣につながって下腹部の切り口から現れた。外に飛び出た膀胱も当然のことながらつながっており、その膀胱からは細い管が内臓の方へ伸びていてそれ以上引っ張りだすことができない。

稔は血まみれの手で膀胱を切り落とすと、子宮の両側にある卵巣らしき物体も邪魔だと考えて切り落とした。

いまや彼の手には拳に入ってしまうほどの子宮とそこから伸びる肉の管、そしてその端に奇妙にへばりついた性器とその回りの皮があった。まったくといってよいほど性欲は感じない。乳房を切り取った時に感じたように、それが彼女の本質的な部分であるなどとはどうしても思えなかった。

ぶら下げると血に混じって白い精液がしたたり、稔を驚かせた。不思議な感じだった。彼女がもし生きていたら、この精液がまた新たな生命を生んだかもしれないのだ。しかし彼は彼女を殺し、今そのすべての生命の源を持ち帰ろうとしている。

生命への冒瀆？　そうかもしれない。しかし、避妊をして快楽のためにセックスをすることなど、すでにして生命を冒瀆していると言ってもいい。愛こそが人間の究極の目標であるのなら、そのためには何を犠牲にしても構わないのだ。どうせたかだか何十年で消え去る生命などに、この愛ほどの値打ちがあるものか。

稔は口ずさんだ。

どんなものにかえても
ほしい愛はあるのよ

そうだ。その通りだ。

彼は血まみれの子宮と膣を乳房と同じビニール袋の中に入れると、しっかりと口を閉じ、立ち去る準備を始めた。べとつく両手と包丁を洗い、服を着る。三脚を畳み、ビデオカメラと一緒に鞄にしまう。包丁をタオルでくるみ、彼女の入ったビニール袋とともにビデオカメラの上にそっと置く。エンドレスで回り続けていたCDプレイヤーはいつの間にかバッテリーが切れてしまっているようだった。今度はACアダプタも持ってくることにしようと心に留めた。彼女の死体には目もくれなかった。

去り際にも、振り返ることはなかった。

凍えるような寒さも、まるで気にならなかった。運よくすぐにタクシーを拾うことができ、五時前には自宅に帰りつくことができた。

部屋でビニール袋を開き、彼女が無事なことを確認する。もう今日は愛しあっている時間もない。乳房が血まみれになってしまっていたので、こっそりと風呂場のお湯を使って洗い落とし、新しい別のビニール袋に入れて口を縛る。子宮の方も同じようにして、二つのビニール袋を庭に埋めた。持ち帰るのに使ったビニール袋は台所のごみ箱に押し込んでおく。

ビデオテープ。これもどこかに隠しておいた方がいい。考えたあげく、いつも持ち歩く鞄の中にしまっておくことにした。とりあえずはこれで大丈夫だろう。

稔はすべてを終えた後、安らかに眠りに就いた。二月四日朝、午前六時になろうとしていた。今日はどうしても大学に行かねばならない。あまり寝る時間も残されてはいなかった。

3　三月・雅子

雅子は、呆然としてそのニュースを見ていた。

三月四日、午後六時。家には稔と雅子しかいず、彼は自室に引きこもっているので、居間には彼女一人だった。

『……今日午後、横浜市中区のホテルで発見された女性の死体は、三鷹市に住む二十四歳の会社員、田所真樹《まき》さんと分かりました。遺体の一部が切断されていることや、その殺害方法などからみて、神奈川県警は、都内で連続して起きた二件の殺人事件との関連も考えられるとしています。──さて、次はちょっと変わった雛《ひな》人形のご紹介です……』

頭から血がすうっと下がっていくのが感じられた。古いテレビのように視界が狭くなっていき、やがて世界は闇に包まれた。耳を聾《ろう》せんばかりに心臓の音だけが響き渡る。忘れようとしていたすべての光景が、匂いが、その闇の中に蘇る。

あの子は昨夜帰らなかった。あの子は昨夜帰らなかった。

関係などない。あるはずがない。

雅子はちらりと顔を振り向け、息子の部屋のある方角を見た。

関係などない。昨夜自宅に戻らなかった男達は、この東京にはごまんといるはずだ。たまたまあの子が昨夜帰らなかったからといって、それが一体何を意味するというのだろう。

何も。意味なんかない。大学生ともなればたまには家に帰らないことだってある。試験が終わって友達と羽目をはずして飲むこともあるだろう。

雅子は、大学の試験はもう三週間も前に終わっていること、彼が最近友達と連絡を取っている様子のないこと、そして今朝十時頃に戻ってきた彼が酒の匂いなどさせていなかったことなどを頭から追い払おうとしたが、できなかった。

大体あの子はアルコールはあまり好きではないはずだ。コンパだなどといっても、早めに切り上げて帰ってきてしまう。友達も少ない。となると、一体外泊するどんな理由があるだろう？

今朝戻ってきたあの子は顔を背け、わたしの顔を見ようとしなかった。女性？　ガールフレンドと、ホテルにでも泊まったのだろうか？　だからばつが悪くて顔が見られなかったのだろうか？

その半ば願望めいた考えは、逆にホテルでの連続殺人を彼女に思い出させた。

雅子はあの連続殺人に関するニュースは避けていたつもりだったが、それでも、朝昼のワイドショー番組や、夫が買ってくる週刊誌の見出しなどから、ある程度のことは知識として持っていた。

二人の被害者に共通点のないこと。一人目は乳房を切られただけだったが、二人目は下腹部を切り裂かれていたらしいこと。そして、つい最近発表された事実として、二人目が殺された現場の屑籠《くずかご》に、8ミリビデオテープのセロファンが落ちていたというものがある。これを警察が発表したときには、週刊誌もテレビもしばし扇情的な報道を繰り返したものだ。

いわく、『あの悪夢が再び!?』『殺人鬼は犯行をビデオに撮っていた!』『犯人はビデオマニア?』等々。

8ミリビデオ。

幼女連続殺人犯が使ったのが、VHSだったのか8ミリビデオだったかそんなことは知らないが、最近は8ミリも相当普及していると聞く。別に珍しいものではないはずだ。それに一応持っているとはいっても、あの子は決してビデオマニアといえるほどカメラを使ってもいないし、普通のビデオだって異常なほど頻繁に見ているとは思えない。

違う。あの子じゃない。きっとどこかに第二の幼女殺人犯のような男がいるのだ。周囲の人間とつきあうのが下手で、自分の趣味の世界に没頭し、部屋は変態的なマンガやビデオで溢れ返っている——そんな男の犯行に決まっている。ただ今度はその性欲の対象が幼女でなかったというだけのことだ。

どうして朝帰りをしたのか聞いてみなければ。もちろん、女性と一夜を過ごしたのであればわたしには言いにくいだろうが、怒るつもりなどまったくないことが分かれば、打ち明けてくれるだろう。そしてそのうち家へ連れてくるように言おう。たとえその女性が気に入らなくても、夜の女などでなければわたしは何も言うまい。別に結婚するわけではないのだし、あの子がそれで満足しているのなら口出しをするべきではない。

いや、自分の子供を信じてやらなければ。きっと素敵な女性を選んだに違いないのだから。

第七章

……これらのあとから　末っ子　悪智恵長けたクロノス　子供たちのなかでいちばん怖るべき者が生まれた　この者は強壮な父親を憎んだ。

1　三月・樋口

「まず、三つの事件の発生日時、現場を整理してみる必要がある」樋口は注文を終えるといきなりかおるにそう言い、テーブルに備え付けの紙ナプキンを一枚取り上げた。三月四日、第三の事件発生のニュースに驚いて電話してきた彼女と、マンション近くの喫茶店で落ち合ったのだ。夜八時のことだった。

かおるは例のグレーのスーツではなく、黒のジーンズにセーターという格好をしていたが、短く切った髪は樋口にやはり姉を思い出させた。

彼は彼女から顔をそむけ、胸ポケットの万年筆を使って紙ナプキンに次のように書いた。

一月四日土曜日夜、新宿歌舞伎町。

二月三日月曜日夜、青山（六本木?）。

三月三日火曜日夜、横浜本牧インター近く。

「データはこの三つしかないし、規則性を見出すこともできないが、人海戦術を使えない我々としては、何とか犯人の現れる可能性の高い場所と時間をこのデータから見つけだしたほうがいい。――何か、考えつくことがあるかな」樋口はかおるの意志と能力を試してみるつもりで聞いた。

彼女はあまりに唐突で驚いたのかしばし沈黙していたが、じっとナプキンを見つめた後、口を開いた。

「まず、間隔が約一ヵ月ということでしょうか。場所はバラバラ、曜日もバラバラですね。最初の場合は正月ですから特別とすると、後は平日ですね」

馬鹿ではない。自分で考えることのできない若者が増えているらしいというのに、単純な考えではあってもそれをはっきりと述べたかおるに樋口は感心した。

しかし彼は頷いただけで、さらに質問を重ねた。

「では、犯人はどのように行動し、犠牲者を見つけたのだと思う？」

「……姉の例から見て……知り合いの中に犯人がいたとは思えませんから、繁華街で、その日の夜に偶然見つけたのだと思いますけど……」ためらいがあった。自信がないだけでなく、姉のことを思い出すのを怖れているように見えた。

「昨日の事件でも？」

「……分かりません」かおるは素直に答えた。

樋口は少し誘導してやることにする。

「犯人はどこで被害者を見つけ、どうやって、何故横浜に行ったのだと思う？」

かおるはしばし考え、やがて顔をあげて言った。

「車で、被害者を拾ったんですね？　送るふりをして！」

樋口は頷いた。彼が達した結論に、彼女も達したのだ。だからといってそれが真実だということにならないのは承知していたが、若い女性の立場からも確かめられたことはやはり重要だった。

「わたしはそうだと思う。タクシー乗り場の長い列に車で近づきナンパしようとする連中は大勢いる。そういう車に乗ってひどい目に会った女性の訴えもたくさんあるんだがね。しかし、一時間待っても数台しか来ないのに自分の前にはまだ何十人というというときに、見栄えのいい車に乗っている優しそうな男が送ってやると言ったら、喜んで乗る女性はいくらでもいるだろう。君のお姉さんが気を許したらしいことからして、犯人は一見人畜無害で礼儀正しい男に違いないしな。二枚目、なのかもしれない」

「でも……それじゃあ、前の二件も……？」

「いや。前のは違うだろう。車を使いだしたのは三件目からだ。何故かは分からんが、警察を攪乱するためにわざと他府県で事件を起こしたかったのかもしれん。だとしたら相当の知能犯ということになるが」

　ようやく注文のコーヒーが運ばれて来た。樋口は紙ナプキンを握り潰し、しばし二人は黙ってウェイトレスが去るのを待った。

「それで……」かおるが最初に口を開いた。

「何だね？」

「あたしは……あたし達は、どこに行けばいいんでしょう」

　そうだ。それが問題だった。せめて二組のチームなら、新宿と六本木の両方を張り込むことができるのだが、それもかなわない。どうするべきかは、樋口もはっきりと決めてはいなかった。彼女との話し合いで、何かが見えてくるのではと期待してもいたのだ。

「――いずれ聞き込みで分かってくると思うが、昨日の被害者が拾われたのは多分新宿だろう。彼女の自宅は三鷹らしいからね。中央線の最終を逃して、タクシー乗り場の列に並んでいたのだと思う。長い長い列だ。そこで犯人に拾われ、ベイブリッジを見にいこうとでも言われて、横浜へ行き、本牧でホテルに入ったんだと思う」

「つまり、新宿の方が可能性が高いということですか」かおるは確かめるように訊ねる。

「……とも言えない。最初が新宿だったから、次はわざと避けて六本木で犠牲者を探していたのかもしれないからね。もし三件目が本当に新宿だったのだとしたら、次は新宿ではないかもしれない。あるいはまったく別の考え方もある。犯人は、月曜日には六本木の近くに行き、火曜日には新宿に行くという生活、あるいは勤務をしているのかもしれないということだ。そしてたまたま気に入った女性を見つけたとき犯行を行っているのかもしれない」

「勤務……犯人は、普通の勤め人なんでしょうか」かおるは鋭い点を突いてきた。

「サラリーマンである可能性はある。ただ、その場合でも比較的時間に自由な人間ではないかという気がする。外回りとかね。翌日も平日なのに夜中遅くまで車を乗り回して女性とホテルへ入るのだから、朝が厳しい仕事ではないと思うし、もちろん残業続きの会社でもない。自営か、ことによると――」樋口は言葉を切った。やや突拍子もない憶測だったからだ。

「ことによると、何です？」

かおるが促したので、樋口は思い切って言ってみることにした。

「学生かもしれない」

さすがに彼女も驚いた様子だった。樋口は彼女が口を開く前に言い添えた。

「――わたしは犯人は多分、二十代じゃないかと思う。もっと上だったとしてもせいぜい三十五というところだろう。三人目の被害者がさっきの推理のように車で拾われたのだとすれば、ある程度近い年齢だったということだと思う。ベイブリッジ辺りは、若い者の溜まり場のようだしな。学生でなかったとしても、きちんと定職にも就かずぶらぶらしているような連中が大勢いるだろう。ああいう連中じゃないかと思うんだが」

「フリーターですか。……そうかもしれませんね」

フリーター――金がなくなるまで遊んで、なくなったらアルバイトをすればいいと思っている連中のことらしい。下らない連中のための下らない呼び名だ。たまたまこ数年景気がいいから、そんな浮わついた連中でも生きていけるが、彼らは不景気になったときのことを少しでも考えたことがあるのだろうか。仕事のできる正社員ですら首を切られることがあり、働きたくても働き口などなくなることもあるということを考えたことがないのだろうか。

おそらく、ないのだろう。働くことの大切さも、生きることの大切さも何も分かっちゃいない。だからこそ平気で他人の命を奪うこともできるのだ。あの幼女殺人犯も決してよく働く方ではなかったようだ。子供の時から何不自由なく育ち、稼ぎもないうちから高い車を乗り回す。人が生きていく上で大切なことを学ばないまま大人になる。むしゃくしゃする、もやもやするといっては女性を襲い、浮浪者を蹴る。被害者はしばしば死にいたるが、命の何たるかを理解していない以上大した罪悪感を覚えることもない。

樋口はそんな想念を断ち切り、かおるの顔を見据えた。

「以上のことから考えると、可能性が一番高い方法は、まず毎週月曜には六本木へ行き、別の曜日は新宿、渋谷、六本木、およそ若者の集まりそうなところを並行して探すことだと思う。――かおるさん。後はあなた次第だ。勤めもあるだろうから毎日というわけにも行かないだろうし……」

「勤めは辞めさせてもらいました」かおるはさらりと言ってのけた。

「辞め……た？　どうしてまた」樋口は驚いて聞き返した。

「もちろん、このためにです。姉を殺した犯人を捕まえることの方が今のあたしにとっては大事なんです。ですから、樋口さんさえよろしければ毎日出かけるつもりでした」

そう答える彼女の瞳に、樋口はもはや暗い翳りを見出すことはできなかった。行動に移ることによって、もう既に罪悪感を乗り越え始めたのだろうか。

そして樋口もまた、とうに失ったと思っていた生きる意欲を、自分が取り戻し始めていることに気づいていた。

ここ何ヵ月もわだかまっていたやりきれなさ、やり場のない怒り、虚しさといったものは、本来の仕事――犯罪者を追うことによってのみ解消されるのだろうか。そんなふうに感じたことはなかったが、俺もまた刑事であり、身体に染み込んだその習性は、死ぬまで直らないのだろうか。

樋口は「早まったことを」といったような意味の言葉を言いかけて、やめた。やるからには中途半端は許されない。仕事の片手間にやろうなどという考えを彼女が持っていなかったのは良いことかもしれない。

「結構。しかし、明日から早速、というわけにもいかない。これまでの間隔からみても、犯人もすぐには街に出ないだろうしな。無駄と分かっている時間を過ごすより、情報を集めた方がいいと思うんだが」

「――何でもお手伝いします」

樋口は頷いた。彼女が本気でそうするだろうと彼には分かっていた。

翌三月五日。樋口はまず搦《から》め手から攻めることにした。現役時代、何度も精神鑑定などで世話になった精神科医の一人である大学の教授を、かおると二人で訪ねてみたのだ。休み中なので確認を入れると、いつも研究室にいるとのこと。竹田信《まこと》というその教授は、犯罪心理学にも精通しており、現役時代樋口は教えられることが多かった。さほど年齢は変わらないはずだから、彼もそろそろ退官なのではないだろうか、などと考えながら、樋口は彼の研究室へと足を踏み入れた。古い本の匂いのする研究室には春のような午後の光が差し込んでいて、床やソファに歪んだ窓枠の形を落としている。

「樋口警部。お久しぶりです」竹田教授は嬉しそうに眼鏡の奥の瞳を光らせながら、二人をビニール張りのソファに坐らせた。教授は、ツイードのズボンにタートルネックのセーター、茶色いコーデュロイのジャケットという格好。年齢を考えるとじじむさくなりそうではあるが、グレーの髪をぴしりと撫でつけた欧米人風の顔立ちのせいか、ひどくダンディに見えた。樋口は自分と比べられたら、実際より十は離れて見えるのではないかと思った。

「……娘さんは……おらんはずでしたが……」スーツ姿のかおるを見て、教授は訊ねる。

「まさか、女刑事さんじゃ、ないでしょうな」

「違います。彼女は島木といって、今ちょっと秘書のような仕事をしていただいておるんです」樋口がそう紹介すると、打ち合わせ通り彼女はバッグからノートとシャープペンシルを取り出し、教授に向かって微かに微笑んでみせた。

「秘書」教授は繰り返す。

「ええ。実は、本を書いてみようかと思いまして」

「本」さらに惚《ほう》けたように、教授は繰り返した。

「ええ。犯罪実録のようなものです。わたしの関わった事件などを詳しく書いてみないかという話がありましてね。本当に出版されるかどうかは分かりませんが、年寄りの道楽のようなものだと思ってください」

「……なるほどなるほど。それは、結構ですな。いや、結構。――それで、どういった事件を主に？」話が長引くことを予感したのか、教授は深々とソファに背を預けながら訊ねた。

「実はですね、主に異常犯罪、猟奇犯罪について書こうと決めたのですよ。それならまず先生にお話を伺わなければ、と思いまして」

「なるほど。しかし、果たしていまさらお役に立つ話ができますかどうか」教授はそう言ったものの嬉しげに眼鏡をはずし、ポケットから出した眼鏡拭きでレンズを磨くように拭き始めた。猟奇犯罪について話ができるのが嬉しいのだ。樋口はこれまでにも何度も彼のこういう仕草を見てきていた。

「今騒がれている連続殺人は、先生もご存じでしょう。できれば本の最後にはあの事件に関する章もつけたいと思っているのですが」できるかぎりさりげない口調で、樋口は言った。

教授は何度も頷く。

「ああ。あの件じゃあ、わたしも一応警察には協力しております。興味深い事件のようですな」

ひどい、とも悲しいとも言わず、まず「興味深い」とくるところが学者らしい、と樋口は思った。

「あの件について、お考えを聞かせてもらえませんか。活字になるとしても当分先の話ですし、ご迷惑になるようならお名前は出しませんから」

「……いや、そんなことは構いません。――そう、ですね。昨日だか一昨日だかにまたやったそうですな？　まだその被害者については何も聞いておりませんから、それ以前のデータだけで警察にお話ししたことだが、それでもよろしいか」

「ええ。お願いします」

教授は眼鏡をかけ、しばし口元を指で押さえて考え込んでいたが、やがて口を開いた。当初樋口が本を書きたいと言ったことなど、もはや頭から抜け落ちてしまい、自分の好きな話を好きなだけできる喜びにうち震えているように見える。しかしそれこそ、樋口がこの教授を選んだ理由でもあった。つつかれたらすぐにぼろが出そうな作り話だったからだ。

「イギリスの殺人者、クリスティを知ってるかね？」

生徒に教えるような口調に変わっている。昔からそうだった、と樋口は思い出す。

「クリスティ……ですか？　アガサ・クリスティなら知ってますが」

「違う！　ジョン・レジナルド・クリスティ。一九五三年三月、彼がもと住んでいた家の壁の中や床下から、彼の妻を含む四人の女性の死体が発見された。裏庭からは二人分の人骨。クリスティの供述によれば、彼は妻が不在の折、売春婦を自宅に引き入れて絞め殺し、裏庭に埋めたことになっている。一九五二年十二月には妻をストッキングで絞め殺した。数週間後に、また売春婦を殺した。十日後に、また一人。そして三月にもう一人殺し、ロンドンをさまよっている時に逮捕された」

教授はしばし口を閉じたが、二人は固唾《かたず》を飲んで見守り、口を挟むことはしなかった。

「売春婦達の血液には一酸化炭素が含まれており、膣には精液が認められた。自供によれば、クリスティは彼女達を家に入れ、酒を飲ませるとデッキ・チェアに坐らせ、そばまで引いたガス・パイプの栓を開けたのだそうだ。女がガスで意識不明になったところを絞め殺し、強姦したらしい。女達はみな売春婦かあるいは妻なのだから、性交したいだけなら殺害する必要はない。だから、彼は性的不能で、女が意識不明でないと性交が行えなかったのではないかとみられている。

——どうだね。何か、ぴんと来るものがあるだろう」

「……今度の犯人も、不能者だと？」

「おそらく、そうだろう。生きた女を相手にできない男だ。わたしは死体の状態を詳しく聞いたが、徹底したものだった。正月の少女は殺された後、膣の粘膜はおろか皮膚までこすれてぼろぼろになるほど犯されていたらしいし、先月の被害者も、おそらく同じような目に遭ったと思われる」

傍らでかおるが息を飲むのが分かった。ちらりと横目で見ると、シャープペンシルを握り締めた指が真っ白になって震えている。新聞やテレビなどでは、犯人が屍姦を行ったことは報道されていない。近親相姦や、屍姦といったタブーに触れるネタに関しては、あからさまに報道しないのが常だからだ。かおるも知らされていなかったのていた。

だろう。樋口は彼女をここへ連れてきたことは間違いだったかもしれないと思い始めていた。

しかし、かおるはここで初めて口を開いた。

「……おそらく、というのはどういう意味でしょうか」声が震えているが、教授は気にしなかったようだった。彼は肩をすくめ、答えた。

「膣が、なかったからね。調べられなかったんだそうだよ。犯されたのかどうか」

あえぐ声が聞こえた。かおるは蒼白になっていた。さすがに教授もそのことに気づいたらしく、すまなそうに声をかける。

「いや、申し訳ない。お嬢さんには刺激が強すぎたかね」

「……なかった……なかったというのは……どういうこと、でしょうか」あえぎあえぎ、かおるが訊ねる。

「もういい。かおるさん。君は外へ出てろ。後はわたしだけで聞くから」樋口は言った。膣がなかったという事実には、樋口自身も衝撃を受けていた。ただ切り裂かれていたのだと信じていたのだ。

「嫌です！　あたしには……あたしには姉の最期を知る義務があるんです。聞かなきゃならないんです。お願いですからここにいさせてください」

「姉？」教授が言った。まったくこの先生はオウム返しがお得意と見える。

話すよりないと樋口は観念した。

「……彼女は——島木かおるさんは、二番目の被害者、島木敏子さんの妹さんなんです」

「それはそれはまた——」それだけ言って、教授は目をきょろきょろさせた。言葉を失ってしまったようだった。

「申し訳ありません。実はわたし自身も、被害者とは知らない仲ではありません。二人で何かできることはないかと考えて、思いついたのが先生だったんです」

「ははあ」間の抜けた返事。だまされたことに対する怒りの表情などはまったくなく、ただそこにはかおるへの同情らしきものがわずかに窺えるだけだった。しばし樋口は教授とかおるの顔を交互に見比べ、どうにかこのまま質問を続けられそうだと判断してから、再び口を開いた。

「——具体的に、島木さんは……第二の被害者はどのような仕打ちを受けていたのか、ご存じなら教えていただけませんか。わたし達はあいにく報道されているようなことしか知らないんですが」

教授は心配げにかおるの顔を見やったが、彼女の気丈な視線にあってゆっくりと話しだした。

「……そう、第一の被害者と同様、乳房を切り取られていたようです。両方とも。そして下腹部を切り開かれ、性器を――外性器だけでなく、内性器と子宮も一緒に切り取られ、持ち去られていました。他に深い傷はほとんどなかったようです」

樋口は野本の言葉から、今までにも何度も見た、めった突きにされた死体を連想していたのだが、どうもそれとは違うようだと思い直した。とうに死んでいるのに、その死体を繰り返しめった突きにした理由として、死体が生き返ってくるのではないかという気がして怖かった、と述べた犯人を樋口は二人知っている。しかし今回の犯人は、どちらかというと「手術」を行う冷静な狂人のように思える。

樋口はふと湧いた疑問を教授にぶつけた。

「そのようなことは、医学の心得がなくても簡単にできるんでしょうか」

「さて。わたしにははっきりしたことは言えん。しかし、司法解剖にあたった医者は、多少の医学知識を持った者ではないかと述べている。医者あるいは医学生である可能性もないではないが、手際はあまりよくなかったそうだ。もっとも、たとえ腕のいい医者でも、果たして肉切り包丁できれいな仕事ができたかどうかは分からんからね」

かおるはうっと呻いて、震えながらもメモを取り続けていたシャープペンシルをノートの上に置き、その手で胃を、次いで口を押さえた。前にも増して青ざめている。肉切り包丁、という単語から何か無気味な光景を連想したのだろうか。

樋口が口を開こうとするのを、かおるは視線で押し留めた。

「――大丈夫です。大丈夫ですから。続けてください」そう言って、喉をひくつかせながら唾を飲み込む。必死で嘔吐感をこらえている様子だった。

樋口はこれ以上死体そのものの情報は必要ないだろうと思った。問題はそれよりも、専門家による犯人像だ。

「それで、そのような行為を行った犯人の意図というか、人格は、一体どのようなものだと先生はお考えなのでしょう」

教授はうつむいてしばらく答えなかった。すでに警察には意見を述べているはずだから、何をどう話すべきかについて考えているのだろう。

「……先程も言ったが、犯人は生きた女とは性交を行えない――少なくとも性的満足を得ることができない男だ。心因性のインポテンツだろうと思う。何らかの劣等感――性器が小さいとか、背が低い、あるいは顔が醜いといった肉体的なものである可能性は高いが、それが周囲から見ても納得のいくものであるとは限らない。本人だけが勝手に思い込み、勝手にコンプレックスを形成してしまっているケースも多々ある。――まあ、こういったことは、捜査に直接役立つことはないだろうがね」

劣等感など多かれ少なかれ誰もが抱えているものだし、その根の深さは当人以外には分かるまい。犯人が不能だと分かったとしても、医者にインポテンツの患者リストを出せと言うわけにもいかない以上、確かに役には立ちそうもない。

「年齢や職業、家庭環境について、何か推定することはできませんか」

「年齢の推定は、ほとんど無意味だと思う。精通のまだない小学生や寝たきりの老人を除けば、どんな年齢の男にだって可能性はある。幼女連続殺人の時、逮捕以前は中年の男ではないかと思われていた。しかし実際に逮捕された犯人は二十代だったし、年齢に合わぬ幼児性を持った男でもあった。――しかし、敢えて限定を行うとすれば、二十代後半から五十歳まで、というところかね。ここまでせばめるのも、わたしは抵抗があるんだがね。……次は、職業か。これはさらに憶測を重ねることになるな。犯人が心因性のインポテンツであるなら、おそらくは教養の高い人間だ。インポになるのは大体インテリなんだよ。性器の摘出方法を見てもインテリであるのは間違いないと思われる。現場をビデオカメラで撮影していたらしいというのは知ってるかね？　テープのセロファンが落ちていたんだそうだ。そういうことをするカップルもよいるから、前のカップルの残したものである可能性もゼロではないということらしいが、とりあえずこれも犯人のものだと考えると、収入が少なくはないことも判る。犯行が休日の前ではないことから、普通のサラリーマンではない可能性が高い。

――こんなところかな」

それは樋口が考えたこととも一致していた。

「家庭環境は、どうでしょう」樋口は先を促す。

「……一人住いではないだろう。そうでなければわざわざ目撃される危険を犯してラブホテルで犯行を行うことはない。自宅で死体を処理し、どこかに埋めに行けばいいんだからな。あるいは下宿か何かで、人目につかないよう女性を連れ込むことができないのかもしれないが」

そんな通常の論理が狂った男相手に通用するのだろうかと樋口は訝《いぶか》しんだ。ワンルームマンションに住む学生は驚くほど裕福な生活をしているし、きれいな部屋を血で汚したくないのかもしれないではないか。

「そういうことではなくて、精神的にですね……」

「判ってる判ってる。……もちろん、家庭に何か問題があるのは確かだろう。父親に問題があるか、父親が不在の家庭で育った、と言ってしまってかまうまい。だから性的成熟状態に達することができなかったのだ。それ以上の推測はできんね」

教授はさらに続けた。

「もう少し、犯行方法について考えてみよう。――乳房を切った理由はまず三つ考えられると思う。乳房が愛玩の対象である場合と、憎悪の対象である場合、そのどちらでもない場合だ。愛玩の対象である場合は、おそらく自宅に持ち帰ったものと思う。食べたかもしれない。憎悪の対象である場合は、ちょっと突飛だが、生きた女が駄目なだけでなく、乳房のある女が駄目なのかもしれないという結論になる。つまり、乳房がついた状態では性的満足が得られないから、殺害し、乳房を切り取った後で屍姦を行ったという説だ。同性愛の傾向のある男かもしれない。どう思うね」

教授は瞳を輝かせながら、樋口に訊ねる。樋口は困惑した。とてもそんな犯人の心理にはついていけなかったということもあるし、それを嬉しそうに話す教授自身がそんな願望を抱いているようにも聞こえたからだ。

「……どちらかというと最初の方がありえそうに思えますが。乳房が現場になかった以上、持ち帰ったとみるのが自然でしょう。いらないものなら現場に残していくはずです」

「そう、そうなんだな。そうなんだ」教授はやや残念そうに同意する。気を取り直した様子で先を続ける。

「そして最後に、そのどちらでもない場合。まったく別の理由で持ち去ったのかもしれない」

まったく別の理由――樋口には想像もできなかった。

「カナダに、ウェイン・ボーデンという男がいる。彼は女性の乳房に異様な執着があったらしく、セックス時に首を絞め、歯形が残るほど乳房を噛む。その結果三人の女性を殺した。この歯形が証拠の一つとなって、彼は終身刑を宣告された。――こんなふうに考えることもできる。犯人は乳房に残った自分の痕跡――歯形を隠すため、それを切り取り、持ち去ったのかもしれない。あるいはさらに即物的な理由かもしれないが、それはわたしの専門ではない。いずれにしろ、もっともありそうなのは第一の推理だ。愛玩のために持ち去ったというのが一番可能性としては高い」

教授はただ単に面白いという理由で仮説を立てているようにみえることに樋口は気づいた。話半分に聞いていようと初めから思っていたが、半分どころではないような気もしてきた。

教授はさらに分析を続ける。

「第一の被害者は死後何度も犯されたのが明らかだったが、精液は残されていなかった。現場にコンドームの袋だけが残されていたことと考え合わせると不思議でもなんでもないことだ。犯人は、コンドームを装着していたんだな。被害者の所持品から同種のコンドームが発見されたことから、これは被害者が犯人に渡したのだということが分かっている。これは重要だ。被害者が、まだ生きている時に、犯人に避妊具をつけるよう頼んだ。つまり、インサート直前まで、少女は合意の上で性交するつもりで犯人に接していたということになる。第二の被害者も、血中アルコール濃度の高さから見てほとんど泥酔状態だったのは間違いない。犯人は、クリスティの場合と同じく、ただ単に性交したいだけなら彼女達を殺害する必要はなかったわけだ。――ある連続強姦殺人犯の供述によれば、絞殺する瞬間、筋肉が収縮し、通常の性交以上の快感があるという。その快感を味わうために強姦の最中に絞め殺すということを繰り返したらしいんだが、クリスティや今回の犯人はそれとは少し違うように思う。乳房を愛玩のために切り取ったのだろうということも含め、はっきりとネクロファイルの傾向を指し示している」

「……ネクロ……ファイル」かおるが青ざめたまま呟く。瞬きもせず教授の口元を凝視していた。

教授は大きく頷いた。

「そう。ネクロファイル。死体愛好者だ」

樋口は顔をそむけて窓の方を向いた。明るい日差しの中を笑いながら歩き過ぎる若者達。一枚のガラスを隔てて、あまりに遠い別世界であるように思った。

笑いの絶えないキャンパスの隅の、かび臭い一室で俺達がしているのは、心を病んだ男達の話だ。それを話す俺達だって病んでいる。救いようがなく病んでいるも。俺も。——そして多分この教授も。

果てしなく暗い人の心の深淵を覗き込みながらも、樋口は追及をやめるつもりはなかった。気丈に背筋を伸ばしたかおるにも、そんなつもりのないことは分かっている。彼は教授の言葉に耳を傾けた。

「第二の被害者は、外性器及び膣、子宮を切り取られていた。丁寧に摘出した、という感じだったらしいことから考えると、女性の象徴であるその部分が、彼の憎悪の対象だったとはやはり思えない。これも乳房と同じく愛玩の対象物として持ち去られたのだろう。ただ、二件目になって初めて持ち去った理由はいくつか考えられる。一人目の時も欲しかったが時間が切迫していたのか、あるいはまだ思いついていなかったのだろう。いずれにしても彼にとって乳房の方が性器より重要だったのは間違いない。——わたしが思うに、こういうことだったんじゃないかと思う。二件目ではコンドームの袋も箱も発見されていないのに、現場には精液が残されてないんだそうだ。室内に設置されていた販売機の中身も減っていない。だから、一人目と同じように屍姦を行ったのなら、犯人は膣内に射精したものと思われる。彼は今度はコンドームを使わなかったので、精液を残さないよう、自分の精液が付着した膣と子宮を切り取ることを思いついたんじゃないだろうかね。そう考えると、乳房を切ったのも歯形を隠すためだったかもしれないと思えてくる」

樋口は思わず叫んでいた。

「そんな馬鹿な！　それだけのために……？　ひどいサディストだ」

しかし教授は言下にそれを否定した。

「いや。いわゆるサディストではないと思うね。死体は切り取られた部分を別にすればまったくといっていいほど傷つけられていない。脱がされた服は畳んであったそうだし、死体の格好もきちんとしていたようだ。サディスト、というのとは違うね。だから、精液を残さないようにと考えて切り取ることを思いついたのだとしても、最大の理由はもちろん彼女の性器自体が欲しかったということだろうと思う」

「……やはり、食べるためにですか」樋口は眉をひそめながら言った。

教授は首を振った。

「まさか、違うよ。——彼が盗んだのは、性器だよ。セックスだ。セックスそのものじゃないか。もちろん彼は自宅で彼女とセックスしていることだろう。そうに決まっている」

かおるは口を押さえて唐突に立ち上がった。ノートがテーブルに落ち、シャープペンシルがかたんと音を立ててテーブルから床へと跳ねる。

彼女は廊下に走り出ようとしたらしかったが、間に合わなかった。かおるは樋口や教授に背を向けて床の上に跪《ひざまず》き、吐いた。吐瀉物がリノリウムの床に跳ねる音と彼女の嗚咽《おえつ》が樋口の耳に届く。彼女は吐きながら、泣いている。

「……ひどい」樋口は立ち上がっただけで彼女に駆け寄ることもできず、暗然として呟いた。

「まったくだ、こりゃひどい」教授は頷いた。「——モップはどこに置いたんだったかな」

2　二月・稔

——ベッドの上で服を脱がされてゆく彼女。カメラの方を振り向く彼自身。今彼が撫で回しているものと同じ乳房。覆い被さる彼の背中と尻。画面全体が揺れているかのように、跳ね回る二人。激しく軋むスプリング。両手に彼女の首の感触が蘇る。筋張った腱と、硬めのゴムホースのようだった気管。昇天する瞬間、激しく彼のペニスを締めつけた彼女。素晴らしかった。何もかも素晴らしかった。

彼は布団に寝転んだ状態でビデオを見つつ、彼女の肉の上から右手で自分のペニスを握り締め、すべてを思い出していた。音は消し、ヘッドフォンでCDを聞きながら。冷え切っていた膣も、彼自身の熱と摩擦のせいで、少しずつ温かさを取り戻している。手を握ると、まるで膣が締めつけるように感じられる。そしてそうやって彼女を摑んだまま上下に動かし、左手に持った乳房の先を口に含んだ。

死んで横たわる彼女をカメラが舐めるように映し出していく。稔の身体が喜びでうち震えた。胸が締めつけられるほどの官能。リモコンでポーズをかけるように簡単に時を止めてしまえたら。この最高の一瞬をいつまでも味わっていられたら。

どくどくと精液を送り出す脈動が彼女を震わせ、彼の手にも伝わる。腰を半ば浮かせ、全身にオーガズムを解き放った――。

しかし、望み通り彼女とセックスできたのは最初の二、三回だけで、一週間と経たないうちに腐ってしまった。乳房と違って血液を多く含んでいたせいか、見るも無惨な姿になり、悪臭もひどくて、稔は自室に芳香剤をふりまかねばならないほどだった。腐った性器はえりかの乳房と同じところに埋めた。

仕方なく彼は乳房だけを愛撫し、くちづけし、そしてビデオを見ながら自慰に耽るしかなかった。

やがて乳房もまた前と同じように萎びていく。母の化粧台から手当たり次第に取ってきたクリームを肌にすりこんでも、どうしようもなく黒ずんでしまう。

結局残るのは、思い出を四角く切り取ったビデオだけ。しかしそれも、彼女を失った今、古いアルバムと同じで胸を締めつけるだけのものになってしまった。

かつての愛が、喜びが、まざまざと蘇るだけに余計に目をそむけたくなる、切ないアルバム。

ビデオを見ながら不覚にも涙をこぼした夜もあった。

何故俺だけがこんな目にあわなければいけないのだろう。頭がからっぽで、真の愛のなんたるかも知らないような連中は能天気に生きているというのに、この俺は、愛に目覚めてしまったがゆえにこんな苦しみを味わわなければいけない。不公平だ。俺はこうして、いつまでもいつまでも永遠に愛を失い続けなければならないのだろうか。

稔は唇を嚙みながら、母の愛に包まれていると感じていた幸福な少年時代を思い出した。母はあの頃、友人の誰もが羨むほどに美しく、彼の誇りだった。しかしそれも

――

母は若くして彼を産んだので、授業参観などにやってくる同級生達の母親の中では一際若かった。肌は抜けるように白く、地味な和服に身を包んでも、立ち昇る色気は隠しようもなかった。精通もまだなく、性についても無知だった頃から、稔は母の裸を盗み見るたび下腹部が高まるのを覚えていた。それが何か判らなくても、隠さねばならないことだとは朧《おぼろ》げに感じていた。恥ずかしいことなのだと。

友人の母親にそんな感情を覚えたことはなかったし、服装以外では男子と区別のつかないような同級の女子には何の興味も湧かなかった。「お医者さんごっこ」と称して彼女達の下着を脱がしても何も感じず、何故母の裸を見るとオチンチンが硬くなるのか判らなかった。

六歳か七歳の頃、父にひどく殴られたことを憶えている。拳で殴られた頰の痛みと、泣きながら父を止めていた母の姿だけが思い浮かぶ。何故殴られたのかは憶えて

いない。彼は父に叱られるような何事もした覚えはなかった。そしてその時から母と風呂に入ることを禁じられた。彼は父と風呂に入るのは嫌いだったから、泣いて許してくれるよう頼んだが、「俺と入るのが嫌なら一人で入れ」と言われただけだった。今でこそそんな感情も薄れたが、当時の稔にとって父は間違いなく憎悪の対象だった。死ねばいいと口に出したこともあった。

「父さんなんか死んじゃえ！」

この時稔を殴ったのは父ではなく、母だった。母が一番大事にしているのは父ではなく自分だと、ずっと思っていた。母もまた、父を憎んでいるのだとずっと信じていた。父がいなくなれば母も喜ぶはずだと何故か思っていた。

そうではなかった。そんなのは彼の勝手な思い込みに過ぎなかった。愛されてなどいなかったのだ。それ以来、不思議なことに母の裸を見ても何も感じなくなった。何も。

——昼間、ビデオを見終って巻き戻している時、家にいるとは思っていなかった母が、不意に部屋の外から声をかけてきた。

「稔さん、いるの？」

「ああ。いるよ！」彼は慌てながら、カメラとテレビをつないでいるコードを引っこ抜く。テープが戻り切るのを待たずに止めてカセットを取り出し、ズボンのポケットへとねじ込んだ。ドアには鍵をかけてあると気づいたのはその後だった。慌てる必要などなかったのだ。しかし、恥ずかしさの余り全身がかあっと熱くなってもいた。

「何してるのよ。下に降りてきてお茶でも飲んだら」そう言いながらがちゃがちゃとドアを開けようとする。

鍵をかけていたことを知られた。何故鍵などかけていたのかと訝しむことだろう。密室で何をしていたのか、気づくのではないだろうか。自慰を行っていたことを、母は知ってしまうのではないだろうか。

「稔さん？」

「すぐ行くから！」

ほとんど恐怖にも似た感情で、稔はそれ以上身動きすることもできないでいた。今顔を合わせたら、その表情から自分のしていた行為を悟られるような気がした。部屋に漂う精液の匂いを嗅ぎとりさえするかもしれない。

ゆっくりと階段を降りるスリッパの音に、彼はじっと耳を澄ませていた。大丈夫だ。もう下まで降りた。稔はごみ箱から溢れそうになっているティッシュを奥へ押し込み、芳香剤を取り上げて二、三回スプレーした。

大丈夫だ。気づかれたりはしない。

もう一度長く、スプレーした。むせるような柑橘《かんきつ》系の香り。

そして、もう一度。

3 三月・雅子

雅子は、ちりがみ交換に出そうと縛ってあった週刊誌の中から事件に関するものを拾いだして読み漁った。何をしているのかと聞かれても答えられないので、家族の誰にも知られないよう、自分の部屋に持ち込む。

陵辱し、首を絞めて殺すだけでは飽き足らないのか、両の乳房を切り取って持ち去る。彼女が知っていたのはそれだけだったが、読み進むにつれ、ぼんやりと想像していた以上に残虐な事件であることが判ってきた。二番目の被害者と見られている女性は、下腹部を切り裂かれていたらしい。

あやふやな目撃談もいくつかあった。

最初の事件が起きたホテルに、少女と入るところを見られている三十前後の中肉中背の男性。第三の被害者が新宿で、タクシー乗り場の列を離れて乗り込んだのは、白のセダン。

違う。そりゃ確かにあの子は少し大人びているかもしれないが、いくらなんでも三十には見えないだろうし、うちの車は白だが、セダンなんていう名前ではない。確かカローラといったはずだ。

雅子の脳裡を、幼女連続殺人の時の目撃証言のあやふやさが掠めた。あの時も、実際に犯人が犯行に使った車と証言は最後まで食い違っていた。――あの夜、車はガレージにあっただろうか？　雅子は憶えていなかった。本来は夫の車だが、最近は、暇な子供達が乗ることの方が多い。雅子も、急な雨などが降ったときに、駅まで迎えに来てもらうこともよくあった。免許もなく車に興味のない彼女は、セダンという言葉の意味も判らなかった。

こんな無署名記事もあった。

『乳房及び下腹部を集中的に攻撃していることから、犯人は明らかに女性そのものを憎悪しているのだと思われる。女性に対する激しい憎悪が彼を殺人へと駆り立てるのだ。その憎悪の源が何に由来するのかは知るよしもないが、根深いコンプレックスが底にあるだろうことは想像に難くない。捜査本部のあるベテラン刑事は、昔扱った事件との類似を感じると本誌記者に語った。その事件とは、奇しくも同じ渋谷署管内の連れ込み旅館で昭和四十三年に発生した売春婦殺人事件である。この時の被害者Kさん（三四）は、乳房や陰部など九十七ヵ所を滅多刺しにされていた。乳房をえぐり取られ、腹を十文字に切り裂かれて内臓が露出していたほどで、ベテラン刑事をして心胆寒からしめるものがあったということだ。今回の事件との類似点は、素人目にも明らかである。

半年後、女性をナイフで刺して逮捕されたT（当時二八）が、この事件とさらにその前年に浅草で起きていた殺人について自供したが、驚いたことにこの男は十六の時にも七歳の少女を細紐で絞殺し、逮捕されていたのである。自供によればTは、二件の殺人及び逮捕の原因となった殺人未遂において、性交時に勃起しなかったことを相手の女性になじられたことが原因でかっとなり、「憎さのあまり」あるいは「興奮を求めて」滅多刺しにしたということだ。Tはインポテンツだったのである』

インポテンツ――。

あの子に先天的な欠陥がないことは分かっている。かつてはマスターベーションをしていたのだから。でも最近は？　恋人ができたようにも見えないのに、最近一向にその気配がないのは何故だろう？　わたしが部屋に入っていることに気づいてティッシュを片付けているのだろうか？　それともどこか外で、何かの形で——？

彼は何かのせいで、インポテンツになってしまったのではないだろうか。そのせいで、女性を殺さずにはいられないのだろうか。

雅子は強く首を振って、そんな考えを否定した。

何の関係もない。あの子は事件とは何の関係もないのよ。わたしはただ、恐ろしい事件の記事を興味本位で読んでいるだけ。ただそれだけ。

『……正常な性交による満足が得られない場合、それが暴力的な衝動となって噴出するのは珍しいことではない。しかもフロイトを引くまでもなく、ナイフ状のもので突き刺す、という行為は明らかに性交のメタファーであり、やり場のない性衝動のあらわれであるのは自明である』

あの優しい子が。そんなことはありえない。そりゃあコンプレックスの一つや二つは抱えているかもしれない。でも、そのことで人を傷つけたりするような子ではない。絶対に違う。

『……性欲は高まっているにもかかわらずそのはけ口を見出せないでいる青年。それが妥当な犯人像であろう。十代後半から三十代前半の独身男性で、恋人もおそらくいないだろうが、それは決して彼自身に魅力がないからではなく、インポテンツであることを知られたくないからである。ごくたまにゆきずりの女性と関係を持とうとするのだが、勃起しない。何とかしようと焦れば焦るほどモノは萎える。女性の視線が冷たく突き刺さり、時には口汚なく罵られることもある。

おとなしく、馬鹿にされやすいタイプなのかもしれないが、それだけにコンプレックスの根は深く、一度かっとなると滅多刺しにしなければ気が済まなくなってしまうのだ。

女性は、知り合った男性との初めての夜、たとえ彼のモノが役に立たなかったとしても、なじる前にちょっと考えてもらいたい。その言葉がどの程度相手を傷つけるかを。

それがあなたの命を救うかもしれないのだから』

奇妙な記事だった。途中までは比較的犯罪レポートの体裁だが、最後は妙に記者の私的な感情が込められているようにも読める。

下らない憶測記事にすぎないと片付けてしまいたかったが、妙に頭の隅に残った。

もしあの子がインポテンツになっていたとしたら。

もし、そのせいで人を傷つけてしまうのだとしたら。

雅子にとっては、単純すぎるほどの結論がすぐに出た。

治せばいい。そしてもう誰も人を傷つけなくなれば、事件は迷宮入りになり、わたしの家族は今までと同じく平穏に暮らしていけることだろう。

何を馬鹿なことを、と彼女は首を振った。

まったく意味のない仮定だ。あの子はインポテンツでもなければ、もちろん人を傷つけたりするような人間でもないのだから。優しい子だ。優しすぎて、歯がゆく感じることさえあるほどだった。人を傷つけたりするようなことは絶対にない。絶対に。

第八章

……さて大いなる天が夜を率いてやって来た　そして大地の傍に身をのばし　その上全体に長々とおおいかぶさった　情愛を求めながら。そこで息子は待ち伏せの場から左手《ゆんで》をのばし　右手《めて》にはするどい歯のついた大きな長い鎌を執って　すばやくわが父の陰部を刈り取り　背後に投げつければ　それは後ろへとんでいった。

1 三月・樋口

「死というものには抗《あらが》いがたい魅力がある、そうは思わないかね？」教授は言った。

樋口は答えなかった。かおるは床を拭いた雑巾を、廊下の手洗場でゆすいでいる。彼女は決して樋口に手伝わせなかった。

答えがないのも構わず、教授は質問を続ける。

「タナトス、というのを知ってるか？」

「タナトス……ですか。いいえ」最近の外来語だろうかと思いながら、樋口は首を振った。

「元々はギリシャ神話の神々の一人で、死を司る。シュテーケルやフロイトといった連中がそれを、『死の願望』あるいは『死の本能』という意味で使い始めた。生を求める本能であるエロスに拮抗《きっこう》する、死を求める本能が人間の心にはあるといい始めたのだ」

死を求める本能――タナトス？　樋口には何のことかよく理解できなかった。人間が人を殺すのは本能だということだろうか。

「すべての生物はいずれ無機質に還るものだから、自ら無機質に還ろうとする傾向があるはずだという。生きようとする本能とはまったく対立するものだが、人の心の中ではこの二つが争っているとフロイトはいうんだな。しかし、ほとんどの学者はこれを否定した。タナトスが存在すると近年でも主張する学者はメラニー・クラインなどごくわずかしかいない。かなり論理の飛躍がある上に、受け入れがたい概念だったんだな」

「つまり……そんなものはない、ということですか」やや拍子抜けした思いで樋口は聞き返した。

「そんなことは誰にも言い切れはしないよ。しかし、死の本能なんてものを持ち出さなければ説明できない症状に出会わない以上、臨床学者にとっては必要のない概念だ。わたしは今のところそんな目に遭わずに済んでいる」

では一体何故そんな話を始めたのですか、樋口はそう言いそうになったが、黙って待つことに決めた。この教授が意味のない話をするとは思えない。

「しかし、わたしはまったく別の意味でこの言葉を使いたいと思っている。死を求める本能ではなく、死を間近に感じていたいという欲望、という意味で。タナトス・コンプレックス。フロイトのタナトス理論によれば、死の本能によって自らを殺してしまわないためには、その攻撃衝動を外部に求める必要があり、その結果他人を傷つけてしまうという。これによってサディズムやマゾヒズム、そして反復強迫といった快楽原則に反する行動が説明できるというんだ。

わたしの考える、タナトス・コンプレックスとでも呼ぶべき現象はまったく別のものだ。——墓場に興味を持つ子供。虫を殺す子供。死を扱ったジョーク。およそ死に関するものに興味を抱かない子供はいない。それはただの好奇心だということもできる。生命のなんたるかを理解することは、死のなんたるかを理解することと等しい。何故子供は生まれてくるのか？　どうやって自分は生まれたのか？　おじいちゃんは一体どこへいったのか？　——子供達には実に多くの疑問がある。

しかし、現在のように核家族化が進み、墓地は街中から消え去ってマンションとなり、虫がいないから昆虫採集もできず、アパートではペットを飼うことも許されないという状況になると、子供達は『死』というものから隔離される。一方マスメディアの中には『死』が溢れている。刑事ドラマや時代劇といったテレビドラマもあるが、もちろん現実の死である殺人や事故のニュースもある。ブラウン管の中のアイドル達がひどく身近で遠い存在であるのと同様、『死』もまた身近で遠い存在であり、ある意味では憧れの対象となりうるのだよ。有名なアイドルタレントが自殺したとき、子供達が競うようにして後を追ったのは、不思議でもなんでもない。本能かどうかは別にして、タナトス――『死』に対する憧れがあったのは間違いがない」

　一体彼は何を言おうとしているのだろう。樋口は訝しく思ったが、口を挟むことはしなかった。かおるが雑巾を洗い終え、唇を嚙みながら、きれいになったはずの床を再び拭いている。

「ネクロフィリア――死体性愛もまた、タナトス・コンプレックスの一形態としてよいように思う。彼らは――ネクロファイル達は、『死』に憧れている。その衝動が自らに向かえば自傷行為や自殺となって現れたことだろう。自らが甘美な『死』を迎えることで満足したと思う。しかし彼らは、その衝動を外部へと向けた。死体に触れたい、死体と一夜を過ごしたい、セックスをしたい、そう思うようになったのだ。もう三十年も前のことになるが、中野区で起きた少年バラバラ殺人などはその典型だ。二十六歳の少年愛者が十二歳の男の子を誘拐、バラバラにしてガラス容器に入れ、ホルマリン漬けにして飾っていた。犯人は異常な猫好きでもあったらしいが、可愛がっていた十二匹にも及ぶ猫達をバラバラにし、捨てたり食べたりしていたともいう。分かるかね？　ここには、相手に馬鹿にされるかもしれないなどという自分自身の劣等感が影響する余地はない。相手は猫なんだからね。しかし彼は愛する猫や少年をバラバラにし、鑑賞せずにはいられなかった。筋金入りのネクロファイルだ。一方、パリで人肉を食べたという彼などには、そういった傾向は希薄だ。屍姦も行ったようだが、明らかに、人肉を食したいという欲望、カニバリズム幻想こそが彼を支配していたらしいからね」

パリで人肉を——。オランダ人留学生を日本人が食べたというあの事件のことだろう。当時のヒステリックな騒ぎは、樋口もはっきりと憶えている。

「埼玉の幼女連続殺人犯は、その自供によれば身体的欠陥を指摘されてかっとなったということになっている。祖父の遺骨や、殺した幼女の肉を食べたというので、ネクロフィリアだ、カニバリズムだと騒がれたものだ。しかしわたしの感触では、そういった傾向があったにせよ、歴代のネクロファイル、カニバリストに比べればずっと正常の範囲内だね。凄惨で悲劇的な結果にはなったが、あれは単なる性犯罪、強姦殺人の延長線上にあるというのがわたしの考えだ」

教授は口を噤んだ。跪《ひざまず》いて床を拭いていたかおるがようやく青ざめた顔を上げ、のろのろと立ち上がってうつろな表情を樋口に向けた。坐るよう視線で促すと、ゆっくりと樋口の隣に腰を下ろす。教授は彼女を見さえしなかった。

樋口は言った。

「今度の犯人にも、その……タナトス・コンプレックスが感じられると？」

「そう……そういうことになるかな。筋金入りのネクロファイルだという気がする。大抵の屍姦者には多かれ少なかれサディズムの傾向が見られるものだ。その暴力的傾向が高まるがゆえに相手を死に至らしめてしまう。死体を責め苛《さいな》む。またそれによって快感を得る。——今度の犯人は、快感を得るためでなく、死体の一部を切り取り、持ち去った。一部でもいいから手元に置いておきたかったのだと思う。フェティッシュな死体愛好者だ。モノとなり、肉塊となっても愛せる男だ。

アメリカのエド・ゲインという男は、十年余りの間に二人の女性を殺し、また、九人の女性の死体を墓場から掘り起こして家に持って帰り、性的満足を得ていた。そのどれもが満月の夜に行われたそうだ。彼は死体の一部を食べたり首を切っただけでなく、剥いだ皮膚でチョッキを作ったり皮椅子を修理したり、ベルトを作ったりもしていた。

また、一九七二年から合計八人の女性を殺し、繰り返し屍姦を行ったエドマンド・ケンパーという男もアメリカにいる。この男もイギリスのクリスティと同様、生きている女相手では不能になるのではないかと恐れていたようだ。血を洗い流した死体とさまざまな性行為に耽り、首なし死体とでもセックスしたという。今度の犯人が、切り取った性器をセックスの道具に使ったとすれば、ケンパーの上を行くネクロファイルだといえるだろう」

教授は言葉を切り、頭をゆっくりと振った。

「逮捕されたら……ぜひ鑑定したいものだね」

大学を出て喫茶店でコーヒーを飲んだ後でも、かおるの顔色はすぐれなかった。

「……後悔してるかね」樋口は言った。

かおるは予想通り首を振る。

「いえ。……ただちょっと……ショックだっただけです。もう大丈夫です」

「……まだまだひどくなる可能性だってあるんだよ。三人目の被害者はもっと恐ろしい目に遭っているのかもしれない。君自身に降りかかってくるかもしれないことでもある」

依然としてその意志を変える気配のないかおるを、樋口は少し脅かしてみようと思ってそんなことを言った。

かおるは微かに微笑みさえした。

「大丈夫です。——知らない人が被害者なら、どんなにひどい話でも耐えられます。

姉が……姉の話でなかったら……」

それもそうだと樋口は頷いた。彼自身にしても、被害者を知らない事件なら、さほどのショックを受けなかったことだろう。おまけに彼らは二人とも敏子に対し、後ろめたい気持ちを持っていたのだから——。

彼女がもう少し安楽で静かな死を迎えたのであれば、彼らの罪悪感は、これほど深いものではなかったはずだ。犯人は切り取った彼女の性器とセックスをしているに違いないと教授が断じたとき、樋口はそれを自分の行為のように感じさえした。自分自身の中に犯人と同じ獣が棲んでいるように思い、戦慄した。

「——これから、どうするんですか」かおるが聞いた。

「六本木の方へ回ってみようかと思っていたんだがね。犯人はまだ街には出てこないと思うが、お姉さんの足取りを辿れるかもしれないから。——しかし今日は、やめておこう」

かおるははっとして樋口を見返す。

「何故です？　あたしのことなら大丈夫と申し上げたはずです。——行きます。あたし、一人でも行きます」

性格的には、姉とはまったく似ていないようだ、と樋口は思った。仕事を離れた敏子はひどく優柔不断で、自分の意志がないようにさえ見えたものだ。かおるは、さっきあれほど惨めな姿をさらしたにもかかわらず、本当にこれを続けるつもりでいるらしい。

樋口にはもとより、彼女を止めるつもりなどなかった。

「……分かった。じゃあ、行ってみようか」

樋口は喫茶店を出るとき誰かの視線を感じたように思ったが、振り返っても見知った顔は発見できなかった。

疲れているのだ。俺はひどく疲れている。

敏子が六本木でタクシーを降りた場所は、野本に聞いて確認してあった。地下鉄の駅のすぐそばだ。同じようにタクシーで降り立つと、夕闇が迫りつつあった。急速に肌寒くなっている。樋口とかおるはずっと畳んで持っていたコートに袖を通し、周囲を見渡した。

「お姉さんが発見されたホテルはここからだいぶ遠い。――お姉さんは、この辺りによく来たんだろうか」青山方面へ歩を進めながら、樋口は訊ねた。

「警察の方にも聞かれましたが、あたしは知りません。お酒が好きな方でもありませんし、ディスコで騒ぐなんてこととも無縁の人でした。どうしてこんなところへ来たのか分かりません」

樋口は分かっているつもりだった。彼女はとにかくどこかで寂しさを紛らわそうとした。男に声をかけてもらえそうなところを探したのか、それとも一人静かに飲める場所を求めたのか。おそらく後者だろう。相当量のアルコールを飲んでいたということを考えると、犯人とホテルに入ったのは彼女の意志ではなかったとも考えられる。

自分を忘れようとして異常者に身を任せてしまったのではないと、彼は信じたかった。彼女の不運は、犯人に目をつけられた時酔いつぶれていたということだけであってほしかった。意識がしっかりしていれば、見ず知らずの男とホテルなどへ行ったりはしなかったはずだ――そうじゃないのか?

ぶらぶらと歩きながら、まだ開いていない店がたくさんあることに気づいた。敏子が通った時間でないと開かない店に入った可能性もある。どこかで時間をつぶした方がよさそうだった。

「――まだ時間が早すぎるようだ。食事をしよう」

「……はい」食欲はなさそうに見えたが、かおるは素直に頷いただけだった。

讃岐《さぬき》うどんという看板を見つけ、うどんなら彼女も食べられるのではないかと考えて樋口はそこに決めた。こぎれいで明るいうどん屋だが、まだこの辺りでは混む時間ではないと見えて客は少ない。四人席のテーブルに坐って注文を終えたとき、樋口の隣に背の高い中年男が滑り込んできた。ぎょっとして顔を見ると、見覚えはあるものの名前を思い出せない。

「お忘れですか」男はにやりとして名刺を抜き出し、樋口とかおるの前のテーブルに一枚ずつ置く。『オフィスＥＹＥＳ』という字の添えられた目の形をしたマークがある。そしてその下には『私たちは眠りません』。一体何の冗談だろうと樋口は訝しく思った。

名刺の名前は、斎藤信雄。タブロイド新聞の記者だ。島木敏子と樋口とのつながりを知るや、真っ先に電話してきた男だ。がりがりに痩せているが、昔はもう少し肥っていたような気がした。

どうしてよりにもよってこんなところでこいつと会わなければならないのだ。樋口は運の悪さを呪った。せめてかおるのことを知らなければいいと願ったが、それも無理な願いだった。被害者の遺族の顔を知らないわけがない。

「こちらは、島木かおるさんですよね？　あんまり雰囲気が変わってるんで驚きました。お姉さんの方かと思いましたよ。樋口さんがお姉さんと親しくしてたのは知ってましたが、妹さんの方ともおつきあいがあったとは意外でした」

　他の男に言われたのであればかっとなって殴っていたかもしれない台詞だったが、ひとなつっこい笑顔で言われると、怒りを抑えるのにさほどの努力はいらなかった。

「……申し訳ないが、見ての通りわたし達はこれから食事なんだ。邪魔をしないでもらいたい」

「邪魔をするつもりなんてありませんよ。ただちょっと、不思議に思ったものですからね。——殺人事件の被害者の知人と妹さんが、どうして大学教授なんかに用があったのかな、と思いまして」

　かおるが息を飲む音が聞こえてくる。樋口はすぐに大学からつけられていたのだと分かった。あの時の視線の正体は、こいつだったのだ。現役の時ならあそこでもう少し注意深く行動し、そのことに気づいたはずだ。見られていると感じながらも、その勘を無視してしまった。何故だ。何故、自分の感覚を信用しなかったのだ。

「ご注文は？」中年の女店員が斎藤に訊ねている。

「天ぷらうどん……一五〇〇円？　今のなしね。……きつねでいいや。きつねうどんね」

「はい、きつね一丁！」

店員が離れると、再び斎藤は樋口の方を向いてにこりと笑った。

「最近持病がひどいんですよ。――金欠病ってやつですけど」

「……ゆする気か」

斎藤は声を立てて笑う。

「ゆする？　ゆすられるようなことをなさったんですか？　――ぼくはただ、あなた方二人をお見かけしたから、一声かけようと思っただけじゃないですか。あなたたって知り合いに外で会ったら目的を聞くでしょう？　買い物ですか？　旅行ですか？　どちらへお出かけですか？　ってね」

「それを聞くためにここまで跡をつけてきたのか。記者にしては、ひどく暇のようだな」

「記者といっても、ぼくは一応フリーですからね。好きなことを追いかけるくらいの自由はあります」

「……人のプライバシーを暴く自由か」樋口は段々怒りを抑えるのが難しくなってきたことに気づいた。殴ってはいけない。ここでこいつを殴ったりしたら、それこそ取り返しがつかない。

「やだな。ぼくはあなた方の敵じゃありませんよ。ぼくは、島木さん達を殺した犯人が早く捕まればいいと思ってます。事件に進展がなければ、書くことだってなくなりますからね。――竹田先生は結構口が軽いから、何か話してもらえるんじゃないかと思ったんでしょ？　ぼくも同じです。そこであなた方を見つけた。妙な取り合わせです。島木さんの親御さんには会いましたが、樋口さんのことは話したくないようでしたし、告別式にもいらっしゃらなかった。あなた方二人が知り合いだとは思いもしませんでした」

　先に注文した樋口とかおるの山菜うどんが届き、しばし斎藤は口を閉じていた。樋口は箸をとり、斎藤を無視して食べ始めた。味はまったく分からない。味覚がなくなってしまったようだった。

「あ、どうぞ冷めないうちに。かおるさんもお先に食べててください。――竹田先生も、元警部には色々と、三流新聞の記者には言わないようなことも話してくださったんでしょうねえ」

「いい加減にしろ！」樋口はつい、大声を出した。店員も客も、彼らのテーブルを見つめている。樋口が見返すと、彼らは目をそらした。

　彼は声を低めて、続けた。

「一体何が望みだ。はっきり言え」

斎藤の大きな目はすっと細められ、見せかけの笑顔はかき消され、完全な無表情になった。

「じゃあ言いましょう。あなた達は、何か調べごとをしてらっしゃるようだ。精神鑑定の専門家に会い、島木さんが犯人と会ったと思われる六本木にやってきた。まさか犯人を捕まえようとまで考えているとは思いませんが――」

「考えてる」樋口は口を挟んだ。

斎藤の目が再び大きく見開かれる。

「何ですって？」

「考えてると言ったんだ。できれば犯人を、突き止めるつもりだ」樋口は挑むように記者を見返した。

斎藤は何度も頷きながら、言った。

「そうですか。そういうことなら、話は簡単だ。――ぼくも、仲間に入れてもらいたい。これが、ぼくの望みです。人手は、一人でも多い方がいいんじゃありませんか？」

2　二月～三月・稔

母さんの様子が変だ、と稔は思い始めていた。最近妙にこちらを見つめている。その視線に気づいて見返すと、慌てて顔を逸らす。まるで……まるで、何か後ろめたいことでもあるみたいに。

——まさか。そんなことはありえない。絶対に。母さんが……俺のしていることに気づくなんてことは。

気づくわけがない。彼女と——彼女達と愛しあう時は、必ず家に誰もいないときと限っていたし、ビデオテープはいつも持ち歩く鞄の中に入れている。思い過ごしだ。きっと、自分の方が態度がおかしくなっているのに違いない。それを母さんは妙に思って見つめるのだ。普通にしていなければ。普段と変わらない様子をみんなに見せておかなければ。

二月が終わりになると、稔は当然のように街へ出た。愛が必要だった。愛がなければ、彼はからからに干からびて、皺だらけの老人になってしまう。彼女の……彼女達の乳房がそうなったように。

俺は彼女達から愛を吸い取ることで、より素晴らしい人間へと生まれ変わるのに違いない。江藤佐智子を愛する前の自分を思い出してみろ。何と下らない人間だったことか。もちろんその後一時落ち込んだこともあったが、それもいわば次のステップのための踏み台のようなものだった。愛の素晴らしさを知ったその次は、より深くその愛の源を探求し、そして今度は生命の根源に触れることができた。

しかし、まだ終わりではないようだ。まだ何か、知るべきことが残っているのだ。だからこそ愛が必要だ。

稔は大学や街中へは大抵電車で出かけることにしていたが、大学が休みになると、今度は車を使ってみようと思った。車なら終電を気にする必要もないし、行動半径が拡がるから警察を攪乱することもできる。何なら大久保清のように車の中で殺し、山の中に埋めてしまうという手だってある。

いや、それはやめよう——稔は思い直した。ただのセックス目的の殺人者のように思われたくはない。俺は変態ではないのだから。俺はただ真実に目覚めただけだ。あいつらとは違う。

稔は夜になると、「ドライブに行ってくる」と言って車を出し、新宿あたりをゆっくりと流した。靖国通りから外堀通りを右折し、銀座へ。麻布、六本木へと回ってちょうど皇居をぐるりと一周する形になる。ところどころでファミリーレストランなどに入り、時間をつぶしながら女達を品定めする。

もちろんこんなところにいい女がいるなどとは思ってもいないし、車に乗って来ている女を誘っても仕方がない。

東京は眠らないが、電車はおかまいなしに眠りに就く。それからが本番だ。銀座でも、六本木でも、新宿でも、タクシーを拾いたがっている連中は一目で分かる。車の流れをじっと見つめ、時折タクシーに手を上げかけては「迎車」のサインを見てがっかりしたように手を下ろす。女一人というケースは少ないが、まったくいないわけではない。稔はそんな女達を見つけると車を歩道に寄せ、車内から彼女達を窺う。中には多少心を動かされる女がいないでもない。

しかし結局、一日目は誰にも声をかけることはしなかった。焦ってつまらない女を乗せ、不愉快な思いをするのは嫌だった。今までに愛した女達の思い出を汚すようなことになっては彼女達に申し訳ない。彼女達に優るとも劣らない最高の女だけを愛さなければ。

二日目には銀座で見つけた女に、思い切って声をかけてみた。助手席の窓を下ろし、ゆっくりと歩道に寄せながら、「乗せてやろうか？」と言う。女はただ蔑むように彼の車を見下ろしただけで、何も答えなかった。

暗い車内からでは笑顔の威力も効果がない。ああいった女達は、車で男を判断するのだろうから、こんな国産車では駄目なのかもしれない。

いずれにしても、そんな女はこちらから願い下げだ。場所を移した方がいい。

そして三月に入った。毎晩出かけるのも不審がられるかと、みんなと一緒にテレビを見たりもしたが、一晩だけでうんざりした。知的な会話が行われるわけでもなく、痴呆《ちほう》のようにブラウン管を見つめる連中と一緒にいるのはやはり耐えがたいことだった。

母は雛人形を、嬉しそうに仏間に並べている。愛はまんざらでもない様子。大学生にもなって何が雛祭りだ。下らない。まったく下らない。

稔は再び夜のドライブに出ることにした。

そして三日の深夜。彼女がいた。彼には遠目にも、一目で分かった。彼女こそ、彼に愛されるべき存在であることが。

新宿、靖国通りのタクシー乗り場の恐ろしく長い列。その最後尾に、彼女は立っていた。前に立っているサラリーマンのグループからは若干離れて立っているから、一人に違いない。

稔と同じようにタクシー待ちの女達に声をかけようとすり寄っていく車がある。赤いフェアレディだ。中にはどうやら男が二人。若い娘の二人連れに声をかけるが、相手にされず、腹いせのつもりかエンジンをひときわふかして去っていく。

稔は彼女のそばを通り過ぎ、少し行きすぎたところで煙草の自動販売機を見つけ、あるアイデアを思いついた。車を止めて降り、自動販売機に近寄ると尻ポケットから財布を出す。大きく舌打ちをして、周囲を見渡してから、意を決したように彼女に歩み寄った。

「……すいません。一万円、くずれませんか？」

彼女は驚いたように振り向いて、手のひらを見せて左右に振った。口を利くのを恐れてさえいるようだ。彼は自分の目に狂いがなかったことを確認した。喉元から覗く彼女の胸の谷間は、今までのどの女よりも魅惑的だった。二十四、五だろうか。少し酔っているらしく、目のふちが赤い。

稔はその谷間から目をそむけ、彼女に笑いかけながら言った。

「持ってないですか？　……足りなくても構わないですから。千円札があればいいんです」

彼女は不安げに前に並ぶサラリーマン達を見やったが、彼らは素知らぬ振りで会話を続けている。

彼女はバッグの中の財布を探った後で言った。

「……千円札ならありますけど」

「千円？　……じゃあ、いいや。これと交換してもらえませんか」財布の中から取り出した一万円札を彼女に差し出しながら、稔は言った。

「え、でも……」

「あ、偽札じゃないかとか思ってるんでしょ。大丈夫だって。ちゃんと透かしだって入ってるでしょ、ほら」

取り出した札を彼女の前へかざしてみせる。

彼女がくすりと笑った。彼が安心できる男であることを理解したようだ。

「いえ、そうじゃなくて。一万円と千円じゃいくらなんでも……」

「そんなことならいいって。とにかく煙草が欲しくて欲しくて」

「……じゃあ、差し上げます。どうぞ」彼女は千円札を彼に押し付けようとする。

「そういうわけにはいかないよ。そんな……あ」稔は声を上げた。

彼女は訝しげに彼を見上げる。

「……タクシー、乗るつもり？」

「ええ……まあ」彼女はちらりと長蛇の列を振り返る。

「どこまで？」

「……三鷹ですけど」

「三鷹ね。……じゃあ、こうしよう。ぼくもそっちの方に車で帰るところだから、送ってあげるよ。その代わり、煙草買ってくれないかな。……待てよ、法に触れるんだったかな？」

彼女は唇を噛んで、真剣にその申し出を考えている様子だった。大丈夫だ。もうちょっと押せば彼女は乗ってくる。

「ま、煙草代くらい大目に見てくれるよね。三鷹までタクシーに乗ったら三千円くらいじゃ済まないだろうし」

彼女がもう一度、前に並ぶ客達を振り返った。彼の方に向き直った時、彼女は既に決意を固めたようだった。

「――車、どこにあるんですか？」

「それだよ」

稔が先に立って歩きだすと、彼女は奇妙な歩き方で後をついてくる。

彼のカローラを見て、彼女はさらに安心した様子だった。ナンパのために こんな車を使う男がいるはずがないと思ったのかもしれない。

「銘柄は?」突然彼女が言った。

「え?」

「煙草の銘柄ですよ。あたしが買ってきますから」

稔は慌てた。煙草のことなどすっかり忘れていたからだ。

「マイルド……マイルドセブン」

一瞬怪訝そうに彼女は稔を見たが、跳ねるようにして自動販売機に近寄ると、千円札を押し込んで煙草を買い、戻ってきた。稔は煙草を受け取ると、うやうやしく助手席のドアを開け、彼女を招き入れた。

運転席に滑り込み、ドアを閉める前に、稔はルームライトの光でまじまじと彼女を見つめた。

「驚いた」

「……何がですか?」

「……いや、別に……」稔はドアを閉めるとハンドブレーキをはずし、ゆっくりとアクセルを踏み込む。

「何ですか？　気になるじゃないですか」

稔は間を置いて、言いにくそうに答えた。

「さっきは、こんなきれいな人だと判らなかったから」

「……やだ」

恥ずかしそうに顔を伏せる。しばしの沈黙を彼は楽しんだ。

「音楽、かけようか。どんなのが好き？」稔は返事を待たずに、カーステレオに差したままのテープを押し込んだ。あの歌が、流れる。狭い空間に透明な歌声が満ちる。

「何でも。ユーミンとか、杏里《あんり》とか……これ、岡村孝子ですか？　こういうのも、好きです」

彼女はリラックスしたようにシートに凭《もた》れ、窓の外を見ながら唇を動かしている。彼女も、この歌を知っているのだ。素晴らしい。彼女こそ、最高の女性かもしれない。

「……ぼくは蒲生。蒲生稔。君は？」

「――マキ」

苗字を言わず名前だけを教えたところに、稔は逆に親密な空気を感じた。まるでそれは、今夜だけよ、と言っているように聞こえたからだ。

——もちろん、そのつもりだ。今夜だけだ。俺達が愛しあえるのは。

「……今日は、どうしてこんなに遅くなったの？」稔は聞いた。

マキはしばらく答えなかった。

「いや、別に詮索するつもりじゃ——」

稔の言葉をさえぎって、彼女は喋り始めた。

「結婚退職する友達の、送別会だったんです。三次会までつきあわされちゃって。終電には間に合うように店を出たつもりだったんだけど、階段でヒールが折れて」そう言ってポケットからティッシュにくるんだヒールを取り出してみせた。奇妙な歩き方の理由がようやく判った。

「——サイテー」

「そりゃ可哀想に。——でも、ぼくにとっては幸運だったのかも。ちょっとの間でもこんな美人とドライブができて」

稔は本気で言ったつもりだったが、彼女は真に受けなかったようだった。

「お世辞がうまいんですね」

「お世辞？　お世辞なんか言わないよ。——もしよかったら、しばらくドライブしたいくらいなんだけど……遅くなったらご両親が心配するだろうね」

「……あたし、一人住いですから」

車は、いつの間にか東京の象徴となってしまった感のある都庁脇を過ぎようとしている。

「それ、OKってこと？　ドライブ、つきあってくれるの？」

彼女は外を見たまま、しばらく答えなかった。彼の意図を感付いたろうか？　初めから彼女が目的で近づいたのだと気づかれてしまっただろうか？

「明日は仕事、早いの？」稔はさらに訊ねた。

彼女は振り向かずに、呟く。

「……会社、行きたくないな」

稔は心の中で笑い声を上げながら、ハンドルを切って車を首都高速に向けた。彼女もそのことに気づいたようだが、抗議の声はあがらない。

「じゃあ、どこなら行きたい？」

返事はなかった。

チケットを受け取って入り口を通り過ぎた後で、彼女は稔の方を向いてぽつりと言った。

「横浜」

稔は大きく頷くとステレオの音量をあげ、美しい歌声と快楽への予感に酔い痴れた。

見つめているだけでふいに熱くこみあげる
あの人にも気づかれてる隠せない心

しのぶれど色に出でにけり——そんな歌を思い出し、稔はくすりと笑った。彼女は俺の心に気づいているだろうか？

その夜、彼は朝まで彼女と愛しあい、一部を持ち帰った。今迄で一番長く、それだけに充実した一夜だった。

3　三月・雅子

三月十日。昨日までの寒さが嘘のように暖かい。セーターを着ていると汗ばむほどだったが、雅子は我慢して脱がないでいた。

庭の梅が玄関の中まで匂ってくる。いつもなら華やいだ気分になるところだが、とてもそんな状態ではなかった。

午後になって、警官がやってきたのだ。刑事ではなく派出所の制服警官だったが、単なるパトロールでないことはすぐに判った。

「簡単な調査にご協力ください。……白いカローラを、お持ちですね？」玄関に立った警官は、開口一番にそう言った。

雅子はぐらりと身体が揺れるのを感じ、壁に手をついて支えなければならなかった。

やっぱり。あの事件だ。あの事件で犯人が使ったのは、やはりうちの車と同じカローラだったのだ。セダンなんていう車ではなくて。どうしよう。どうしよう。

「蒲生さんのお宅でしょう？　そこのガレージの車、お宅の車じゃないんですか？」

警官の声がどこか遠くから響いてくるように聞こえた。

「……い、いえ。はい。うちの車ですけれども」雅子は自分の声がうわずっていることに気づき、余計に焦った。駄目だ。落ち着かなくては。相手は一人だ。まだ何かを摑んだわけではなく、ただ単に白い車を持っている家庭を虱潰《しらみつぶ》しに当たっているだけのことだろう。慌てることなんかない。

「あ、そう。運転するのは？」警官は左手に回覧板のようなものを持ちながら、紐でつながった鉛筆で書き込みながら質問を続ける。

「……夫と子供達です。——でも！」雅子は声を張り上げていた。

「でも？」警官は片方の眉を釣り上げながら彼女を見つめる。

「……最近、調子が悪いらしいんです」

「ほお。どんなふうに？」

「……よく知りませんけど、ブレーキみたい。時々効かなくなるんですって」そんなことがあるのだろうか、と思いながらも雅子は言った。

「そりゃ危ないですよ。早く修理に出さなきゃ。どうして出さないの」

どうして？　どうしてだろう。修理に出さない理由。お金がないから？　どうせ乗らないから？　それとも……

「出したのよ。出したんだけど、またおかしくなっちゃったの。だから、もうそろそろ寿命かもねって話してたの。いっそのこと買い替えようかって」

「寿命？」警官はちらりと〝回覧板〟に目をやった。「寿命って、まだ四年しか経ってないじゃないですか。——メーカーに文句言った方がいいかもしれませんね。事故ってからじゃ遅いですよ」

雅子は驚きを抑えるのに苦労した。警察は、いつ買った車かも知った上で調べに来ているのだ！

「運転される方は、どなたか今いらっしゃいますか」

「いえ……おりません」雅子はそんなつもりではなかったのに嘘をついてしまった。

「そうですか。じゃあえっと、その方達の勤務先あるいは学校名を、ここに書いてもらえますか」

そう言って警官は彼女に〝回覧板〟を渡してよこす。夫の名前、車のナンバーと型式、色、そしてここの住所が書かれてある。その下の余白部分に雅子は言われたとおり夫の勤務先と子供達の大学名を書き込んだ。思わずでたらめを書いてしまいたくもなったが、ここで嘘をついてもすぐばれると思い直した。

「……これで、よろしいですか」

返された〝回覧板〟をちらりと見、警官は眉をひそめ、呟いた。

「……東洋文化大……？」

その口調には、雅子の記憶をちくちくと刺激するものがあった。しかしそれが一体何なのか、その正体を見極めることはできなかった。不思議なことに警官も同じ気持ちらしく、敬礼をし、「どうも、ご協力ありがとうございました」と言いながら玄関を出ていく時も首をひねり続けていた。

一体何だろう。あの警官は、稔の大学名を見て、一体何を感じたのだろう。それはわたしの感じたものと同じなのだろうか。だとしたらそれが何か事件と関係が……？そのせいで警察が彼に注目するようなことがあるのだろうか？……判らない。

雅子はひどく重要な何かを忘れているような気がしてならなかった。しかし一方で、それを思い出すことが自らの、そして家族の破滅につながるような予感がして、思い出さない方がいいような気もしていた。

恐ろしい破滅の予感。この平和で幸せな家庭に、そんなものの訪れるはずはないことを雅子は信じていたが、その予感を脳裡から拭い去ることはどうしてもできなかった。

いつまでもただ頭の中で悩んでいても仕方がない、そう思った。確かめてみなくては。あの子に直接確かめ、もし本当に……もし本当にあの子の心が病んでいるのなら――。雅子は振り返って息子の部屋の方を見つめ、唇を噛んだ。

いや、すべてはわたしの妄想に過ぎないことが判るはずだ。最近の奇妙な素振りも、血のついたビニール袋のことも、何もかも説明がつくはずだ。

彼女は閉じられたドアの前に立ち、しばしためらった後でノックした。

いつもならあるはずの返事がなく、ばたばたと中で何かを片付けているらしい音が聞こえる。

「いるんでしょ？」雅子は言って、鍵がかかっているのだろうと思いながらノブに手をかけた。珍しく鍵はかかっておらず、ドアは自らの意志ででもあったかのようにすうっと内側へ開く。

「入って来るな！」恐怖と怒りに満ちた声が、足を踏み入れようとした雅子を打った。違う、これはあの子じゃない。優しいあの子が、こんなふうにわたしに怒鳴るなんてことは今までなかった——。

彼はベッドに腰掛けてビデオカメラを持ち、それ自体を彼女から隠そうとでもするかのように両手で覆っている。カメラからはコードが伸び、大きなテレビの前面に接続されていて、テレビ画面の隅には「外部2」という表示。機械のことは詳しくない雅子でも、彼が8ミリビデオを見ていたのだということくらいは判った。今、彼は慌ててそのスイッチを切ったのだ。

8ミリビデオ。雅子の脳裡を、殺人現場に残されていたというテープのセロファンのことが掠めた。関係はない。何も関係はないのだ。

「……ビデオ、見てたの？　あのね……」

「出てけ！」青ざめ、わなわなと震える唇から出た言葉に、雅子は頭の血が下がるのを覚えた。何か答えようと口をぱくぱくさせるが、何を言ったらいいのか判らない。

「出てけってば！」

突然立ち上がった彼にどしんと突き飛ばされ、雅子は廊下に転がり出て壁で後頭部を強く打った。

その痛みよりも、息子に暴力を揮《ふる》われたということの方が遥かにショックだった。今まで一度も、親に手をあげたりなどしない子だったのに。学校でも、優しくおとなしい子だと先生もほめていたのに。それなのに、何故――

後頭部を押さえながら立ち上がったとき、目の前でドアがバタンと閉じられた。その音はまるで、母と子をつなぐ最後の絆が断ち切られた音のように雅子には聞こえた。

第九章

さて　夜は忌わしい定業《モロス》と死の命運《ケール》と　死《タナトス》を生み　また眠り《ヒュプノス》　夢《オネイロス》の族を生み　ついで非難《モモス》と痛ましい苦悩《オイジュス》を生んだ　暗い夜の女神がたれとひとつ床に入ることなく　生みたもうたのだ。

1　三月・樋口

届いたきつねをふうふう言いながらすすりつつ、斎藤は喋るのをやめなかった。

「悪い話じゃないでしょう。あなたのOKが出るまでは、記事にもしない。ただしもちろん、あなた方が得た情報は絶対他の記者には流さないこと。――どうです？　これで人手が一人増えるんですよ。どんな調査をやるつもりか知りませんが、たった二人でできることなんて限りがあるでしょう」

樋口はそんな彼を見つめながら、黙って考えを巡らしていた。

確かに、彼が言う通りなら、悪い話ではない。ただ、この男が約束を守るという保証はどこにもない。OKが出るまでは記事にしないなどという言葉は、絶対に信用できない。しかし、もし断れば、一体どうなるのだろうか。

「……君の言う通りかもしれない。実はわたし達は――」

「樋口さん」うどんに手もつけないでじっと二人の話を聞いていたかおるが、突然口を開いた。

「何だ」

「あたしのことなら、気にしないでください」

「何のことだね」樋口には本当に何のことか、判らなかった。

「……この人が、あたし達のことを記事に書いたりしたら、あたしが辛い思いをするかもしれないと思って、それでこの人の言う通りにするんだったら……」

樋口はそんなことを考えもしなかった自分に腹を立てた。やはり俺は、他人のことを考えるような人間ではない。彼女がどんな思いをするかなど、考えてみようとも思わなかった。いつでも自分のことだけ。自分のことを考えるのに精一杯なのだ。この死にぞこないが。

樋口は言った。

「わたし達の記事なんか書かせやしないよ。心配しないでいい。わたし達にもメリットがあると思うから、ある程度なら譲歩し合えると考えただけだ。——斎藤君」

「はい」突然君づけで呼びかけられたせいか、記者は背筋を伸ばす。

「君は、わたし達たった二人の方が、警察よりも分があると考えてるわけじゃあるまい？」

「……正直言って、そうじゃありません。別にあなた方二人が本当に犯人を発見するとは思っちゃいません。でも、今のところこのことを知ってるのはぼくだけです。他の連中の後をくっついていって同じ情報を手に入れるだけよりは、別の角度からアプローチして失敗する方がいい。

今お二人の写真を撮って、『元刑事と被害者の妹、殺人現場で密会！』なんてコピーをつけりゃ、それだけでいっときのシノギになるのも判ってます。でも、それだけじゃ面白くない。そんなのはもうあきあきだ。もし、さらに先があるんなら、そこまで追っかけてみたい。一発でおしまいにするにはもったいないネタじゃないか、そう思っただけですよ」

彼くらいの年齢の記者は、そんなふうに感じるものかもしれない。彼は自分の気持ちを正直に述べている、樋口はそう信じた。

「君の言い分は判った。初めにこちらの条件を言っておく。一つ、何があってもわたしの名前は出さないこと。かおるさんと君の探索行ということにすれば記事は書けるんだから、それで構わないはずだ」

「お二人の密会以上にニュース・ヴァリューのあるネタが出てくればいいんですがね……いや、判りました。その件については呑みましょう」斎藤は頷き、先を促すように樋口を見る。

「二つ、君の得た情報はすべてこちらへ流すこと」

「望むところですよ——そちらも同じ条件ならね」

「……三つ、こちらはすべての情報を君に伝える必要のないこと」

予想通り、斎藤は啞然とした表情を浮かべた。

「そりゃないんじゃないですか？　ＯＫが出るまで記事にはしないと言ってるんだから、構わないじゃないですか」

「——記事にしないんなら、知る必要もないだろう。教えても構わないと判断したら、その時に伝えることにする」

斎藤は不服そうだったが、ここで争っても仕方がないと判断したようだった。

しかしこれはいってみれば、樋口の良心以外の何ものでもない。すべてを教えている振りをすることは簡単だからだ。隠し事をするかもしれないと正直に宣言しただけのことだ。せめて同じくらいの良心が斎藤にもあることを樋口は願った。

「——判りましたよ。じゃあまずお互い、情報交換といきませんか？　あなたは多分竹田先生から、ぼくの知らないことを聞き出したでしょう。一方ぼくは警察筋からの最新情報を持ってます。——それともあなたは、警視庁ＯＢの力でそういった情報ももう、手に入れられたのかな？」

彼の口振りはまるで、樋口がまだそんな情報を手に入れていないことを知っているかのようだった。

こいつまさか、ずっと俺のことを監視していたわけじゃあるまいな？

樋口はそんな考えさえ抱いてしまう。

「——申し訳ないが、竹田先生はわたしだから安心して話したんだ。それを軽々しくマスコミに洩らすわけにはいかないことくらい、判ってるだろう」

「いきなり黙秘権の行使ですか。どうせ過去の犯罪者の例でも持ち出して煙に巻いたんでしょう。もったいぶることはないじゃないですか。それにぼくは別に、これをすぐ記事にするなんてつもりじゃないんだ。そう、できれば一冊の本になるくらいのものにしようと思ってます。たとえ犯人が逮捕されなくても、ね。だから、あなたなり竹田先生なりがクレームをつけるというのなら、その部分についてはいつでも修正に応じるつもりでいるんですよ」

本——樋口が竹田教授に対して使ったのと同じ説明だ。彼のはまったくのでまかせだったが、この男はどうなのだろう？　信用していいのだろうか？

「信じてくださいよ。——絶対書かないって約束して教えてもらったことは、いつもちゃんと守ってたでしょう？」

そうだっただろうか。記者達とのつきあいは多く、さほど深くないつきあいの記者のことなど片端から忘れている。

「……それより君は、わたし達が一体何をするつもりか、判っているのかな」

「何をって……これからお姉さんの足取りを追うんでしょう？」

「それはもちろん、そのつもりだ。しかし、警察はもっと組織的に、徹底的に、同じことをやってるだろう。わたし達がそんなのにかなうわけがない。——小鳥の罠があるだろう。餌を撒き、つっかい棒をしたざるに導いて小鳥を捕まえる罠が」

「……コントに出てくるような間抜けな奴ですか」

斎藤のコメントは図らずも真理を突いているように樋口には思えた。

「そうだ。あの間抜けな奴だ。——わたし達がやろうとしてるのは、あれだよ。さっき君もかおるさんを見て、お姉さんの方かと思っただろう。彼女はわざわざ髪を切り、お姉さんの服を着ているんだからね。何のためにそんなことをしてると思う？」

記者は目を丸くして、かおるを見つめる。

「彼女が……餌？」

「そうだ。わたしと君はさしずめ、棒に結ばれた紐の端を握って待ってる子供かな。——かおるさん自身のアイデアだ。これがうまくいく可能性がほとんどないことくらいは二人とも判ってる。でも、やらずにはおれんのだよ。君の心境と、同じなのかもしれん」

斎藤がかおるを見る目に、気のせいか同情の色が濃くなったように樋口には見えた。彼女の内なる動機まで見透かしたのだろうか？　そこまで鋭い男だとは思えないが。

「どうだね？　呆れたか？　取り引きはやめにするかね」

樋口は挑発するように言ったが、斎藤は答えない。彼はかおるを見つめたまま、何かを考えているようだった。かおると敏子がどれほど似ているか、それをもう一度確認しているのだろうか。

「……いい、かもしれませんね。いや、いい。可能性はありますよ。彼女は……かおるさんは、確かにお姉さんと似てはいる。しかし、よく見れば同一人物でないことはすぐに判ります。そこが逆にいいような気がする。犯人がもし彼女を見たら、まずはっとするでしょう。そして近づいてもっとよく見ようとする。すぐに別人だと判る。でももしぼくが犯人なら、彼女が何者か知りたくなると思いますね。しかもおそらく犯人の好みに適った女性だ。まず間違いなく声をかけると思う。絶対かけますね。――もし、一目でも彼女を見さえすれば」

そう、犯人が彼女を見さえすれば――それだけは必須の条件であり、しかもこの東京においては決して簡単に満たされる条件ではなかった。

　記者は樋口の方に向き直った。

「でも、ただのナンパとホンボシをどうやって区別するんです？　ホテルまでついていって、殺される寸前に踏み込むんですか？」

「……いや、もちろんそんなことはさせない。彼女に声をかける奴からは住所と名前を聞き出して後で調べればいい。それに、犯人の彼女に対する執着はきっと異常なものになるだろうから、ただのナンパとは明らかに違うんじゃないかと思うがね」

「そうですかね。だといいんですが……。そうすると後問題になるのは、お姉さん達被害者が、一体どこで犯人と会ったのかということですね。——樋口さん達は、どう考えたんです？」

　樋口は、二人で出した結論を要約して斎藤に語った。彼はいちいち頷きながら黙って聞いている。

「——なるほど。さすがに元警部だけのことはありますね。三人目の被害者、田所真樹《たどころまき》は確かに新宿で拾われたようですよ。おとといは友人の送別会があったらしくてね、新宿で遅くまで飲んでいたのは確かなんです。捜査本部は今、目撃者探しにやっきになってるとこでしょう。一人で歩いてるところを拾われたんだとしたら目撃者は出てこないかもしれませんが、タクシー乗り場なら、あるいはね」

「……同一犯人だと確定されたのかね」

「手口がまるきり同じですからね。胸と下腹部を切られ、現場にはまたビデオテープのセロファンが残されていたそうですよ。——前の時にはセロファンから明瞭な指紋が取れたそうだから、きっとそっちの線からも確認されるでしょう」

「下腹部はどんなふうに切られていたんだ?」

「どんなふうにって……切り裂かれていたとしか……」当惑したように斎藤は答えた。

では性器を切り取った一件は、はなからマスコミには知らされていなかったのだ。容疑者が自白したりしたとき、隠された事実を知っていればホンボシである可能性はぐんと高くなる。そのためにいくつかの事実を伏せるのはよくあることだ。それともあまりにショッキングだからだろうか? 樋口は記者に教えてやるべきかどうか迷った。

結局、話しても構うまいと判断した。

「……これは警察が伏せていることらしいから書いてもらっては彼らが困るだろうがね、彼女のお姉さんのケースでは、ただ単に切り裂かれていただけではないようだよ」

「というと？」

「……性器と子宮を持ち去っていたらしい」

「持ち去る？　持ち去るったって……どうやって？」斎藤は当然の反応を示した。

「下腹部を切り開いて、摘出していったらしい。――わたし達もさっきその話を聞いてショックを受けたところだ」

「へえ……どういう心理なんでしょうね」

「竹田教授は、その……セックスをするために決まっている、と」樋口は言い淀み、ちらりとかおるの様子を窺ったが表情の変化は見られない。

　斎藤はショックを受けたというより、どちらかといえば喜んでいるように見えた。小さく口笛を吹き、拳を作って手のひらを打つ。

「筋金入りの変態だな。思った以上にセンセーショナルな事件になりそうですね……大丈夫。大丈夫です、書きゃしませんって。今はまだね。それにしても、かおるさん……ショックだったでしょうね」彼は意外なほど同情心に溢れた口調で、かおるに話しかける。

「……はい」彼女は目を伏せて答えた。

三人のうどんはどれも冷め、のびきっていることに樋口は気づいた。

「出ないか。君は現場のホテルにも行ったことがあるんだろう？　そっちの方角へ歩いていこうと思ってたんだが」

「三人でぞろぞろと、ですか。それじゃあ犯人は近寄って来ませんよ」

「今日は下見だ。奴はまだ街には出てきてないさ。それにもし今夜見かけて気になったとしたら、次に一人の時を見かけたらすぐに食いつくだろう」

「判りました。——ちょっとこいつを片付けますから、待ってください」

そう言うと斎藤はのびたうどんを勢いよくかき込み、汁まですべて飲み干す。

金欠病とやらはどうやら本当のことらしい。

樋口は勘定を済ませ、おざなりに財布を出そうとする斎藤には無言で手を振った。

外へ出ると、斎藤は言った。

「この辺りの店はもちろん、さんざん聞き込みはしたようですがね。さっぱりだったそうです。ディスコなんかじゃいちいち客の顔を憶えてられませんしね。まあ、仕方ないことでしょう」

「——そんな騒がしいところへ行ったとは思えないと、かおるさんは言ってるんだが。そうだね？」

「はい。警察には申しませんでしたけど、きっと、女性一人でも安心して入れるような、そんな店に入ったんじゃないでしょうか」

「なるほどね。まあ、いわゆるシングルズ・バーみたいなのは、ぼくもいくつか知ってますから、そういうところを当たってみますか。犯人は同じ店は避けるかもしれないし、店が判らなくても奴に行き当たる可能性は充分あります。……どこか、入ってみますか」

樋口はじろじろと通りを眺めながら、しばし考えた。

「一度ホテルまで行ってみたい。そこから戻ろう。あの日は雪が降ってたそうだし、彼女は相当酔ってたらしい。さほどの距離を歩いたとは思えないし、タクシーを拾ったはずもない。ホテルの近辺じゃないかという気がする」

「じゃあ、そうしてみますか」斎藤は答え、先に立って歩き始めた。

時刻は七時を過ぎ、街はそろそろ夜の顔を見せつつあった。

2　三月・稔

――彼は、大好きな押し入れの中にいた。いつも入る子供部屋の押し入れではなく、両親の寝室の押し入れの上の段に。布団は一組だけ畳んで入っていて、もう一組は出しっぱなしになっていた。彼は押し入れの中で猫のように丸くなり、久しぶりに母さんの匂いにくるまれていつしか眠っていた。日曜日の昼ご飯を食べた後のことだった。

ふと目が覚めた時、彼はどこにいるのか判らず、パニックに陥って暗闇に向かって闇雲に手を突き出した。

大丈夫。大丈夫。ここは押し入れだ。――もう、夜になっちゃっただろうか？　母さんは、どこに行ってたのって怒らないだろうか？

彼はそっと押し入れの戸を滑らせた。ぎくりとしてその手を止める。

母が、敷かれたままの布団の上に、掛け布団もかけずに横たわり、眠っていたのだ。まだ夕食には間がある時間なのか、彼と同じように疲れてつい横になってしまったらしい。

母は両手をお腹のところで組んでまっすぐ寝ていて、稔は最近テレビで見たエジプトのお棺を思い出した。エジプトでは死体をいつまでもいつまでも腐らないままにすることができたというのを、稔はその時に知った。あの、人の形をしたお棺の中には、生きているかと思うような美しい女の人の死体が入っているのだと信じた。

稔は音を立てないよう押し入れからそっと降りた。

西日が窓からまっすぐに差し込んでいて、母の頭から足までをすっぽり包んでいる。母は、神々しいまでに美しかった。稔にはそれを表現する言葉も浮かばず、ただ美しい母を眺めていた。一度外出でもしたのか、きちんと化粧をしており、指の真っ赤なマニキュアが彼の目に焼きついた。

豊かな胸が、薄いセーターの下で静かな呼吸に合わせて上下している。視線を移すと、少しめくれあがったスカートの裾からは、つるりと白く滑らかな脚が見えている。

心臓がとくとくと激しい鼓動を打ち始めた。

昨晩見たばかりの光景が脳裡に浮かび、稔は小さな手を母の方へ伸ばした——

稔ははっとして見回し、自分の部屋にいること、何かはっきりしない昔のことを夢に見ていたのだと気づいた。母に関係のあることだったような気もするが、きっとどうでもいいことに違いない。全身に寝汗のようなものをかいているのは、最近めっきり暖かくなったせいだろう。マキとの夜を記録したビデオはすでに終わって巻き戻しが始まっており、テレビ画面には何も映されていなかった。

駄目だ。何かが違う。

あの一夜は確かに素晴らしかった。しかし、しかし……もはやそれは単なる繰り返しに過ぎないということに、気づいてしまった。素晴らしい愛の記憶を頼りに繰り返す、虚しいマスターベーションだ。

どこで間違ったのだろう？　俺はどこに戻ればいいんだろう？　あの看護婦？　それとも家出少女？　それとも……最初に殺したあの学生か？

いくつもの愛のうち、一体どれが本当に大事なものだったのか、稔には判らなくなっていた。

彼女達は何故、俺の目を惹《ひ》いたのだろう？　何故みんな、いなくなってしまったんだろう？　満たしても満たしてもなお埋まらないこの胸の隙間は一体何なのだろう？
──頼むから誰か教えてくれ！　そうでないと頭がおかしくなりそうだ。

マキの性器が腐り、乳房も萎んだとき、稔は煩悶を抱えながら目的もなく街をさまよった。横浜での一夜から、まだ二週間と経っていない。若い女の集まるところと限らず、馴染みのない街々を歩き回ったり、車を走らせた。カーステレオから流れる透明な歌声だけが、彼に勇気を与えてくれた。

いつかは皆旅立つ
それぞれの道を歩いていく

あなたの夢をあきらめないで――

彼女の歌の素晴らしさだけは、変わることがなかった。すべての愛が信じられなくなりそうになっても、彼女の声を聞けば、もう一度だけ試してみようという気持ちが湧いてくる。

もう一度だけ。それがただの繰り返しに終わるようなら、様々なリスクを冒してまでやる価値はない。もう一度だけだ。それだけに、これまでより慎重に、時間をかけて女を選ぼう。ひと月かかってもふた月かかっても構わない。最高の、究極の女性を、救いの天使を見つけなければ。

天使。――そこから、白衣の天使という連想が働いたのは確かだ。しかし、今になって振り返るとこれまでの四人の女性の中では、島木敏子というあの看護婦こそかぎりなく最高に近い女性だと感じていたのも事実だった。

何故だろう？　さほどの美人だったというわけでもないのに。――もちろん、それも彼には判らない。何も判らないのだ。

マキのニュースが広まっている以上、この車で女を拾おうとしても警戒されるだけだ。それに、急にドライブづいたと家族も不審に思うかもしれない。しばらく車は使えない。そうなると一晩に一つの街しか探すことができない。それならいっそ、六本木と限ってはどうだろう？　彼女と出会うことのできた街なのだから、時間をかけて探せばさらに素晴らしい女性と出会える可能性は一番高いのではないだろうか？　東京中の最高の女達が集まる街なのではないか？

稔の足は、六本木へと向いた。ただし、さすがに島木敏子に話し掛けたバーや、彼女と愛しあったホテルの近くへと行くのはためらわれ、首都高速の下を行ったり来たりして喫茶店やバーで女達を眺めて過ごした。

背の高い、モデル風の白人女。何となく顔を知っている女優や男優に、業界人風の男達。普通の男なら（女でも）目を輝かせたかもしれないそういった人種に、稔はまったく興味がなかった。

肌は白い方がいいが、その白さは西洋人のものとは違う。あくまでも日本人の、きめ細かな肌でなければ嫌だ。背は高からず低からず。そしてもちろん、がりがりでもぶくぶくでもない、美しい丸みのついた女らしい身体。

これまでに愛した女達がその条件を満たしていたのはもちろんだ。しかし、それだけなら他にも数え切れないほどの女達が目の前を通り過ぎた。なのに、そんな女達に何も感じなかったのは、一体何故なのだ？　あの四人の女達には、他の女にない何があったというのだろう。

脳髄の隅で微かに蠢《うごめ》くものを感じたが、稔はあえてそれを追究しなかった。知るべきではないということを、その時感じていたのかもしれない。

ほとんど毎晩、稔は六本木へと出かけた。夜遊びマップなるものを初めて買い、女性が一人で来そうなカフェ・バーやクラブを覗いて回った。まるで異人種を見るような目つきで見られ、丁重に断られた店もあった。服装が合わないのだという。その日は腹を立てて帰り、次の日からは、入学式などの行事にしか着ないスーツを着て出かけた。別人に生まれ変わったような気がし、それはそれで悪くない気分だった。

散髪もしばらくしていなかったことに気づき、近所のいきつけの店ではなく、六本木で見つけた美容室に入ってみる。驚くほど高かったが、最高の女のためだと思えば安いと思い直した。

女性にもてるため、脱毛したり整形したりする男がいると聞いて、稔は吐き気さえ覚えたものだったが、今ならそんな連中の行動も少しは判る気がした。——もちろん、最高の女のためなら、という条件つきだが。

心の動く女達は、何人か見かけた。何故心が動くのかは相変らず判らない。声をかけるのは控えることにした。この程度のレベルでは、これで最後かもしれない一夜を過ごすのには物足りない。

春の長雨が降り始めると、また二月のような寒さに戻った。あの雪の夜が、思い出された。恐ろしく寒い夜だったが、それを吹き飛ばすほどのエネルギーに満ちた夜だった。

そんなふうにあの夜の思い出を噛みしめながら、冷たい雨の中、六本木WAVEの前を歩いていた時、道路の反対側に幻を見たように思った。かつて愛した女の幻だ。いつ？　こんなふうに寒い夜。どこで？　ここだ。この同じ六本木。

稔は傘を畳んで幻を目で追ったが、見えるのはただ傘ばかり。渡らなくては。向こうに渡らなくては。横断歩道にたどり着くのも一苦労なら、広い道路を渡るのも時間がかかる。渡り切って左右を見回しても彼女らしき人影はどこにも見当たらなかった。

気のせいだ。そう思おうとした。

彼女がこんなところにいるわけがない。彼女は……彼女は……うちの庭にいるのだから。こんなところにいるわけがない。彼女は、腐ってしまった。腐ったから泣く泣く土の下に埋めたのだ。――あの彼女が生き返るなんてことが、あるだろうか？

稔は雨が降っているのも忘れて立ち尽くしていたが、ふと我に返って自宅に戻ることにした。彼女がちゃんと土の下にいるかどうか、確かめようと思ったのだった。もし……もし生き返ったのだとしたら？　本当の天使となって、彼に愛されるために戻ってきたのではないだろうか？　実は彼女こそ、彼女こそ、唯一俺に愛されるべき女性だったのではないだろうか？

稔が帰宅したのは、まだ夜の十時頃だった。家族も全員起きている。今、庭に出て掘り起こすわけにはいかない。身をよじるような思いでみんなが眠りに就くのを待った。夜中の一時頃、そっと自室を抜け出して階段を降り、傘を持って玄関から忍び出る。

雨はまだ降り続いている。彼は傘を差し、塀との細い隙間を通って庭へと回る。

小さなバケツに入れられた錆びたスコップで、何も植わっていない家庭菜園の隅を掘り返す。何度も掘っては埋めた場所だから、忘れはしない。彼女達の埋まった場所。

すぐに黒いビニール袋が出てくる。全部で、三つ。

稔の背に、戦慄が走った。

妙だ。袋はマキのものを入れて五つあるはずだ。乳房の入ったものが三袋に、性器の入ったものが二袋。一体誰の、何がなくなっているのだろう。まさか。

袋を開いてみたところで、腐った肉塊はもはや誰のものともつかない。

稔は傘も放り出して、狂ったように袋を埋め戻し始めた。

やっぱり。彼女は、生き返ったのだ。また彼に愛されるために。彼に愛されるためだけに。

稔は自室へ戻ると、久しぶりに彼女のビデオを見ようと思い、鞄の中を探った。ビデオテープが一本しかない。一瞬焦ったが、最近見ていたマキのテープの方はカメラに入れっぱなしになっていることに気づいた。部屋を見渡すが、カメラが見当たらない。しばらく探し回って、テレビ台に入っているのを見つけた。そんなところに入れた記憶はなかったが、稔は特に気にかけず、テープを入れ替えて島木敏子のビデオを見始めた。

彼女が生きている。彼女が生きているのだ。

もう一度六本木へ行って、彼女を見つけなければ。

翌日の二十日はまだ明るいうちから、稔は彼女を見たあたりをうろうろし始め、終電ぎりぎりまで店をハシゴしたが、結局見つけることができなかった。

翌日も、その翌日も雨だったが、稔は彼女を探して歩いた。

誰かに見られている。

そんな気がして振り向くことが何度もあった。彼女が、どこかから彼を窺っているのではないかとさえ思ったが、どこを見回しても影も形も見当たらなかった。気のせいだと言い聞かせたが、見られているような感覚はずっと消えなかった。

歩き回る場所は否応なく、彼女に話しかけたあの店に徐々に近づいていった。

〝Mirror on the Wall〟という店だった。彼女はあの店で待っているに違いないという確信と、あの店に近づいてはいけないという漠然とした警告のようなものが彼の中で闘っていた。

警官達がいるかもしれない、という考えはまったく浮かばなかった。あるいは彼は、彼女——生き返った彼女に会うことそのものを恐れていたのかもしれない。会いたいが、会いたくない。そんな思いで、彼は〝Mirror on the Wall〟の近くをうろつきながらも入れないでいた。

そして、長い雨の晴れ間となった日の夜、稔は意を決して〝Mirror on the Wall〟の前に立った。

二十八日が終わろうとしている時のことだった。

3 三月・雅子

あの子は一体何のビデオを見ていたのだろう？　わたしを突き飛ばしてまでも見せたくないものだったのか？　――アダルトビデオ？

ああ、それならどんなにいいことだろう。下劣で、人間の品性を貶《おとし》めるあいったものすべてを雅子は憎んでさえいたが、今だけは心から歓迎すべきもののように思えた。

しかし、彼が見ていたのは8ミリビデオだ。8ミリにアダルトソフトがあるという話は聞いたことがないし、その程度のことであそこまで青くなって慌てる必要はないだろう。彼の精通はもちろん、マスターベーションの回数までもわたしは知っているのだから、いまさらアダルトビデオを見たくらいで驚きはしない。

雅子は、彼女の行動を彼の方は気づいていないはずだということまでは、考えなかった。

血のついたビニール袋……目撃されたのと同じ車……そして、こっそりと見ていた

8ミリビデオ。母に暴力を揮ってまでも隠したいビデオ。

最初は馬鹿げた妄想とすら思えたもののすべてが、一つの方向を指し示していた。彼が、彼こそが殺人鬼なのだ。ゆきずりの女をホテルに誘って関係を持ち、絞殺し、乳房を切り取る殺人鬼。信じたくはないがこうなっては信じざるをえない。

病気だ。ただの犯罪とは違う。これは病気なのだ。精神異常は病気だから、そういう状態で犯した犯罪は罪に問われないというのが日本の法律のはずだ。しかしもし警察に捕まり、あの幼女連続殺人犯のように世間の好奇と怒号にさらされるようなことになったら、あの子はもちろん、わたし達だって生きてはいけない。逮捕されたその時点で、死刑よりも恐ろしい罰が家族全員に下されてしまうのだ。マスコミが、国民が、裁判官よりも素早くわたし達の息の根を止めてしまう。

耐えられない。そんなことには絶対耐えられない。娘は一生結婚できないだろう。夫は職を失うだろう。ここには住んでいられない。別の土地へ行くしかない。そしてそこでもやがて噂が立ち、また別の土地へ――。

生活がひどくなるだけではない。家族の信頼は、ずたずたになってしまうことだろう。今まで必死になってわたしが築いてきたすべてが、愛情で結ばれた家族の絆が、猜疑と憎しみに変わることだろう。

——生きていけない。わたしには、そんなになってまで生き続けることはできない。

病気が罪にならないのなら、わたし達だってそんな罰を受ける理由は全くない。要は病気が治り、これ以上あの子が人を殺しさえしなければ、何も問題はないはずだ。法の精神からいうなら、その方が遥かに理に適っているんじゃないだろうか。

だって、何もかも病気のせいなのだから。悪いのはあの子じゃないんだから。

そういった不安は漠然としたものとして以前から雅子の脳裡を掠《かす》めてはいたが、彼が犯人であるという確信が深まると、一挙に噴き出し始めた。家族が受けるであろう迫害に対する恐怖、平和な生活への執着と、それらを奪おうとしているすべての敵——雅子の中では擬人化された黒い影として存在していた——に対する憎しみ。

何とかしなければ。……でも一体、どうすれば？　たとえあの子を何とか説得して病院へ連れていくことができたとしても、症状の説明もできない以上、治してもらいようがない。それに、医者に催眠術でもかけられて殺人を自白させられてしまったら？　やっぱり逮捕され、同じことになるのではないだろうか？

駄目だ。病院にも連れていけない。

——人殺しさえ、やめさせることができれば。監禁？　そのためには家族の協力が必要だが、彼らに話して判ってもらえるだろうか。

証拠だ。証拠を見せれば、みんな納得するはずだ。そしてあの子を家から出さないようにし、みんなで協力して面倒を見よう。家族の団結もできるし、みんなが愛情を注げば心の病気なんてすぐに治る。

雨降って地固まるというではないか。前よりもいっそう素晴らしい家族にだってなれるはずだ。

あの子が外出したら、徹底的に部屋を探そう。持ち歩いていない限り、ビデオテープがどこかに隠してあるはずだ。他の何かが見つかるかもしれない。

雅子はそう決意を固めて布団に入ったが、まったく眠れなかった。

——夫だ。夫が悪いのだ。父親の不在。同一化の対象としての父親が不在だったからこそ、あの子はおかしくなってしまった。インポテンツなのかどうかは判らないが、正常な異性との交際ができなくなってしまったのは間違いない。

女の人を絞め殺し、身体の一部を切るだなんて。優しすぎ、繊細すぎたがゆえに、殺伐とした受験戦争の中で、あの子の神経は病んでしまったのかもしれない。だとしたら責任は社会にあるのではないだろうか。殺された女性達と同じく、あの子も被害者なのではないだろうか。裁かれるべきは社会の方であって、あの子やわたし達ではない——

時に苦しみ、悩み、恐れ、怒りつつ、雅子はずっと目を覚ましていた。その時、家の中のどこかから、床の軋みが聞こえてきた。誰かが歩いているのだ。足音を忍ばせてはいるようだったが、他には物音一つない夜中のことで、耳を澄ませばはっきり聞き取れる。決して空耳ではない。

からからと玄関の戸の開く音。外へ出ていく？　今頃？

雅子はじっと身を強ばらせて車が出ていく音を待ち受けたが、外へ出た誰かには車に乗るつもりはないらしかった。歩いてどこかへ行ったのだろうか？

雅子はそっと布団から抜け出、襖を細く開けて暗い廊下を覗いた。雅子の部屋は一階の一番奥にあり、前の廊下は玄関まで見通せる。街灯の明かりがあるので玄関から戻ってくる人間が誰かは見ることができるし、向こうからこちらは見られない。

夫か娘が、何かつまらない用事で外へ出てくれたのであれば、と雅子は願った。既に覚悟を決めてはいても、実際息子が何かをする場面を見たことはないのだから、まだ一縷の望みは捨てていなかった。しかし、今夜あの子がわたしの目の前で何かをしたりしたら——。

玄関のガラスの向こうに、人影が映った。ゆっくりと玄関の扉が開く。雅子は息を止める。逆光で輪郭しか判らない。娘でないことは確かだ。夫だろうか。そうであってくれればいいのだが。

そうではなかった。人影が中へ滑るように入り、再び扉をゆっくりと閉めようとしたとき、横顔がはっきりと見えた。何か袋様のものを手にしているらしかったが、はっきりとは分からなかった。雅子は素早く後退りして布団に潜り込み、じっと息を殺す。微かに鍵をかける音が聞こえ、床の軋む音。やがて聞こえるのはうるさいほどの耳鳴りの音だけとなった。

一体何をしに、あの子は外へ出たのだろう？　すぐ戻ってこられるような場所のうち、どこへ行ったのだろう？

時刻は既に三時を回っている。三月十一日の午前三時。近所に訪ねるような家もなければ、今頃開いている店もない。何をしに出たのか？

まったく判らなかった。そして、空想に空想を重ねるうち、思考はただ悪夢のような様相を呈し始め、浅いけれども決して逃げ出すことのできない、眠りの罠に捉えられていった。

――翌日の午後。家にいるのは雅子と愛の二人だけだった。愛もどこかへ出かけてくれたら、思う存分家捜しできるのだが、彼女に出かける様子は見られなかった。居間で炬燵に当たりながら、ぽりぽりとスナック菓子を食べている。

雅子は叫びだしたくなりそうな気持ちを抑え、掃除をしたり洗濯をしたりと慌ただしく身体を動かしていた。一通り家事を終えると、買い物に行くことにした。

「愛ちゃんも、行く？」

娘はテレビを見て笑い声を上げているだけで、答えなかった。行きたくないのだ。

雅子は仕方なく一人で出かけようとした。靴を履こうと玄関に降りたとき、ぱらぱらと黒い土が落ちているのに気づいた。昨日はこんなに汚れていなかった。誰かが汚れた靴で入ってきたのだ。

自分でも驚くほど腹を立てながら、雅子は玄関を出た。するとそこにも、中に落ちているのと同じ黒土がある。当然と言えば当然のことだったが、その土は道路からではなく、塀の内側、庭に通じる細い隙間から続いていた。

雅子は奇異に感じ、次いで夜中の出来事を思い出した。

少しの間外へ出る理由として、庭に行ったということは充分に考えられる。あの子はもしや……？

胸騒ぎを感じながら、彼女は庭へ回り込んだ。すぐに黒い土の正体に思い当たった。何年も前に作った家庭菜園の土だ。情けないきゅうりや、小さいナスができたものだった。今はまったく何も植えていず、ところどころに雑草が生えているだけだった。そこの土が何故か少しだけ、誰かの足跡ででもあるかのように玄関まで続いているのだ。

雅子はしばらく土を睨みつけていた。

そこに何かが埋まっている。考えずとも彼女には判った。何が埋まっているか、そのことについては必死で考えないようにしなければならなかった。

彼女は五分余りも身動き一つせず、立ち尽くしていた。何も見なかったことにして立ち去ろうかとも思った。しかし、勇気を奮い起こし、彼女は菜園の傍に転がっているスコップを取り上げて、やや乱れて見える土に突き立て始めた。

すぐに、ずさっ、という音がして土以外の物にスコップが当たったことが判る。彼女は掘るというより、土の下にあるものが見えるまで、スコップで土を横へ動かした。

忌まわしい、黒いビニール袋。すべての始まりでもあった、あのビニール袋と同じ物だ。

わたしは既に知っている、この中に入っているものを知っている。もう何度も悪夢の中で見ているのだ。昨夜も、その前にも、何度も何度も——

彼女は震える手を伸ばし、ビニール袋を土から引っ張りだした。

ひどい悪臭が襲ったが、その瞬間に彼女は息を止めた。

もういい。もう開けなくてもいい。中身は判っているのだから。彼女は自分にそう言い聞かせ、中身を見るのをやめようとした。しかし、やめるわけにはいかないことも充分判っていた。これは、証拠なのだ。彼女が望んだ証拠だ。家族が彼女の妄想だと片付けてしまわないためには、これが必要なのだ。

そしてまた一方、すべてが彼女の思い過ごしである可能性も残されている。ここに入っているのは、あれではなく、何かまったく別の、笑いたくなるようなものである可能性も。それを確かめなくては。

雅子は袋を開いた。

第十章

……他方破滅の夜は　眠《ヒュプノス》りを　すなわち　死《タナトス》の
兄弟を　手に抱えて行かれるのだ　曚《もう》たる雲に身を
つつんで。

1　三月・樋口

一週間、三人は協力していくつもの店を歩き回った。どこも事件の影響で客足が遠のくのを心配しているのだろう、取材だと言うと極端に口が重くなる。被害者の妹が一緒だと教えれば多少は口も軽くなるのかもしれなかったが、そんなことをすればすぐ噂になってしまうのは間違いない。結局何の手掛かりを得ることもできない日々が続いた。

十三日からは方法を変えた。金曜日であることも考え、そろそろ犯人が街へ出てくる可能性を考慮したのだ。

店へ入る時はまず、樋口が一人で入る。可能性のありそうな店なら、入り口の見える奥の席を選んで腰を下ろす。二、三分後、かおるが入ってきて、カウンターなどの声のかけやすい席に座る。彼女を見て不審な反応を見せる客がいないかどうか見るのは、もちろん樋口の役目だ。さらにその後から斎藤記者。彼は、樋口の死角になるようなところがある場合、それを補う位置に坐る。出るときも同じ。樋口が見切りをつけた段階でまず一人で外へ出る。店の外に不審な男がいないかどうか調べるのにやはり二、三分。かおるが席を立ち、最後に斎藤。その頃には樋口は予め決めてあった別の店の前に立っているという寸法だ。

九時過ぎから始めて、一軒に約一時間。それ以上の時間をかけても無駄だと判断したからだ。これで毎日、三軒の店を回る。これが彼らにできる限度だったが、それでも十日も続ければめぼしい店は回れるはずだった。

かおるのように若く、それなりに美しい女が一人で飲んでいれば一軒で最低一人は声をかけてくるものだということを、樋口はまったく予想もしていなかった。

彼女に近づいた一人目は、てかてか光る黒ずくめの服を着、サングラスをかけた男だった。隣で飲み始めると馴れ馴れしく彼女の肩に手をかけたので、樋口はかっとなって駆けつけそうになった。

しかし、一人で飲みたいという意味のことを言ったのだろう、男は口惜しげな様子で彼女から離れ、しばらくすると居心地が悪くなったのか外へ出ていった。樋口は後を追い、男を捕まえると腕をひねりあげ、店を出てすぐの煙草の自動販売機に押しつけ、警察だと名乗った。

可哀想なほどに脅える男から住所、名前、職業を聞き出すと、捜査に差し支えるから秘密にしておくようにと釘を刺し、放免してやった。そんなリストが毎日三、四人分、時には六人分も溜まっていった。どれも無害そうにみえる、少なくとも異常者ではなさそうな連中で、話をしたときはシロだと確信していたが、リストが増えるにつれてその確信はぐらついてきた。警察にそのリストを渡すことはいくらなんでもできない相談だったし、彼らが真犯人かどうか、樋口達には調べる術も余裕もなかった。ただ、もっと別の何事かが起きる可能性を信じてバー巡りを続けていた。

忙しいはずの記者も、協力すると言った言葉通り毎日二人につきあった。そこまでしてまったく実入りがない可能性だって充分あるというのに、何か別の目算でもあるのだろうかと樋口は邪推した。しかし考えてみれば向こうにしてみても俺の行動は理解できないかもしれないではないか——自分にだってよく判ってるとはいいがたいが。

かおるにしても、毎日出てくるのに家族に理由を説明できないのはつらいところだろう。しかし樋口にはそんな様子をおくびにも出さず、ただ言われたことに従っていた。

やつれて行くようにも見えたが、樋口は何も言わなかった。ただ自分を責めるだけでなく、その気持ちを何か彼女にとって好ましい方向へ向けてくれたら、と願いはしたが、それは自分自身にも当てはまることだった。

お前はとうに退職した老いぼれなのに、一体どういうつもりで警察ごっこをやってるんだ。俺達の邪魔にならんよう、老人ホームで死ぬのを待ってろ。

そんな同僚達の声が聞こえてくるような気がした。いや、それは妻の、あるいは敏子の声だったかもしれない。

幸い警察もマスコミも、このあたりは蹂躙《じゅうりん》しつくした後らしく、姿を見かけない。樋口や斎藤の顔馴染みが現れないことをただ祈るばかりだった。

期待していたのとはまったく別の形で進展があったのは、恐らく次の犯行が行われるとしたら四月に入ってからだろうという思いと、半ばルーティンと化してしまったせいで、緊張感のまるでなくなっていた二十日のことだった。

いつもと同じようにその夜もある店に三人が腰を落ち着けた時、かおるが樋口と斎藤の方を見て、目で呼ぶのだ。初めは無視していたが、やがてどうも緊急を要することらしいと気づいて樋口は斎藤と目配せし、仕方なくかおるのいるカウンターへと赴いた。

「どうした？」若干腹立ちをあらわにしながら、樋口は訊ねた。

かおるは目の前のバーテンダーを目で示す。

「……この人が……」

 樋口ははっとした。バーテンダー! バーテンが客に声をかけ、店が終わってからホテルに連れ込むことだってできないではない。こいつが——カウンター越しに手を伸ばして胸倉を掴みそうになったとき、かおるが彼を制した。

「勘違いしないでください。この人の話を、聞いて欲しいんです」

バーテンはまだ二十代らしい背の高いハンサムな男だったが、いきなり二人の男達に睨みつけられ、ひどく当惑している様子だった。用もないのにダスターを持ち、両手で握り締めている。

「どうしたんですか、一体」

どうやら犯人ではないらしいと気づき、樋口と斎藤はスツールに腰を下ろした。かおるが説明を始める。

「この人……あたしの顔を見て、こう言ったんです。『この前も、そこにお座りでしたね』って」

その言葉の意味が理解できるようになるまで、しばらくかかった。

斎藤はあんぐりと口を開け、「じゃ、じゃあ、それじゃあ……」と呟きながらバーテンを指差している。

バーテンは不安の色を浮かべていて、自分が何か致命的なミスをしたのではないかと思っているようだった。

「わ、わたしはただですね、この前お見かけした人だな、と思ったからそう言っただけで……」

「この前っていつなんだ」樋口はつい興奮して詰問口調になっていた。

「ちょっと樋口さん。彼、怖がってますよ。――大丈夫、別に責めてるわけじゃないんだ。ちょっと聞きたいだけなんだ。いつ彼女を――彼女に似た女性を見たんだね？」斎藤がなだめるように樋口の肩に手をかけながら言った。

「いつって……休み取る前だったから……二日かな」バーテンは依然不安げな口調で答える。

「二日？　三日だろ？　三日の間違いじゃないのか？」樋口をなだめておきながら、斎藤自身も興奮しているようだった。

バーテンは唇を舐めながら、必死で記憶を探っているらしかった。

「……かもしれません。そう、ですね。三日かも。――ええ、そうでした。最後の日だったから、そうですね。三日でした。――彼女に似たって……この方じゃなかったんですか?」

樋口と斎藤は顔を見合わせた。喜んでいいのかどうか、お互いにまだよく判らない。

「……最後の日?」樋口が聞き返した。

バーテンはその方が落ち着くと思ったのか、ひどく早口で喋り始めた。

「ええ。四日からは休みを取りまして、十日間旅行に行ってたんです。それで、確か最後に出勤した日だったと思いますから、三日じゃないかと」

「旅行?」樋口と斎藤は同時に言った。

「ええ。西海岸です。アメリカの。一人じゃないですよ。友達と三人で行ったんで、証明だってできます」

証明などと言うところをみると、俺たちのことを警察関係者だと思っているのだろうか。退職して何年も経つというのに、俺はまだそんな目つきをしているのだろうか

——樋口は思い、悲しいような面映《おもはゆ》いような気持ちを味わった。

「……この近くで殺人事件があったのは知ってるだろ?」と斎藤。

「ですってね。戻ってきて聞きました。ここにも警察が来たって。ぼくも後で写真、見ましたよ。見たことあったら警察に連絡するようにって書いたビラでした。——で

も、写真で見るとどこにでもありそうな顔でしたしね。――そう、そういやそこの彼女だって、結構あの写真と似てるっていや似てましたよ」

「知ってるよ」樋口はかおるを見ないようにしながら、バーテンのお喋りを遮った。

よく知っている人間の顔も、違う状況で出会うと分からないことがある。このバーテンにとっては本物の島木敏子の写真よりも、生きて同じカウンターに坐ったかおるの方が似て見えたのだろう。

樋口は次に何を質問するべきか判らず、黙り込んでいた。

「一歩、先んじましたね」斎藤が呟く。

その通り、その通り。警察が通り過ぎた店を、俺達は見つけた。しかし犯人の手掛かりは――？

樋口ははっと顔をあげ、勢い込んで質問をぶつけた。

「それで、ここに坐った女性に話し掛けた男がいなかったか」

三人が息を飲んで待ち受けているところへ、バーテンはあっさり答えた。

「ええ、いましたよ。――ねえ、彼女じゃ、ないんですか？」

姉妹であることは黙っていた方がいいだろうと思った。

「違う。他人の空似だ。――それで、どうなった。話しかけられて、彼女はどうした？」

「一緒に出ていきましたよ。女性の方はもう、ほとんど一人で歩けないほど酔っ払っちゃってましてね」

樋口と斎藤はちらりと見交わし、微かに頷いた。

間違いない。そいつが彼女を殺したのだ。三人の女性を殺した異常者だ。その異常者を間近で見た目撃者を発見したのだ。

「そいつは……その男は、どんな奴だった」

バーテンダーは、少し考え込む様子をみせ、記憶を探っていた。

「どんなって……どんなでしたかねえ。うーん……肥ってはいなかったな。そう、何か結構当たりの柔らかい、いい男だったんじゃないかな。——いえね、こうしてここにずっと立ってますとね、色んなナンパを見せられるわけですよ。不快に感じることも多いし、女性をうまく助けてあげなきゃいけないこともあります。でも、あの時は何ていうか、別に不快にも感じなかったし、ナンパって感じでもなかったんですよね」

あまりに頼りない証言に、樋口は苛立ちの余り怒鳴りつけそうになるのを抑え、さらに訊ねた。

「年齢とか、服装は？」

「……三十くらいじゃないのかなあ。ラフな服装でしたよ。大きな鞄下げて。ふけた学生みたいな感じでしたね」

学生。樋口の頭をやはり、という思いが掠めた。学生でないにしても、学生気分の抜けないフリーターとかいう奴だろう。

「背は」

「……出ていくとき、女性より頭一つは高かったから、まあ普通か、ちょっと高いくらいじゃないですか」

樋口は興奮が急速に萎《しぼ》んでいくのを覚えていた。警察より一歩先んじ、敏子の足取りを摑んだのは大手柄かもしれない。しかし、結局犯人を見つける手掛かりとしては、これまでにも出てきたようなあやふやな目撃証言でしかない。しかも、敏子の写真を見ても判らなかったような男だ、そもそも彼が見たのは敏子ではないかもしれないし、たとえそうだったとしても犯人像が正しいという保証もない。

「あ、そうそう。そういえば、学生だって言ってましたね。自分で」

樋口はぎょっとして聞き返す。

「自分でって……そいつが喋ってるのを聞いたのか？」

バーテンは困ったように頷く。

「ええ。でも、お客の話に聞き耳立てたりはしませんよ。話し声が聞こえないくらいのところにいるのが普通ですしね。でも、お飲み物をお作りしたときなんかに、聞こえちゃうこともあります。ちょうど、自己紹介してたんですよ。えーと……確か、院生だって言ってました。大学で……何だったかな……何か判んないけど、研究してるんでしょ。大学院生なら、ふけた学生みたいでも当たり前ですね」

バーテンが少し笑うのを聞いて、樋口は危惧を覚えた。大学院生だという言葉を聞いていたということは、その後二週間以上も経って、より大学院生らしく記憶をねじ曲げている可能性もある。人間が驚くほど記憶をねじ曲げてしまうことは、樋口は身に染みて知っていた。スーツを着ていたということを憶えていても、ではどんなスーツだったかと聞くと記憶をごちゃまぜにし、茶色だろうが黒だろうがどんなスーツもひとまとめに『グレー』にしてしまう。

それはともかく、犯人が敏子に本当のことを喋ったのだとすればこれは収穫だ。

「大学院生なら、三十ってことはないんじゃないんですか。せいぜい二十六、七でしょう」そう口を挟むかおるには、斎藤が答えた。

「……全部ストレートなら、ね。浪人して、留年でもすりゃすぐ三十だよ。それくらいはざらにいる」

　もちろんそれはそうだが、樋口にはバーテンの意見をそのまま信用する気はなかった。三十といったら、前後五歳くらいの誤差は当然見越しておくべきだろう。

「大学名は、言ってなかったか」

「……言ってたかもしれませんけど、憶えてませんね。うーん……判りません」

　どのみちすべて嘘かも知れないのだから、とは思うが、がっかりしたのが表情に出ていたのだろう、バーテンは申し訳なさそうな顔をした。が、すぐに顔を輝かせ、さらに驚くべきことを言った。

「あ、そういえば、今思い出したけど、名前も言ってました」

「何だって」

　バーテンは得意げに続ける。

「……変わった名前だったんで憶えてます。蒲生って言ってました。蒲生ノボルとかマサルとか。下はちょっと自信ないですけど」

　蒲生。珍しいというほどでもないが、さほど多くもないはずだ。これまでかおるに声をかけた連中にはそんな名前の奴はいなかった。しかしこれらの情報がすべて本当のことだとしたら、犯人を絞り込むことも不可能ではないかもしれない――警察の力をもってすれば。三人の人間にできることはここまでのような気がする。手に入れた情報をすべて警察へ差し出しておしまいにするべきだ。——しかし、それでいいのだろうか。かおるは？　斎藤は？　そして俺自身は？

黙り込んだ彼らを、バーテンは不思議そうに見つめている。

「……それで、その人、何かやったんですか？　さっき殺人とか言ってたけど——え。まさか、殺されたのって……ここに坐ってた……」かおるを見つめながら、顔がみるみる青ざめていく。

「多分そうだろう。もう一度じっくり写真を見てみるといい。——ありがとう、時間を取らせて済まなかった」樋口は礼を言ってみんなの勘定を済ませ、二人を促して外へ出た。

斎藤が樋口に追いすがり、不安げに訊ねる。

「樋口さん。これからどうするつもりなんです。彼が警察に行けば、ぼく達のこともばれますよ」

「判ってる。しかし、情報を隠すことはできない。犯人逮捕につながる可能性もあるし、一刻も早く伝えるのが義務だ」

「冗談じゃない！　ここでいきなりトップに抜け出たんだ。そう簡単に追いつかせてたまるかってんですよ。――ぼくの立場も考えてくださいよ。これだけつきあって、せいぜい半日のスクープ一本で我慢しろってことですか」

「――いや。わたしはまだ終わりにするつもりは……かおるさん？」樋口は振り向いて、じっと二人を見つめているかおるに話しかけた。

「はい」

「――君は充分過ぎるほど役に立った。よく頑張った。ここからは、警察に任せた方がいいと思うかね」

「はい……いえ……よく、判りません。何も実感がなくて。こんなふうにあっさり情報が転がり込んでくるなんて、予想もしてませんでしたから。何か……狐につままれたってこういうのをいうんでしょうか。……だからあたし……初めの計画通り続けたいと思うんですけど。――でも、樋口さんがやめるとおっしゃるなら……」

「一人でやる？」

「はい。……犯人が捕まるまでは、じっとしてられないんです。何もしないで待ってるわけには――」

樋口は頷いた。

「わたしもそうだ。よし、決まった。これまで通り続けよう」

「これまで通りって、さっきあなた――」斎藤が口を挟む。

「警察とは今からわたしが交渉する。さっきの情報を渡す代わりに、モンタージュができたら真っ先にコピーをもらえるように頼むつもりだ。容疑者が絞り込めたら連絡させる。犯人を刺激しないため、とか何とか理由をつけて他のマスコミには情報を洩らさせない。彼らだって、自分達が見逃したものをわたし達三人に発見されたとあっては面目が立たんだろうからな。――これで、トップの座は保てると思うが、どうかな」

斎藤はしばらく口をあんぐり開けていたが、やがて首を振り、にやにやと笑いを浮かべた。

「いやいや、おみそれしました。さすがに元警部殿、と言うべきですかね。いや、それなら文句はありません。――ぼくだって、もうこれ以上被害者が出たりなんてのはごめんですからね」

被害者は多い方がセンセーショナルでいいんじゃないのか、と言いそうになったがやめておいた。決して正義感に溢れた男でないことは確かだが、憎めないどころか、今や好感を持ち始めていることに樋口は気づいた。

「今夜は場所を移して、そのう……一緒に飲まないか。三人で」そう言いながら樋口は妙に照れ臭いものを感じた。

2　三月二十八日・稔

店は記憶にあったそのままだった。知っていても見過ごしそうな入り口に、細い階段。彼女を追って店に入ったあの時に遡ってきたかのようだった。ドアをくぐればカウンターに彼女が坐っている、そんな気がした。

死んだはずの彼女が。

稔は数分間、歩道でじっと立っていた。何人もの人々が不審そうに彼に視線を投げ、通り過ぎてゆくが、彼にはそんなものを気にしている余裕はなかった。

会いたい。でも怖い。彼女に会えば、今度こそ本当に自分が変わってしまうような気がした。彼女は、開けてはならないパンドラの匣《はこ》のようなものかもしれない。知ってはならないことを知ってしまうような、そんな不安を抱いた。

結局自分の見たものはただの幻だったのではないかとも思った。彼女を欲する余り自らが作り出した幻影だったのではないかと。

いや、違う。庭に埋めてあったはずの袋は消えていたではないか？

一瞬、乳房も萎び、性器から腐臭を漂わせるゾンビーのような彼女の姿が浮かんだが、慌てて打ち消した。違う。もし生き返ったのなら、元通りに、元通りになっているはずだ――エジプトのミイラのように。

稔は自分の連想を訝しく思った。エジプトのミイラ？　何故そんなものを思い浮かべたのだろう。ひどく心が乱されるのを感じた。部屋の隅でうずくまる子供のような形をした暗い影の領域が、彼の心の中にあった。触れてはいけない領域のような気がして、彼はそこから目をそむけた。

死人が生き返るなどと、俺は本気で信じているのだろうか？　頭がおかしくなってしまったのか？　――いや。死人は生き返りはしない。そんなことは判っている。しかし、彼女は生きている。つまり、結局のところ俺は彼女を殺しはしなかった、そういうことだ。乳房と性器を切り取り、持ち帰ったのもみんな俺の幻想だ。だからこそ彼女は生きており、庭には彼女の入った袋がない。ビデオを撮ったのも、それを何度も見たのも、何もかも幻想なのだ。

あれはすべて、これから起きることだったのだ。そう気づいて稔は陶然となった。あれは単に、予知夢のような幻想だったのだ。俺は最後にあの素晴らしい女と出会い、究極の愛を手に入れる。そういうことなのだ。

そう思うと迷いは消えた。階段を降りようとしたとき、上がってくる初老の男に道を譲ってやったのに、相手が頭一つ下げなかったことも、気になどならなかった。彼は階段を降り〝Mirror on the Wall〟のドアを抜けた。彼女が一人で奥のカウンターに坐っているのを見ても、彼は少しも驚かなかった。隣のスツールへ滑り込み、声をかけた。

「お一人ですか？」

3　三月・雅子

動かしがたい証拠を見つけはしたものの、雅子は次になすべきことが判らないでいた。これを……このおぞましいものを家族に見せる？　とんでもないことだった。そんなことはできそうにない。彼らにこんなものを見せるわけにはいかない。一体わたしはどうすればいいんだろう？　どうすればあの子を救ってやれるのだろう。

こんなことはやめなさいと言えば、素直に言うことを聞いてくれるだろうか。逆上するということは、あり得るだろうか？　昨日のようにかっとなり、何か暴力を揮《ふる》うなどということがあり得るだろうか？

結局彼女が選んだのは、今まで以上に息子を監視し、できる場合にはそっと後を追い、どこへ行くか見届けることだった。技術もなく、方法もまるで判らない彼女にとってそれはひどく困難なことで、駅で電車に乗るのを見送るだけ、という日々が続いた。同じ電車に乗っていては、すぐに見つかってしまう。さすがにそんな危険は冒せなかった。興信所などに頼むことははなから考えていなかったが、このままでは何の意味もない。しかしここ当分は、大丈夫だろうとたかをくっていた。四月に入ってからが危ない。そうなったら、何がなんでも外へ出さないようにする。

絶望的な気持ちになった。これ以上どうすべきか判らない。このままではいけないのは判っている。彼にはいつだって女を殺す時間がある。わたしにはそれを止めることができないのだろうか――。

彼女は、サングラスと帽子を買い、変装することで完全な尾行ができないものかと考えついた。他の家族に対しては、何か言い訳を考えなければいけないが、これが最善の方法だと信じた。

二十八日の夕飯後、外出しようとしていた息子を捕まえ、どこへ行くのかと聞いた。

「ちょっと友達のところへ」彼は答えた。

「友達って、誰？」

「……母さんの知らない人だよ」

決して彼女の目を見ようとはしなかった。

前の道を駅に向かって歩き去るのを見届けてから、娘に出かけるとだけ告げて雅子はすぐ着替え、自転車を駅まで走らせた。改札を入る彼の姿を見つけ、安堵する。

しかし、これからが本番だった。どこへ行くつもりなのか、今日こそは最後まで見届けなくてはならない。

4　三月・樋口

バーテンダーの証言から作成された似顔絵は、野本から手に入れることができたが、蒲生という大学院生については現在調査中だと言うだけで、それ以上の情報はくれなかった。人権侵害になりかねない、というのがその理由だった。

似顔絵は、甘いマスクをした線の細い男のように書かれていた。色男と言ってもよく、女達を安心させるタイプのように見える。樋口は、これがよく書けたものであることを願った。

「……勝手な真似は慎んでもらいたいものですな」野本は怒気をあらわにして言った。当然過ぎる反応だろう。

「――済まない。邪魔をするつもりはない。わたし達の気が済むまで放っておいてくれないか」

「あなたは一体自分を何だと思ってるんです？　もうあなたは警部殿でもなんでもないんですよ？」

わたしは女を死なせてしまった男だ、と言おうとしたが口にはできなかった。そんなことを彼に言ってみても仕方がない。

野本は、それ以上何も言わなかった。好きにしろという意味だと樋口は解釈した。

例の〝Mirror on the Wall〟という店にはもう犯人は来ないだろうというのが樋口の意見だった。場所を変え続ける頭を持った犯人が、顔をしっかり見られている店にまた来るわけがない。しかし、まったく別の理由から、かおるは毎晩店に寄りたがった。姉が最後に見かけられた場所で、酒を飲んだという場所で、少しでもいいから時間を過ごしたいというのだ。

樋口はつきあうことにしたが、斎藤は断ったので、それはいつも三軒の店を回り終えた後の一杯を飲む場所になった。

カウンターで、時にはテーブルで、樋口はかおるの話を聞いた。子供の頃の姉敏子のこと。父と母のこと。敏子の夫を含む、これまでにつきあった男のこと。彼女はとめどなく喋り続けた。彼女が聞きたがったので、樋口も妻の話をした。二人の出会い、反対されての結婚、子供ができなかったこと、そして死。楽しかったことも、悲しかったことも、すべて淡々と話した。

これこそが俺達に必要なものだったのかもしれない、と樋口は気づき始めていた。下らない探偵ごっこではなく、お互いのすべてを吐き出すことが。

「姉の気持ちが……少し判ってきた気がします」かおるはある夜、そんなことを言った。

「ん？　そうか」樋口はそっけなく答えた。深い意味のある言葉とは思っていなかった。

「……樋口さんを、好きになったわけが」

彼は答えられなかった。かおるは続けた。

「父に、似てるんです。――父はいつも姉よりもあたしに優しかった。あたしは小さい頃は、年下だからそうしてくれるんだろうと思っていました。両親は『敏子はしっかりした子だから』とよく言ってました。あたしと違って手がかからなかったと言うんです。でも、本当はそうじゃなかったんだと思います。父は、姉よりあたしの方を可愛いと思ってたんです。差別なんかしなかったけど、姉はそのことを知ってたはずです。

……姉の結婚は多分、今考えてみるとやっぱり失敗だったんだろうと思います。姉は本当は父みたいな、完全に頼れる人と結婚するべきだったのに、仕事のできる女なんていう殻を被ってしまったせいで、ディンクスみたいな結婚をしてしまいました。でも本当は……本当は……」

あまり認めたくない話だった。樋口は黙って飲んでいた。

「お父さんくらいの年の人だって聞いたときには、やっぱりびっくりしました。でも、こうして話してると、年なんて関係ないんだってよく判ります。……姉のものが何でも欲しくなるんだって、言いましたよね。──まだあの癖、直ってないみたい」

最後は笑うような口調で言ったが、その顔は苦しげに歪んでいた。樋口は堪らなくなって、「もう帰ろう」と言った。

かおるはうつむいたまま首を振った。

「……あたしを、抱いてはもらえませんか。抱いてもらえなかった姉の代わりに」

冗談を言うな、という言葉を飲み込んだ。冗談どころか、ひどく真剣であることがはっきりと判ったからだ。樋口も一瞬、心が動きかけた。お互いにとって、それが何かの救いになるようにも思えた。

樋口は言った。

「駄目だ。そんなことをしても何にもならない。傷つくだけだよ。君が自分を責めたって、お姉さんが生き返るわけじゃない。いい加減に目を覚まして自分の人生を生きなさい。——わたしは帰るよ」

重要な情報を摑むことはできた。しかし今、すべては徒労だったようにも樋口には思えた。結局、誰も救われはしなかったのかもしれない。もう終わりにするべきなのかもしれない。犯人をこの手で捕まえられるなどと、ちらとでも考えたわけじゃあるまい？

立ち上がろうとしないかおるをカウンターに残し、勘定を済ませた。店を出るとき一度だけ振り返ったが、かおるはぴくりとも動いていないようにみえた。

「帰らないのかね」樋口は呼び掛けた。

「……ええ。もう少しだけ、一人で飲んでいきます。おやすみなさい」彼女は唇を歪めて微笑んだ。

「おやすみ」

一人になるのもいいかもしれない、お互いに。樋口はそう思いながら、店を出た。

細い階段を昇ってゆく間、スーツを着た男が一人、上で待っていた。すれ違うことも難しいほど細い階段だった。樋口は顔も見ずにその男の脇を通り抜けた。

三月二十八日、午後十一時を回った時のことだった。

5　二十八日午後十一時五分・稔

「ぼくは蒲生。蒲生稔」

そう名乗ったとき彼女が身体を強《こわ》ばらせたことに稔は気づかなかった。

女はかおると名乗ったが、稔は気にしなかった。彼女なのは間違いない。何と名乗ろうが薔薇は薔薇だ。

稔の記憶（未来の記憶？）にあるのと寸分違わぬグレーの服を着て、一番奥のスツールに腰を下ろしている。

今夜は彼女は泣いていた様子はなかったが、ひどく青ざめていた。きょろきょろと店内を見回し、額に汗をかいている。身体の具合が悪いのかもしれない、と稔は思った。

「迷惑なら、あっちへ行くけど——」

「いえ！　迷惑だなんて」彼女は慌《あわ》てた様子でさえぎる。

注文を取りに来たバーテンダーには見覚えがなかったが、稔が水割りを頼むと「アーリーでよろしいですか」と聞き返したのは同じだった。少しずつ、彼の幻想とは食い違うところがあるらしい。

かおるはまだグラス半分ほどのビールを残していたが、去っていくバーテンダーを、何か言いたげに視線で追いかける。

「何か、食べたいの？　頼んであげようか」

「え？　……いえ、そうじゃないんです」遠慮がちに微笑みかける。

やはり俺と一緒にいたいらしい。もはや、余計な時間をかける必要はなさそうだった。彼女こそ、求めていた女だ。彼女の方も、愛されたがっている。激しく。狂おしいまでに。——死ぬほどに。

「——出ない？　素敵なところを知ってるけど」

彼女は思案している様子だった。じらすつもりだと稔は思った。

「……いいですけど、ちょっと待ってください。お化粧、直して来ますから」

数分後に化粧室から戻ってきたとき、別段化粧を直したようには見えなかった。女には女の事情があるのだろうと考え、特に訊ねなかった。

二人は店を出た。勘定は、口もつけなかった水割り一杯とチャージだけ。彼女の方の支払いはもう済んでいるらしかった。どのみち出るつもりだったのだろう。ほんの少しの差で、またすれ違うところだったのだ。

階段を昇ると彼女は辺りを見回す。

「どうか、した?」

「……い、いえ。別に。……どこへ、連れていってくれるんですか?」彼女は怯《おび》えたように笑った。怯えることなんか、何もないのに。うぶなのだろうか、と稔は思った。

彼は微笑みながら答えた。

「素敵なところだ」

6 二十八日午後十一時五分・樋口

樋口は苦いものを噛みしめながら、ゆっくりと地下鉄の駅に向かって歩いていた。

どうして彼女を抱いてやらない？　まだお前のものは役に立つじゃないか。彼女を抱けば、下らない罪悪感なんか吹き飛んでしまうさ——。

不吉な胸騒ぎを覚えた。もしかおるまでもが殺人鬼の餌食《えじき》になるようなことがあったら、一体俺はどうやって彼女達に詫《わ》びたらいいのだ？　敏子を死なせてしまったことでこれほど罪の意識を感じているというのに。

下らない考えだと打ち消した。あの店には犯人が現れるはずはない。そこまで馬鹿ではない。——しかしもし、現れたら？　あるいは別のまったく関係ない男に声をかけられ、そいつも異常者だったとしたら？

樋口は立ち止まり、じっくり考えた後で、とにかくかおるは家に帰そう、と決めた。一人でこの街に置いていきたくはない。引きずってでも帰らせよう。

踵を返し、再び〝Mirror on the Wall〟へと足を向ける。既に店からは遠く離れ、ほとんど地下鉄の駅にまで来てしまっていた。

サングラスをかけた妙な女が辺りの人間に道を訊《たず》ねているが、みんな知らないらしく手を振っている。

「……すいません。この辺で、殺人があったホテルを知らないでしょうか？」樋口にまで訊ねてきた。

「殺人？──例の連続殺人のことですか」彼は顔を強ばらせ、聞き返した。

「え、ええ。そうですけど」

中年の女のようだったが、どうも素振りがおかしい。芸能人でもあるまいに、この深夜にサングラスをしているのも変なら、今時つばの広い帽子を目深に被《かぶ》っているのもおかしい。明らかに顔を隠そうとしているようだった。

樋口の頭の中で、けたたましく警告が鳴り響く。この女は怪しい。事件と何か関係があるのか？

「どうしてそんなところへ行きたいんです」彼はつとめて穏やかな口調で訊ねた。

「いえ、ただなんとなく……ご存じなんですか。知ってるんなら、教えてください」

彼が見つめると、そわそわと落ち着きなく身体を動かす。ちょっと頭がおかしいのかもしれないと樋口は思った。結局迷った挙げ句に名前と道を教え、先に立って歩きだす。方向が同じなので彼女は後ろからついてくる。

女が〝Mirror on the Wall〟に入っていく彼を、見送っているらしいのが判ったが、彼は無視し、階段を降りてドアを開けた。

かおるはいなかった。レジの男に訊ねる。

「わたしの連れの女性は、どうしたか知らないか」

「あ、あちらのカウンターの……？　ええ、後から来られた男性と出ていかれましたけど……」

後から来た男……？　斎藤が、戻ってきたのだろうか。

その時若い女の声が後ろから聞こえてきて、樋口はちらりと視線を飛ばした。

「やだあ、なんか気持ち悪い。あれ何？」客の一人がバーテンダーを捕まえて聞いている。

「どうかいたしましたか」バーテンが聞き返す。

「洗面所の鏡に、『警察に電話して』って書いてあるのよ」

警察に……？

かおるだ。樋口は直感的にすべてを理解した。俺と入れ違いに入ってきた犯人が、かおるに声をかけたのだ。俺と入れ違い？　――あの男だ。階段の上にいた男だ。畜生！

樋口は走り、女が出てきたらしい女性用トイレに飛び込んだ。薄いピンクでまとめられた清潔な洗面所の大きな鏡には、口紅で大きく、『警察に電話してください。連続殺人鬼の名前は、蒲生稔。今から一緒にホテルへ行きます　島木かおる』と書いてあった。

「何てことだ」樋口は呟いた。

馬鹿な真似を。何て危険なことを。

蒲生稔。もし彼女を殺したりしたら、俺がお前を殺してやる。

その名前を、樋口は脳裡《のうり》にしっかりと刻みつけた。

7　二十八日午後十時四十五分・雅子

雅子は狂ったように歩き回っていた。六本木までずっと気づかれずに後をつけてきたのに、地下鉄の階段を昇ったときにはもう息子の姿を見失っていたのだ。どっちの方向へ行ったのかも判らない。

どうしよう。どうしよう。また人を——女を殺しにきたのだろうか。どうすればいいのだろう。相手は決まっているのだろうか。それともこれから探すのだろうか。それなら今日はまだ、大丈夫かもしれない。そういえば、この近くで殺された女がいたはずだ。あれは確か……そう、二月の事件だ。青山の方のホテルで見つかったはずだ。そっちの方へ行ってみようか。

といっても青山のホテルというのも判らない。さんざんうろついた後で何人かの人に声をかけ、ようやくのことで教えてもらい、そちらへ歩き始めた。

見つけられるかどうか不安になったとき、さっき道を教えてくれた男が走って追い抜いていった。一体、何なのだろう。

遠くからパトカーのサイレンが響いてきた。よくあることだ。東京ではきっと、四六時中どこかでサイレンが鳴り響いているに違いないのだから。

そう思おうとしたが、胸騒ぎはサイレンの音が近づくにつれて高まった。

後ろから追い抜いていくパトカーもあった。雅子は足を速め、ついに走り出した。

さぞかしけばけばしいネオンがあることだろうと思っていた雅子は、意外にも落ち着いたその様子から別のホテルかと思ったが、続々とパトカーが止まり始めるところを見て、ここに違いないと考えた。

ここであの子はまた……？　雅子は十メートルほど離れたところに立ち尽くしたまま、何をすべきか判らないでいた。

血のような色をした赤色灯の光が、そこら中を狂ったように飛び回っていた。

間に合わなかったのだ――。

雅子は呻《うめ》き声を上げ、急に力が抜けるのを感じたときにはもう、歩道に膝をついていた。

8　二十八日午後十一時十五分・樋口

パトカーのサイレンが鳴っている。いくらなんでも早すぎやしないだろうか、と考えながら樋口は必死で走った。

あのサングラスの中年女を追い抜いたことにも気づかなかった。

すぐに息が切れ始めた。長い間、これほど必死で走ったことなどないのだ。膝の関節に激痛が走り、転びそうになった。動悸《どうき》が激しくなり、心臓はワイシャツの胸を突き破って弾け飛ぶのではないかと思った。

かまうものか。どうせ死にぞこないだ。死ぬまで走れ。さもなきゃ、また若い女を死なせることになる。死ぬならお前が死ね。お前が。

一度だけ前まで行ったホテルのネオンが見えた。読めないアルファベットの並んだ名前だ。不思議なことに制服らしい濃いブルーの服を着た女が、ホテルの前で心配そうに身体を揺らして立っている。

「――！」叫んだつもりだったが、言葉にはならなかった。

女は走ってくる彼を手招きし、中を指差している。「早く来てください！　早く！」

もう既に、何かが起きている。この女が警察を呼んだのだ。だからこんなにサイレンが近づいてくるのだ。

女の前でまろびつつ立ち止まり、「何が……何があった」と絞り出すように言った。

「お、女の人が……お、男の人と……ほ、包丁で……」

要領を得ない。樋口は身振りで案内するように示し、よろよろと車の入る入り口へと入っていった。エレベーターに一緒に入ると、女は四階のボタンを押した。樋口は壁にもたれ、ずるずると下へ落ちそうになるのを必死でこらえなければならなかった。

焼けそうな肺よりも、破裂しそうな心臓よりも、絶望感が彼を押し潰そうとしていた。

俺はこの手で触れたものをみな死に至らしめてきた。死神だ。俺こそが、タナトスとやらいう死神なのだ。

エレベーターのドアが開き、泳ぐように樋口は外へ出た。右側のドアが開いている。

「そ、そ、そこです、そこ！」女は中から出ようとはせず、ただ指で示した。

樋口は中に踏み込んだ。

乱れたベッドの上には、服を着たままのかおるが身動きもせずに横たわっている。奇妙なことにその耳にはベッド脇に置かれたポータブルCDプレイヤーからのイヤフォンが差し込まれていた。

「かおる！」樋口は名を叫び、ベッドに駆け寄ろうとして別のものに気づいた。男だ。若い男が、腹に包丁を突き立て、ベッドの脚側に凭《もた》れるようにして絶命している。デニムのジャケットを着、ジーパンを穿いた男だ。これが、犯人……？だとしたら店の前で見た男でないことは確かだった。バーテンの証言から作ったモンタージュともあまり似ていない。そしてその男の傍らに、三脚のつけられたビデオカメラらしきものが横ざまに倒れている。

かおるの反撃に会い、刺されたのだろうか？　そんな状況には見えなかったが、それより解釈のしようがなかった。

樋口はかおるに駆け寄ると、肩を摑んで揺さぶった。首に赤い輪ができている。何かで首を絞められた跡だとすぐに判った。

頼むから、生きていてくれ。お願いだ。お願いだ。

胸に耳を当てるが、自分の心臓の音がうるさくて、何も聞き取れない。首に手を当てると、微かに脈が感じられた。

「起きろ、起きろ、かおる。頼むから起きてくれ」

瞼が揺れた。細く開き、やがて焦点が定まった。

「……樋口さん……？」

「そうだ。俺だ」

かおるは樋口の首に両腕を回し、しがみついてきた。樋口は自然、彼女に覆い被さるような形になったが、気にしなかった。

「よかった」彼は言った。

かおるが泣き出した。喉の奥から込み上げるような激しい咳を繰り返し、肩を震わせる。

「よかった」彼はもう一度言った。自分も泣いていることには気づかなかった。

9　二十八日午後十一時十五分・稔

稔は混乱していた。何故あの女は土壇場になって抵抗を始めたのだ？　俺に愛されるためにあそこへやってきたはずなのに。何故だ？

そして何故あんな邪魔が入ったのだ？　一体何故？

何故俺はそもそもあんな女を愛そうなどと思ったんだ？

数え切れない疑問符が、稔を覆っていた。何故、何故、何故。

非常口から出た彼は、一番近い千代田線の乃木坂駅に辿りつき、運よく滑り込んできた電車に乗って自宅へと向かった。

何故俺はあの女達を選んだのだ？　何故？

そう、彼女達はみんな美しかった。目のない男達は平凡な美しさと見るかもしれなかったが、彼女達は光り輝いていた。白い肌、豊かな胸と腰、端正な顔立ち――限りなく、限りなく本当の美に近かった。

かおると名乗った彼女を天国に行かせてやろうとしていたとき、一瞬、垣間見えたものがあった。愛するべきなのは、こいつではないと。では誰か？　では誰なのか？

それを必死で考えていたとき、あいつが部屋に飛び込んできて邪魔をした。

「その人から手を放すんだ」

「……どうして……ここへ……？」稔はかおるの首にかけたベルトの端を持ったまま、呟くように言った。

「あんたは病気なんだ。病気なんだよ。――その人から手を放せ」

病気……？　俺が病気？　――何も判っちゃいない。俺はただ、他の連中にはその存在すら知り得なかった、真実の愛への階段を昇っているに過ぎないのに。

しかし、そんなことを説明したところで判ってもらえるとはもちろん思っていなかった。理解できるのは稔のように、選ばれた人間だけなのだから。そんなつもりはなかったが、ああなっては殺さざるを得なかった。

稔は説得に耳を傾ける振りをしながらベッドを降り、すばやく鞄に手を入れると、タオルにくるんだ包丁を取り出していた。顔色を変えた男に、稔は身体ごとぶつかっていった。肉切り包丁の刃は、ちょうど彼の胃の辺りにするりと入り込み、稔はほとんど返り血さえ浴びなかった。男はしばらく自分の腹に突き出た包丁の柄を見つめていたが、やがてよろよろと後ずさり、稔が立てておいた三脚にぶち当たってベッドの足元に崩れ落ちた。

その時、これまで気に留めないでいたいくつかのことが結びつき、事の真相がおぼろげながら見えてきた。

庭から消えていた二つのビニール袋。テープを入れっぱなしにしていたビデオカメラが、憶えもないのにテレビ台の中にしまってあったこと。いつも、そして今日もずっと誰かに見張られているような気がしていたこと。

気づかれていたのだ。俺のしていたことをすべて。何もかも。

これでもう、何もかもおしまいなのだろうか。俺は結局、この探索を終えることができないのだろうか？　見つけたと思っては指の隙間をすり抜ける、愛という名のこの不確かな獣を、俺はついに手に入れることができないのだろうか？

——本当に、愛しあうべきは誰だったのか？

江藤佐智子、えりか、敏子、マキ……そしてかおる。彼女達は一体何故俺に選ばれたのだ？

似ていた。彼女達はみんな似ていた。俺自身に。かつて「可愛いわね」と言われていた頃の俺自身に。——そして、もちろん母さんにも。

似てる誰かを愛せるから

閃光のように炸裂する記憶があった。

子供の頃、母を愛していた。心から愛していた。ある夜におしっこをしに起き、父が母をいじめているところを見た。母の股の間に顔を埋め、母を泣かせていたのだ。

しかし母は抵抗しなかった。いじめられるがままになっていた。

翌日、昼寝をしている母を見たとき、心が騒いだ。白い太股に触れるのも久しぶりだった。スカートをそっとまくり上げ、腰まであるズロースの、股の部分をめくろうとしていた。父さんが何をしていたのか判ると思ったのだ。

その時父さんが部屋に入ってきた。赤鬼のようになって怒りだし、「エロガキ」とか「ヘンタイヤロウ」とか訳の判らないことを言い、稔をぶち、驚いて目を覚ました母さんもぶった。

恐怖と恥辱と後悔で、稔は泣き叫んだ。

今、彼はすべてを思い出し、あの頃に戻っていた。

母さん。母さん。愛してくれていたはずの母さん。どうしてあんな男のいいなりになっていたの？　美しい母さんを汚し、泣かせていた男に。

でももう、何も迷うことはない。母さんはぼくのものだ。

今から行くからね。

10　二十八日午後十一時二十五分・樋口

一体ここで何が起きたのかは、まだ判らなかった。細かいことを問いただすこともできなかった。しかしもう、どうでもよかった。かおるは死ななかった。危ないところだったが、助けることができた。

美絵も敏子も助けることができなかったが、かおるだけは死ななかった。樋口にはもうそれで充分だった。

かおるはベッドに腰掛けた樋口の左腕にしがみつき、肩に頭を乗せて目を閉じている。小刻みに身体が震えているのが、少しずつ静まってゆく。もしかするとその震えは樋口自身のものだったのかもしれない。全力疾走のせいで激しかった彼の脈や呼吸も、ゆっくりとではあるが元に戻っていく。まだ、血管が破裂して死ぬことはなさそうだった。

もう充分だ。もうこれで充分だ。

樋口は何度も心の中で繰り返していた。

幸いすぐに捜査本部から駆けつけてくれた野本のおかげで、樋口は警官達に何度も同じ説明を繰り返す必要はなくなったが、救急車で運ばれるかおるに付き添うことは許されなかった。担架に乗せられて部屋から出ていくとき、かおるが樋口に向かって頷いてみせたので、彼は言った。

「後で必ず行く」

かおるは青ざめた顔に、弱々しい笑みを浮かべさえした。彼女が見えなくなると、樋口はどっと疲れを覚え、よろよろとベッドに腰を下ろした。死体を撮影するフラッシュが焚《た》かれ始めるのを、野本はちらりと見て、樋口に向かい言った。

「どれほど軽率なことをしたか、判ってるんでしょうね」

「……ああ」

呼吸が落ち着いたのに、今度は両手が震え出しているのに気づいた。彼女を死なせるところだった。俺はまた、女を一人死なせるところだったのだ。

しかし野本はそれ以上彼を責めるつもりはないらしかった。

「それで、一体何があったんです。あんたがこいつを……？」

「いや。そうじゃない。来たときにはもうそいつは死んでた」

「……じゃあ、彼女が？」

樋口は必死で状況を思い返し、その可能性についてもう一度検討した。

「いや。そうは思えない。見つけたとき彼女は意識がなかったし……もしかしたら、観念して自殺したんじゃ……？」

「まさか。争ったように見えますがね。――まあ、それは後でゆっくり島木さんに伺うとしますか。供述書を、作らせてもらえますね」

今日は疲れたから帰らせてくれ、とはさすがに口にできなかった。実際彼はもう、立ち上がれるという自信もなかったのだが。

「……ああ」

樋口は立ち上がった。

一緒にホテルの外へ出ると、パトカーの列の中、何人かの野次馬が立ち止まっている。こそこそと逃げ出そうとするカップルが何組か、警官に止められている。不倫でもしていて、表沙汰になることを怖れたのだろうか。

ふと見ると、ホテルの道を彼に聞いたサングラスの女が、路上にへたりこんで惚《ほう》けたような顔をしている。すっかり忘れていたが、事件と無関係とは思えない女だ。野本に、待ってくれと目で合図し、彼女に近づいた。

「……もしもし。どうかなさいましたか」

女はのろのろとこちらを向いた。

「——中で……中で、何があったんでしょうか」

「男が一人、死にました。殺人犯だ……と思う」

それを聞いた途端、女は声を上げて泣き始めた。

野本が近づき、樋口に目で問う。

「……犯人と、関係ありそうなんだが」そんな曖昧な答え方しかできなかった。

野本は坐り込んでいる女に近づき、肩に手をかけた。

「あんた、名前は？　殺人犯を知ってるのか？」

女は首を振り、泣くばかりで答えなかった。

「駄目だな、こりゃ。このままにしとくわけにもいかんし……とりあえず車に乗せましょう。手伝ってください」

野本はそう言うと、女の脇に手を入れ、無理矢理に立たせた。樋口も手を伸ばし、反対の腕を摑《つか》み、二人してパトカーに連れて行くと、落ちそうになるハンドバッグを野本はひょいと片手で拾い上げ、中へ引っ張り込んだ。

「ちょっと失礼するよ」野本は奥に坐ると、小さなバッグを開く。彼女は気づかない様子でただ泣いている。彼は中を引っ掻き回すと財布を取り出し、中に収められた数枚のカードを抜く。運転席にいた若い制服警官が、何事かと振り返って見つめる。

樋口が身を乗り出して手元を覗き込むと、カードには「ガモウ　マサコ」とあった。

背中を冷たいものが走った。蒲生――！

「犯人と苗字が同じだ」

樋口が呟くと、女はぴくりと反応し、再び嗚咽《おえつ》を高めた。

二人でバッグの中身を徹底的に調べた結果、百貨店でしたらしい買い物の「お客様控え」というのが一枚見つかった。届けてもらったのか、「蒲生雅子」という名前と中野区の住所が書かれてある。

その時、ホテルの入り口から担架が運ばれてきたのを見つけ、野本は咳払いして言った。

「……奥さん。すみませんが、死体――遺体を確認していただけませんか」

女ははっとした様子で顔をあげると、狂おしい表情を浮かべて首を巡らせ、運ばれてくる担架を見つけた。喉が痙攣《けいれん》しているが、泣き声はやんでいる。歩道側にいた樋口がドアを開けて降りると、女はよろよろと路上に降り立ち、泳ぐように担架へと向かう。

「おい！　その人に見せてやってくれ」野本が声をかけると、担架を運んでいた男達は立ち止まり、死体を覆っていた毛布をめくって見せた。女は倒れこむように担架にしがみつくと、再び大声で泣き始めた。

樋口は後ろから近づき、女の肩に手をかけると、訊ねた。

「……あんたの、息子さんなんだね？」

返事はなかったが、女は何度も頷いているようだった。

近づく野本に、樋口は言った。

「――母親らしい。この様子じゃ今日は事情聴取はできんな。渋谷署に行くんなら、家に送り届けたらどうだ。他の家族の話も聞けるかもしれんし」

野本はいらぬ口出しに気を悪くしたような表情を浮かべた。

「あいにくまだわたしはここを離れるわけに行きません。――樋口さんが送ってくだされば、本部へ回る頃にはわたしも着くと思いますが」

「わたしは構わんよ」

野本は軽く頷くと、先程のパトカーの警官に、女を中野へ送った後、樋口を捜査本部へ連れて行き、供述書を作成する必要があることを説明した。

女を乗せ、樋口がその隣へ乗り込むとパトカーはゆっくりと走り出した。

11　二十九日午前一時・稔

自宅に着いたのは、一時を回っていた。愛はもう寝ているだろう。起きていたってかまやしない。母さんは、どうしているだろう。寝ているのだろうか。それとも彼が帰ってくることを知り、待っているだろうか。

ビデオカメラやCDプレイヤーの入った鞄はホテルに忘れてきてしまったが、あんなものはもういらない。本当の愛さえあれば、あんなものはいらなかったのだ。それにあの歌はもうとっくに暗記していて、プレイヤーなどなくても構わなかった。

母さん。今行くよ。

12　二十九日午前零時五十分・樋口

蒲生雅子は、パトカーに乗ってからは、痴呆《ちほう》のようになって一言も口を利《き》かず、泣き声ひとつあげなかった。じっと宙を見つめたまま、半分口を開けて身動きもしない。息子が死んだショックが、あまりにも大きかったのだろうか。それにしても、この女は何故、あのホテルに行こうとしていたのだろう。息子が殺人を犯すかもしれないことを、知っていたのだろうか？

樋口は女から言葉を引きだそうとするのを諦め、今頃病院に到着したはずのかおるに想いを馳せた。

かつて警告はしたものの、本当に殺されかける羽目になるなどとは樋口も思っていなかった。彼女が死んでいたら――もし彼女が死んでいたら。そう考えると、慄然《りつぜん》たる思いで身体が震えるほどだった。もしそんなことになっていたら、俺は百万回殺されても文句は言えない。

中野区に入ると、運転する若い警官には馴染みのない土地なのか、何度も住所を確認し、地図と照らし合わせながらのろのろと進んだ。

見覚えのある土地に出たのか、蒲生雅子の様子が少し変わった。運転席の背に手をかけ、驚くほど落ち着いた声で、言った。

「運転手さん、その先で下ろしてくださらない？」

「運転手さん」と呼ばれた警官が訝《いぶか》しげな表情で樋口の方を振り向いたので、彼は頷いてやった。

「……蒲生さん、さぞショックだろうが、よかったら事情を説明してくれんかね」

「事情？　何の事情です？　――あたし、早くうちに戻って夕飯の用意をしないといけないんです。みんな、待ってるんです」

「夕飯って、あんた――」

そう言いかけて樋口は、暗闇の中に光る彼女の瞳が、ひどく虚《うつ》ろなことに気づいた。単なるショック症状なのか、気が狂ってしまったのかは素人の彼には判断できないが、まともな状態でないのは確かに思えた。彼女は、自分がさっき見たことをすべて否定しようとしている。事情聴取をするためには、医者の助けが——神経科の医者の助けが必要になるかもしれない、と樋口は自分の仕事のように考えた。

パトカーが住宅街の四つ辻で止まると、雅子は自分のバッグから財布を取り出し（中身は樋口が戻しておいた）、「運転手」に訊ねた。

「おいくらかしら？」

「……わたしが払いますから、結構です」

「あら、そう。すいませんねえ」

樋口はドアを開けて降り、雅子が降りる間支えておいてやった。

彼女はすたすたと歩きだし、一軒戻ったところの門の中に消えた。樋口は警官に待つよう声をかけると、慌てて後を追う。

雅子が入った家は、ごく普通の二階建の家らしいということしか、暗くて分からない。玄関の明かりも門灯も今は消されていたが、二階の窓の一つだけは明るい。誰かまだ起きている家族がいるようだ。木の表札には毛筆で、「蒲生」とだけ書いてある。おかしくなってはいても、自分の家を間違えはしなかったようだ。酔っぱらいが自分の家を間違えないのと同じようなものなのだろうかと樋口は思った。

雅子はインタフォンなど鳴らさず、鍵を開けていた。

「ちょっと、奥さん……」

樋口が声をかけた時にはすでに遅く、彼女は玄関へ入り込んで引き戸を閉めてしまっていた。慌《あわ》ててコンクリートの段を登って扉にたどり着いたときには、無情にもかちゃりと錠の掛かる音が聞こえてきた。一応扉をがたつかせてみるが、やはり鍵をかけられたらしく開かない。

「奥さん！　奥さん！　ちょっと話があるんだ。開けてもらえないか！」

扉越しに、彼女が靴を脱ぎ、中へ上がる気配が伝わってきた。彼の言葉など耳に入っていないようだ。起きているらしい家族が降りてきて開けてくれるといいのだが。

しばらく扉をがたつかせ、門柱にあったインタフォンを使おうと踵《きびす》をかえした時だった。頭上から悲鳴が聞こえてきた。長い長い、尾を引くような女の悲鳴だった。するするとバックしてきていたパトカーが門の外で止まり、警官が何事かとこちらを窺った。

「破って入るぞ！　手伝ってくれ！」

樋口の言葉に、警官は一応パトカーを降りたものの、文句を言った。

「……管轄《かんかつ》が違いますし、連絡しないと……」

「馬鹿野郎！　ただ事じゃないんだ。何が起きてるか判らん」

「だって……犯人はもう死んだんでしょう？」

そう言いながらも、悲鳴を聞いたからだろう、腰の警棒で引き戸のガラスを叩き割ると、そっと手を差し込んで錠を開いた。樋口が扉を引き開けて中へ飛び込むと、警官はホルスターから拳銃を取り出し、構えながら摺《す》り足で玄関に入ってきた。

「俺を撃つなよ」

半ば呆れながら言い、樋口は靴を脱いで上がった。

「何があった！　奥さん、どこにいるんだ？」

家の中は真っ暗で、彼らの荒い呼吸音しか聞こえなくなっていた。見回すと、玄関からすぐ伸びている階段の最上部がほのかに光っているのが判った。明かりがついていたのは二階だったし、悲鳴も上の方から聞こえてきたようだったから、何かあったのは二階だと考えて間違いなさそうだ。樋口は警官に目で合図すると、階段をそっと昇り始めた。時折ぎしぎしと階段が軋む。――何か、危険が待ち構えているのだろうか。

まさか。拳銃が必要となるような。

殺人鬼は死んだはずだし、そうでなかったとしても、性倒錯者のほとんどは警官に立ち向かうほどの勇気はない。

樋口が二階にたどり着くと、すすり泣くような声が聞こえた。廊下の右奥に開いた襖《ふすま》があり、そこにさっきの女がぺたりと尻を畳につけて座り込んでいる背中が見えた。彼は後ろから昇ってくる警官に頷くと、ゆっくりと近づいた。

部屋の中が見えた。六畳ほどの和室だ。右側の床の間には山水画の掛け軸、花器にはユキヤナギが活けられている。奥は障子が開いていて、その向こうのアルミサッシの窓との間は板の間になっていた。家具は、テレビと桐のタンス、そして二畳分ほどのホットカーペットの上に布団が敷かれていて、掛けぶとんと毛布は、乱暴に剝いだように脇にのけられていた。

その布団の上に、男はいた。そしてもう一人の女も。

女は全裸で、首に黒い皮のベルトを食い込ませていた。端正な顔立ちだが、顔にはいくつか皺が刻まれ、髪にも白いものが混じっている。彼が頰擦りをしている乳房のだらしなく両側に垂れているのが、痛々しい。

そして男もまた全裸でのしかかり、至福の表情を浮かべながらその女——血の気が引いて青黒くなった死体——と交わっていた。恍惚のあまりか、とっくに正気をなくしているのか、闖入者《ちんにゆうしや》にも気づかない様子で腰を動かしている。

若い警官はそれを見るなり二、三歩後ずさり、廊下にげえげえと戻し始めた。

戸口にへたりこんで泣き続けていた雅子もようやく樋口と警官に気づき、絶望的な目つきで彼らを振り向き、見上げる。

やがて彼女が両手で顔を覆い、畳に突っ伏して叫び始めたとき、全裸の男は初めて観客がいることに気づいたらしくこちらを見た。

「ああ、ああ、何てことなの！　あなた！　お義母《かあ》さまに何てことを！」

後はただ、背中を震わせて泣き続けるばかりだった。

＊＊＊

三月三十日付朝刊一面トップ
『殺人容疑で大学教授逮捕――ホテル連続殺人事件捜査本部は、昨日未明、私立東洋文化大文学部史学科助教授、蒲生稔（四三）を実母蒲生容子《ようこ》さん（六五）殺害の容疑で緊急逮捕した。動機については不明だが、捜査本部は、昨日午前零時頃に青山のホテルで起きた長男の信一《しんいち》さん（二〇）殺害事件及び、ホテル連続殺人事件との関連を追及している。また、昨年十月には、東洋文化大生が殺されるという事件が起きており……』

●参考文献

「殺人評論」下川耿史著（青弓社）
「殺人百科」コリン・ウィルソン著　大庭忠男訳（彌生書房）
「殺人ケースブック」コリン・ウィルソン著　高儀進訳（河出書房新社）
「現代殺人百科」コリン・ウィルソン著　関口篤訳（青土社）
「性の逸脱」A・ストー著　山口泰司訳（岩波書店）
「ｉｍａｇｏ」一九九二年三月号（青土社）

キルケゴールの引用は、中央公論社の「世界の名著51　キルケゴール」より桝田啓三郎氏の訳を、また、各章冒頭のエピグラフはヘシオドスの「神統記」廣川洋一訳（岩波文庫）より引用させていただきました。

文庫新装版　あとがき

　本作は今でこそぼくの「代表作」のように扱われ（笠井さんが文庫解説にそう書いてくれたからか？）、こうやって新装版も出してもらえることになったものの、実のところ二十五年前に単行本で出した時には初版数千部で結局重版もかからなかった。最終的に残った在庫を断裁する際に二十冊ほどもらったりもしたから初版も結構余っていたのだろう。文庫になってからようやく少しいい数字が出るようになり、それからも毎年思い出したように少しずつ少しずつ売れ続け、ぼくの小説作品としては結局一番部数の出ている作品となった。今は電子書籍版もあるが、そちらでも断トツでこれだけが売れている。複雑な気分である（ある一作が売れている、と考えれば喜ばしいことだが、他の作品が売れていない、と考えると途端に悲愴になる）。

　久しぶりにゲラで読み返してみると、自分で思っていた以上に歪《いびつ》で乱雑な構成だったことに驚いている。今これを書くとしたら、もうちょっとスタイリッシュな構成を目指したのではないか。文章も、自分のものとは思えないほど装飾過多だ（あくまで自分基準では)。

　あの頃、築数十年のエアコンもない2Kのアパートの一部屋が寝室兼仕事場だった。結婚してまだ数年の妻は、仕事中、ほぼ隣の部屋にいたのだろうと思うが、あの頃を振り返って「あれを書いてるときはちょっとおかしかった」と言う。自分では特に気づいていなかったが、多分そうだったのだろう。この時ばかりは計算とか以前に、ある種の情念に突き動かされているようなところはあった。


　そんなわけでいつものことですが、あくまでも昔の自分が書いたもの、ということでこの新装版でもほとんど手は入れていません。

　一点だけ気になったのは、やはり時代の違いですね。ケータイとかが出てこないのはまあ当然として、「景気がいい」とか「(深夜) タクシーが拾えない」とか書いてあるのに苦笑しました。夜の街で終電過ぎても飲んでいる人たちの方がタクシーの数よりずっと多くて、呼んでも一時間二時間待ち、なんて時代があったんです。規制緩和のせいでタクシーの台数が増え、経費でタクシー代がなかなか落とせない会社も増えた今、当時を経験してない人には分かりにくいのではないでしょうか (地方の方の誤解も招きかねない?)。

そういった拭いがたい時代性のようなものはありますが、大筋は別に二十五年後の現在でも何ら違和感ない物語ではあると思います。せっかくこうやって新装版を出していただけるのですから、多くの新しい、若い読者の目に留まることを願います（もちろん旧版をお持ちの方がコレクター的に買っていただいてもウェルカムですが、さっきも書いたように中身はほぼ変わっておりません。このあとがきがついたのと表紙が最大の違い）。

かつては「名作はいつまでも読めるもの」と思っていた文庫の世界も、今や大抵のものは「見たときに買っておかないとそのうち手に入らなくなる」のが当たり前になってしまいました。そんな中で、爆発的に売れたこともない、映像化されたとか何か特別話題になったわけでもない作品を、こうやってずっと出し続けていただけるのは大変ありがたいことです。手書きPOPを置いて応援して下さった書店の方々（何度か実際に見ました）、折に触れネットや書評に名前を出していただいたプロ・アマレビュアーの方々（芸能人の方が何かで名前を出してくれた、と聞いたこともあります）、そしてもちろん、何かの情報で本を手に取り買って下さった方々。ここで書いても伝わらないかもしれませんが、すべての方に御礼申し上げます。

二〇一七年八月

我孫子武丸

●解説

以下の文章は、本書のトリックや犯人に言及しています。本文の読了後に、この解説を読むようにして下さい。

笠井　潔

本書『殺戮《さつりく》にいたる病』は、我孫子武丸の代表作である。また同時に、現代本格における叙述トリックものの代表作でもある。文庫版の読者は、本書を読了して呆然としているに違いない。『殺戮にいたる病』が読書にもたらす「呆然」感の意味について、以下、多少とも考えてみたい。

現代本格とは一九七〇年代の後半から、現在にいたる本格探偵小説を意味する。ミステリ文学史に即していえば、「幻影城」以降ということになるだろう。雑誌「幻影城」は、長いこと社会派ミステリに圧倒され、ミステリシーンの片隅に追いやられていた本格探偵小説を、新しいテーマやモチーフにおいて現代に甦らせる役割を果たした。「幻影城」出身作家の代表格が連城三紀彦だが、連城は叙述トリックを多用する作風という点でも、綾辻行人の「館」シリーズから折原一の「倒錯」シリーズまで、現代本格に多大の影響を及ぼしている。

八〇年代前半の沈滞期を経過した後、現代本格は綾辻行人の『十角館の殺人』(一九八七年)で、画期的な飛躍をとげる。綾辻以降の現代本格作家は、ジャーナリスティックに「新本格」とも呼ばれた。我孫子武丸もまた、「新本格」作家の一員としてデビューする。

おなじ「幻影城」作家でも、年長の連城三紀彦や泡坂妻夫の作品には希薄である要素が、年少である竹本健治の『匣《はこ》の中の失楽』や栗本薫の『ぼくらの時代』では中心に位置している。狭苦しい場所に閉じ込められ、ブロイラーのように強制的に飼育されているという生の不全感、空虚感、窒息感。ようするに大量生の時代の病理である。それが竹本作品や栗本作品では、犯罪の動機など作品空間の中心を占めていた。「幻影城」時代には分離していた、竹本＝栗本的な主題性と連城的な方法意識を新世代の発想で結合しえたところに、『十角館の殺人』の画期性がある。

大量生の時代の病理は、一九八〇年代の十年間を通じて、ほとんど日本社会の全体を呑み込んでしまう。たとえば綾辻は『十角館の殺人』で、学生の集団飲酒による中毒死事故を扱った。また法月綸太郎は『密閉教室』で、学校空間における死亡事件を主題化している。いずれも一九八〇年代に頻発《ひんぱつ》し、現代社会の病理的徴候として注目されたタイプの事件である。もちろん事態は、二十一世紀の今日まで基本的に変化がない。イジメ自殺事件の増加に見られるように、むしろ悪化している。

蒙昧《もうまい》な評者から、しばしば「没社会的」であると非難された綾辻以降の現代本格作品に、じつは八〇年代における時代の病理的徴候が、必然的なものとして刻印されていた。綾辻、法月に続いて登場した我孫子武丸が、金属バット事件で明け宮崎事件で暮れた八〇年代の、平凡な家庭を蝕《むしば》む病理を抉《えぐ》り出そうとしたのも当然だろう。『殺戮にいたる病』という作品には、以上のような時代的背景がある。

現代家庭の荒廃や空洞化は、アメリカではスティーヴン・キングのモダン・ホラーや、ジョナサン・ケラーマンなどのサイコ・サスペンスの大流行をもたらした。しかし『殺戮にいたる病』は、ホラーでもサスペンスでもない。現代の本格探偵小説として書かれた作品である。しかも本格探偵小説では、主題性を主人公の観念や行動に仮託して描くという、近代小説では一般的である創作方法が、あらかじめ禁止されている。小説作品として時代性や社会性と緊張した関係を保ちながら、同時に本格作品としても卓越しているという二重性は、容易に達成できるものではない。

本書の場合には、そうした困難きわまりない課題に挑戦する決定的な武器として、叙述トリックが活用されている。叙述トリックでは、作中の人物や時間や空間を意図的に混乱させる方法が、しばしば用いられる。小泉喜美子の代表作は人物トリック、折原一の代表作は時間トリックとして整理できるだろう。究極の叙述トリックは、アガサ・クリスティの『アクロイド殺人事件』を先駆とするテクスト・トリックだ。このトリックは、読者の前に置かれたテクストの性格に、意図的な混乱を持ち込むことによって成立する。たとえば竹本健治の主要作には、テクスト・トリックの要素が濃厚である。テクスト・トリックが徹底化されるとき、本格探偵小説は二〇世紀の前衛文学の世界に接近せざるをえない。

『殺戮にいたる病』の基本は人物トリックである。それも父親を息子に、息子を父親に誤認をさせるという一点に絞って、叙述トリックが仕掛けられている。現代本格の叙述トリック作品としては、シンプルな構成といえるだろう。人物や時間や空間の、それぞれに二重三重の叙述トリックを仕掛けるなら、最後まで読者を欺瞞《ぎまん》することも、比較的容易なことかもしれない。しかし、それでは構成が複雑になりすぎて、謎解きのカタルシスが水増しされる危険性がある。『殺戮にいたる病』は、人物トリックという大業《おおわざ》一本に込められた作者の気迫が、読者を圧倒する傑作である。

アメリカでも日本でも家庭内の暴力は、現代家庭の荒廃を象徴する深刻な問題である。しかし両国では、基本的な傾向として家庭内暴力の性格が異なる。アメリカでは父親による母子や、母親による子供への暴力が問題とされている。しかし日本では、子供による母親への暴力がきわめて多い。核家族化の進行にともなう過度の母子密着が、日本的な家族病理現象の背景には潜んでいるようだ。それは金属バット事件のような家庭内の暴力事件と同時に、宮崎事件に代表される性犯罪にも、日本に固有の影を落としているに違いない。

濃密な母子関係を中心とする家庭において、父親の存在感は必然的に希薄である。逆に父親の不在が、過度の母子密着をもたらしたともいえる。しかし以上のようなことは、小此木啓吾や岸田秀や町沢静夫の啓蒙的な心理学書でも指摘されている程度の、きわめて一般的な認識にすぎない。こうした心理学的図式を、そのまま小説化してみたところで、たぶん読むに値する作品とはならないだろう。

『殺戮にいたる病』の結末では、絞殺した老女を屍姦《しかん》する男を目撃して、妻の雅子が次のように叫ぶ。「ああ、ああ、何てことなの！　あなた！　お義母《かあ》さまに何てことを！」。この絶叫において、はじめて蒲生稔の正体が、読者の前に暴露される。作者が仕掛けた人物トリックは完成し、最後まで欺瞞されていた読者は、ひたすら呆然とせざるをえない。

だが、読者の「呆然」感には、もうひとつ裏がある。作者の叙述トリックにのせられて、それまで稔＝息子であると信じてきた読者は、稔＝父親という予想外の真相を突きつけられ、愕然とすることだろう。同時に、結末における息子と父親の役割交換は、「息子＝父親」という不気味な等式を、否定できない鮮烈性で読者に印象づける。

「息子＝父親」の等式。それは現代日本における家庭の荒廃の背景として、多数の心理学者が指摘するところでもある。まさに連続猟奇犯罪者の稔がそうであるように、現代日本の父親とは、「父親」としての成熟を拒否した永遠の「息子」なのだ。それが家庭における父親不在を、過度の母子密着を必然化する。

『殺戮にいたる病』は、人物を中心とした叙述トリックに成功した結果として、それ自体としては平凡だろう心理学的認識に、鮮やかな小説的発見をもたらしえている。読者は結末で、作者が仕掛けた叙述トリックに驚嘆すると同時に、「息子＝父親」の図式に象徴される現代日本の家族病理に直面する。読後の「呆然」感には、この両者が二重化され、畳《たた》み込まれているのではないだろうか。

我孫子武丸は「叙述トリック試論」で「叙述トリックには、ただ読者をだますというだけでなく、ときおり世界が崩壊するかのような錯覚をもたらす効果がある。読者はずっと登場人物や舞台の属性について誤認しているのであるから、それも当然のことである。そういった〝騙《かた》り〟と作品のテーマが一致したとき、深い感動を与える傑作が生まれる」と述べている。この評言は、我孫子自身による『殺戮にいたる病』にも、充分に当てはまるものといえるだろう。

「夢をあきらめないで」「はぐれそうな天使」「見送るわ」
日本音楽著作権協会(出)許諾第1709644-542号

本書は一九九二年九月単行本(小社)、九四年七月講談社ノベルス、九六年十一月文庫として刊行されたものの新装版です。

|著者| 我孫子武丸　1962年、兵庫県生まれ。京都大学文学部哲学科中退。同大学推理小説研究会に所属。新本格推理の担い手の一人として、'89年に『8の殺人』でデビュー。『殺戮にいたる病』等の重厚な作品から、『人形はこたつで推理する』などの軽妙な作品まで、多彩な作風で知られる。大ヒットゲーム「かまいたちの夜」シリーズの脚本を手がける。近著に『怪盗不思議紳士』『凜の弦音《つるね》』『監禁探偵』などがある。

新装版《しんそうばん》　殺戮《さつりく》にいたる病《やまい》

我孫子武丸《あびこたけまる》

2017年10月13日第1刷発行
2025年4月24日第42刷発行

発行者――篠木和久
発行所――株式会社　講談社
東京都文京区音羽2-12-21　〒112-8001
電話　出版（03）5395-3510
　　　販売（03）5395-5817
　　　業務（03）5395-3615

Printed in Japan

講談社文庫
定価はカバーに
表示してあります

KODANSHA

デザイン―菊地信義
本文データ制作―講談社デジタル製作
印刷―――株式会社KPSプロダクツ
製本―――株式会社国宝社

ISBN978-4-06-293780-1

講談社文庫刊行の辞

二十一世紀の到来を目睫に望みながら、われわれはいま、人類史上かつて例を見ない巨大な転換期をむかえようとしている。

世界も、日本も、激動の予兆に対する期待とおののきを内に蔵して、未知の時代に歩み入ろうとしている。このときにあたり、創業の人野間清治の「ナショナル・エデュケイター」への志を現代に甦らせようと意図して、われわれはここに古今の文芸作品はいうまでもなく、ひろく人文・社会・自然の諸科学から東西の名著を網羅する、新しい綜合文庫の発刊を決意した。

激動の転換期はまた断絶の時代である。われわれは戦後二十五年間の出版文化のありかたへの深い反省をこめて、この断絶の時代にあえて人間的な持続を求めようとする。いたずらに浮薄な商業主義のあだ花を追い求めることなく、長期にわたって良書に生命をあたえようとつとめるところにしか、今後の出版文化の真の繁栄はあり得ないと信じるからである。

同時にわれわれはこの綜合文庫の刊行を通じて、人文・社会・自然の諸科学が、結局人間の学にほかならないことを立証しようと願っている。かつて知識とは、「汝自身を知る」ことにつきていた。現代社会の瑣末な情報の氾濫のなかから、力強い知識の源泉を掘り起し、技術文明のただなかに、生きた人間の姿を復活させること。それこそわれわれの切なる希求である。

われわれは権威に盲従せず、俗流に媚びることなく、渾然一体となって日本の「草の根」をかたちづくる若く新しい世代の人々に、心をこめてこの新しい綜合文庫をおくり届けたい。それは知識の泉であるとともに感受性のふるさとであり、もっとも有機的に組織され、社会に開かれた万人のための大学をめざしている。大方の支援と協力を衷心より切望してやまない。

一九七一年七月

野間省一

講談社文庫　目録

2025年3月14日現在